LE CHEMIN DE LA LUNE

du même auteur

LA CRUAUTÉ DES FAIBLES, nouvelles, Montréal, Éditions du Jour, 1961; Montréal, Éditions Les Herbes Rouges, 1985.

CE MAUDIT SOLEIL, roman, Paris, Robert Laffont, 1965.

UNE DENT CONTRE DIEU, roman, Paris, Robert Laffont, 1969.

DANKA, roman radiophonique, Montréal, Éditions de l'Actuelle, 1971.

CONFETTIS, nouvelles, Montréal, Éditions Alain Stanké, 1976; Montréal, Éditions HMH, 1980.

MANUSCRIT, prose poétique, Montréal, Éditions Alain Stanké, 1979.

MAUDE ET LES FANTÔMES, roman, Montréal, Éditions de l'Hexagone, 1985.

APRÈS L'ÉDEN, nouvelles, Montréal, Éditions de l'Hexagone, 1986.

LES ANGES, roman, Paris, Robert Laffont, 1988.

Marcel Godin

Le chemin de la lune

roman

vlb éditeur

VLB ÉDITEUR
Une division du groupe
Ville-Marie littérature
1000, rue Amherst, bureau 102
Montréal, Québec
H2L 3K5
Tél.: 523-1182
Télécopieur: 282-7530

Maquette de la couverture:
Violette Vaillancourt

Illustration de la couverture:
Geneviève Côté

Composition: Les Ateliers C.M. inc.

Distribution:
LES MESSAGERIES ADP
955, rue Amherst
Montréal (Québec)
H2L 3K4
Tél.: à Montréal: 523-1182
        de l'extérieur: 1 800 361-4806

La première fois de ma vie que je prononçai les mots *papa* et *maman*, j'avais quatorze ans. Je les prononçai contre mon gré; pour ainsi dire, par politesse. Non, je n'étais pas un enfant infirme, ni ce qu'on appelle en s'apitoyant un enfant attardé; j'étais parfaitement normal, mais le destin avait voulu que je sois, fils de personne, un bâtard.

Bâtard. Ce mot, en soit, répugnait à qui le prononçait ou l'entendait; il inspirait des sentiments troubles de rejet et de pitié. Deux personnes avaient commis un acte répréhensible contrevenant à la morale catholique et aux convenances sociales.

J'ai toujours eu l'impression que les adultes, à cette époque de ma vie, cherchaient à savoir, en me regardant, lisant mes traits, fouillant le fond de mes yeux, caressant mes cheveux, si je n'étais pas le fruit d'une de leurs incartades, surtout ceux et celles qui, comme moi, avaient les yeux bleus et les cheveux dorés.

J'étais un très bel enfant, parfaitement constitué, élégant et, sans doute, très intelligent; on ne cessait de le répéter autour de moi. J'étais un objet de curiosité, ce dont je souffrais, agacé et sans défense. J'avoue que je dévisageais aussi ceux en qui je projetais une hypothétique ascendance, fût-elle douteuse.

Chose étrange, la seule fois où je crus reconnaître mes yeux, ce fut en ceux de Mère supérieure; et le seul être au monde à qui j'ai souvent cru ressembler était mon tuteur, le chanoine Carl Von Youvanhoven. Les connaissant, je savais d'instinct que je ne pouvais être le

fils ni de cette sage religieuse, ni de ce chanoine au-
dessus de tout soupçon. J'étais né de parents inconnus
et j'apprenais, d'une année à l'autre, à ne pas m'en
soucier et à ignorer les qu'en-dira-t-on.

Contrairement aux enfants que je connaissais et
qui partageaient mon sort, mais sans mes privilèges, je
ne marchais pas, comme eux, les épaules voûtées sous
le poids de l'opprobre de ceux qui se prétendaient non
tarés. Les gens éprouvent naturellement une certaine curiosité mêlée de mépris face aux bâtards, tout en se
rassurant de leur lignage légitime, de leur sang pur; ils se
croient à l'abri des maux imputés aux enfants illégitimes;
cela n'empêche pas que le venin de la consanguinité
coule dans les veines des bien-pensants.

Combien d'enfants y avait-il dans les orphelinats?
Les maris n'étaient-ils pas à la guerre? Pourquoi la faute
des coupables devait-elle être assumée par celui ou celle
qui en était le résultat involontaire et innocent?

En vérité, j'ai cru en ce temps-là — et je le crois
encore — que mon tuteur connaissait mes origines,
mais il n'a jamais consenti à me les révéler, pour des
motifs qu'il tenait à garder secrets. Cependant, il m'apprit un jour que je n'aurais jamais à m'inquiéter de mon
bien-être matériel et que, le moment venu, la vérité me
serait révélée. Une fois, je le questionnai avec insistance.
Il me fit jurer de ne plus jamais lui poser de questions sur
ce sujet:

— Vous ne saurez jamais la vérité, faites-en votre
deuil une fois pour toutes et tout de suite! m'avait-il
répondu avec fermeté.

J'avais promis. Je n'ai jamais manqué à ma
promesse, quoique constamment hanté par cette
question. J'étais curieux, je voulais tellement tout savoir:

— Au moins, dites-moi où j'ai vécu avant de venir
au Pensionnat de l'enfance?

— Vous étiez au paradis, répondit-il, en attirant ma tête sur son épaule en un geste d'affection pour lui peu coutumier.

De cette question aussi je fis mon deuil. Je me contentai de vagues souvenirs, dont celui des mains difformes d'une très très vieille dame, tout de noir vêtue, me tenant à bout de bras au-dessus de sa tête blanche, riant de bonheur d'un rire en cascade si communicatif qu'il faisait de l'écho; celui d'une ambiance feutrée, si silencieuse, marquée par le tic-tac d'une horloge monumentale aux aiguilles d'or cheminant lentement sur des chiffres romains et dont le balancier également en or était gravé de deux anges enlacés assis sur une lune couchée sur le dos d'un diable; celui d'une rivière sinueuse changeant de couleur plusieurs fois par jour; celui de bottes noires chaussées par un géant faisant les cent pas en martelant le plancher de marbre veiné de bleu et risquant à chaque va-et-vient d'écraser l'une ou l'autre de mes petites mains alors que je me traînais sur le sol en essayant de m'accrocher à ses pieds.

Pourquoi ces bruits soudains, cassants et répétitifs? Ces voix violentes, gutturales? Pourquoi cette tache de sang sur ses bottes renversées, des bottes qui ne le portaient plus mais montraient des semelles et des talons usés? Aussi, cette lumière venant d'un ciel étrangement enflammé; le sens d'un certain brouhaha qui ne m'était pas familier; la fenêtre à carreaux, jamais revue, qui imprimait sur mon lit des rectangles avec lesquels j'aimais tant jouer. Qui était cette personne — un homme, je crois — qui m'a brusquement soulevé de terre, m'a enveloppé d'une couverture et m'a caché dans un long manteau paré de galons et de médailles? Et pourquoi tant d'eau, des jours et des jours durant, que de l'eau, et cette lune qui brillait, cette lune en forme de point, puis de virgule?

C'est tout ce dont je me souviens de cet univers que le chanoine Carl Von Youvanhoven qualifiait, en riant, de paradis.

Quand je vins au Pensionnat de l'enfance, on m'installa dans une chambre adjacente à l'infirmerie. Cela me singularisa en regard aux autres pensionnaires confinés dans un immense dortoir blanc aux nombreuses rangées de lits en fer chacun encadré par une chaise en bois, d'un côté, et un chiffonnier, de l'autre. Cette disposition régulière, un lit, une chaise, un chiffonnier, un lit, une chaise, un chiffonnier, se répétait jusqu'aux limites de la pièce, sur cinq rangées symétriques formant quatre allées sinistres qu'arpentait, en priant, la surveillante de nuit. Au fond de la pièce, une porte donnait sur une salle de bains où s'alignaient des lavabos dans lesquels ne coulait que de l'eau froide, sauf le samedi et le dimanche.

J'étais donc très privilégié d'avoir ma chambre et ma salle de bains privées et, surtout, une fenêtre s'ouvrant sur le fleuve qui fut cause d'innombrables rêveries fantastiques.

Si j'ai peu de souvenirs de mon premier paradis, j'en ai de mémorables du second. Comment ne pas me rappeler avec émotion de mère Sainte-Thérèse, la sœur économe, avec laquelle, tous les samedis matin, j'allais faire les courses au marché public où elle achetait volailles, viande, œufs et légumes, quand il y en avait. C'était une découverte, chaque fois renouvelée, de rencontrer des gens, je veux dire des parents accompagnés de leurs enfants qui me faisaient des grimaces chaque fois que leur mère s'exclamait devant ma mère Sainte-Thérèse:

— Regarde-moi ce petit garçon! Est-il assez beau!

Je rougissais, sans doute de la tête aux pieds, car j'étais timide. Je m'accrochais fermement à la main de mère Sainte-Thérèse qui valait toutes les mamans du monde tant celles que je voyais étaient impatientes, souvent hystériques, criant après leurs enfants, tirant les nattes d'une fille pour la rappeler à l'ordre ou administrant une retentissante gifle au petit morveux qui touchait à tout avec ses mains sales:

— Enlève tes mains de là! Regarde où tu marches! Ne te mets pas le doigt dans le nez! Ne touche pas! Suis-moi! Attends qu'on rentre à la maison, ton père va s'occuper de toi!

Ces scènes suffisaient à me consoler de mon sort et je remerciais le ciel de ne pas m'avoir donné de père, même si parfois, en secret, je désirais le contraire.

Seuls les bâtards savent ce que signifie la douloureuse inexistence d'un passé antérieur.

J'avais des mères tout autour de moi, j'avais des mamans plein le cœur, et peu d'enfants, je crois, ont vécu une enfance aussi choyée, bien que austère, puritaine, scrupuleuse et combien culpabilisante, conformément à l'esprit de l'Église dont le pouvoir était en ce temps-là à son apogée.

Au Pensionnat, les repas se prenaient tous au réfectoire, en silence, mais il y avait des jours fériés où les règles n'étaient plus de rigueur, où les mets étaient plus variés et plus fins. Aussi, il y avait les sorties nous menant, joyeusement disciplinés, deux par deux, visiter la cathédrale, le palais de justice, le quartier général de l'armée, le bureau de poste et autres endroits que nous devions connaître, car ces religieuses, dont plusieurs d'origine européenne, avaient conservé le culte des monuments, des lieux publics et surtout de l'histoire qu'elles s'appliquaient à nous inculquer. Quand nous défilions devant le monument aux morts ou devant la statue de Mieuzarde, héros nationaliste, nous devions enlever notre béret ou notre casquette. Il en était de même en passant devant une église car, le tabernacle faisant face à l'entrée, nous croisions ainsi le regard de Dieu.

Je ne peux pas tout raconter, je n'en finirais pas avec ces détails; je devrais, pour être honnête, raconter aussi les mauvais souvenirs, comme la première gifle de ma vie, donnée par l'aumônier un jour qu'il nous avait entraînés, à des fins de propagande et d'endoctrinement, devant la statue de ce fameux Mieuzarde autour de laquelle nous formions un cercle. Je refusai obstinément de lever le bras, à l'instar des autres élèves, de tendre la main à la manière des nazis et de hurler en chœur les slogans patriotiques.

J'ai conservé cette photo jaunie de mes condisciples en culottes courtes, semblant très fiers, tandis que moi, la tête basse, le menton affaissé, le bras lâchement et mollement levé, je montre bien que je me dissocie. Je m'efforce d'oublier les autres petits malheurs, par respect ou par sentimentalisme, peut-être, tant je suis resté profondément attaché à quelques-unes de ces religieuses de la congrégation des Filles de l'enfance. En mon âme et conscience, à cet âge, je méprisais les héros, les foules, les institutions, les militaires, les scouts et les rangs d'oignons. Bâtard, il allait de soi que je rejette tout ce qui était associé à la famille, aux sectes, aux ordres et à la patrie. J'essayais envers et contre tout de protéger une dignité effritée par la force des choses et je m'enfermais dans un abri de silence.

De tous les souvenirs ayant marqué ces années vécues au Pensionnat de l'enfance, le plus important est incontestablement celui de mon ami Laurent. J'aimais tellement Laurent. Il avait tout pour lui: l'intelligence, la richesse, la générosité facile, l'imagination, la fantaisie, la gaieté. Je le croyais parfait. J'ignorais ses défauts ou je ne voulais pas les voir, du moins pas à cette époque.

Le matin, à l'heure d'arrivée des externes, j'allais l'attendre amicalement, les mains accrochées aux barreaux de la clôture encerclant la cour de récréation, le front appuyé sur les paumes, souriant, joyeux de le voir venir, nez au vent, avec cette allure qui différencie les enfants riches des enfants pauvres; assurance, fierté, port de tête, désinvolture, je-m'en-foutisme et quelques autres traits que je distinguais chez lui et les autres élèves de son rang social; envers eux d'ailleurs, les religieuses agissaient avec déférence, aménité, quasiment avec respect. C'était bien connu, les riches payaient plus que les pauvres pour confier l'éducation de leurs fils à ces Filles de l'enfance dont la réputation n'était plus à faire.

Laurent m'apportait souvent des nouvelles du monde extérieur, nouvelles qui parvenaient à l'intérieur du Pensionnat avec un certain retard. Quand Laurent m'apprit que la Seconde Guerre mondiale venait d'éclater en Europe, cela ne m'inquiéta vraiment pas, malgré ma vague connaissance des horreurs de la première.

— Mon père, disait Laurent, ne parle que de cela. Nous allons vivre une période catastrophique. Il y aura la conscription.

Quelques mois plus tard, nous commençâmes à prier pour l'âme des soldats morts au champ d'honneur. C'est dire à quel point mes mères, tant elle étaient absorbées par les petits événements qui occupaient leur pieuse vie, étaient lentes à réagir à la réalité extérieure. À ces prières pour les morts et pour la paix, il fallait ajouter celles qu'on adressait à Dieu pour le bien de l'âme du général Franco et du duce Mussolini, «ces grands catholiques qui défendent leur peuple contre les griffes du diable et vont sauver la liberté menacée par l'Esprit du mal. Amen.»

En plus des nouvelles, Laurent m'apportait aussi des tablettes de chocolat et des bonbons, les bandes dessinées de Tarzan, de Mandrake le magicien, de

Jacques le matamore et surtout celle du prince Vaillant
que je préférais entre toutes.

Il riait en ce beau matin fleuri de mai de l'année
1945. Il riait, ravi de m'apprendre que son père lui
avait joué un tour formidable. Pas un vrai tour mais
tout comme, car il lui avait offert un cadeau hors de l'or-
dinaire, révolutionnaire même, surréaliste, précisait
Laurent.

— Qu'est-ce que c'est, demandai-je?

Imitant la voix de son père du mieux qu'il put, il
déclara relevant la tête et bombant le torse:

— Mon garçon, pour fêter ton anniversaire, ton
passage de l'enfance à l'adolescence, pour fêter aussi la
fin — excellente, soit dit en passant — de tes études
primaires, ainsi que la fin de la guerre, j'ai décidé de
t'offrir un cadeau que tu n'oublieras jamais. Je te
donnerai ce que tu me demanderas, n'importe quoi,
peu importe le prix, à la condition que ce ne soit pas un
objet. À toi de trouver.

Je sursautai, m'écriant:

— Quoi? N'importe quoi? Qu'importe le prix?
Mais pas un objet! Pas le jeu de chimie que tu souhaitais
avoir, même pas la nouvelle bicyclette qu'il t'avait
promise?

— Ce que je t'offre, enchaîna Laurent, reprenant
l'attitude de son père, n'a rien à voir avec les jeux, les
bicyclettes, les voyages. Rien. Nous entrons de plain-pied
dans le monde de l'imaginaire. À toi de trouver. Tu as
vingt-quatre heures pour faire ton choix.

— Je trouve ça sensationnel! m'exclamai-je. Quelle
idée! L'imaginaire! Si tu veux, je vais t'aider. À nous
deux, nous allons trouver une solution qui devrait le
renverser d'étonnement.

— Ce n'est pas facile, tu sais... En douze heures, je
n'ai encore rien trouvé et je cherche toujours. J'ai

presque tout ce que je désire, tu te rends compte de mon embarras?

— C'est simple, renvoie-lui la balle et demande-lui ce qu'il aurait choisi si son père l'avait placé devant la même situation.

— Tu es fou? Ce n'est pas sérieux.

— Tu pourrais lui demander la Lune.

— Pourquoi pas la vie éternelle?

— Si j'étais à ta place, je lui demanderais le pouvoir sur les anges et je saurais alors s'ils existent vraiment.

Nous étions hilares. Mère Sainte-Claude sonna la cloche, mettant ainsi fin à notre jeu, et nous prîmes nos rangs en silence pour aller assister au cours d'où l'un et l'autre serions absents, totalement absorbés par la recherche d'un cadeau extraordinaire.

La matinée puis l'après-midi s'étaient écoulés sans que nous n'ayons encore trouvé. Je fus rappelé à l'ordre à plusieurs reprises par la titulaire, mère Sainte-Hélène:

— Vous rêvez, monsieur Molay!

Oui, je rêvais. J'imaginais qu'on m'avait offert ce cadeau. Je me substituais à Laurent, incapable de freiner mon imagination qui projetait à une vitesse vertigineuse tout ce qui pouvait être immatériel. Rien ne retenait mon esprit inventif et, de ma vie, je n'ai jamais tant décortiqué le mot objet, ni tant cherché son contraire.

Nous nous sommes quittés, à la fin de cette journée, sur un signe de la main, complices d'un même secret. Puis, après avoir soupé, disputé un match de ping-pong avec un rouquin qui ne savait pas perdre, je regagnai ma petite chambre monacale et me mis au lit pour lire, comme tous les soirs avant que Mère supérieure ne vienne me souhaiter bonne nuit, *Les mystères des nombres*, un petit livre fascinant que m'avait prêté mère Saint-Jude, une vieille Hollandaise à l'accent merveilleux qui enseignait les mathématiques en soutenant qu'elles étaient la première création de Dieu.

Deux est pair, donc féminin. *Il existe en deux l'essence du contraire: être/non-être, bien/mal, lumière/obscurité, matière/esprit, vie/mort, blanc/noir, beau/laid, divin/infernal, objet/sujet...*

Et je m'endormis, le livre en main, sans savoir si Mère supérieure était venue me donner un baiser sur le front.

Je fus réveillé en pleine nuit par les cris d'une foule en délire. Ce n'était pas un rêve, comme je le crus d'abord. Me levant en sursaut, j'allai à la fenêtre. Il n'y avait personne dans la rue, autour de la statue de Mieuzarde, là où d'habitude s'assemblaient les foules, mais levant les yeux vers la Voie lactée, je vis la pleine lune dans toute sa splendeur, illuminant le ciel de mai. C'est dans la Lune qu'il y avait foule, gens d'un autre âge, étrangement vêtus, entourant à grands cris la silhouette d'un vieillard émacié qu'on brûlait sur un immense bûcher et dont la voix caverneuse me parvenait, hurlant de souffrance: «Je suis innocent!»

La vision disparut. La Lune retrouva son immense et énigmatique sourire, sa luminosité phosphorescente. Je me recouchai, assailli par des images étranges et si folles que je m'inquiétai de l'état de mon cerveau.

Le lendemain, j'allai de nouveau me poster près de la clôture pour attendre l'arrivée de Laurent. L'attente me sembla longue. Le jour, d'une grande beauté, me charmait; le Soleil enveloppait d'une lumière chaude et dorée la cour de récréation et son unique pommier chargé de fleurs blanches au cœur rose. Alors, venant de la fenêtre de l'infirmerie, au dernier étage, à côté de ma chambre, j'entendis la voix faible d'une très vieille religieuse désormais confinée à l'infirmerie:

— Jacques, c'est tellement beau le pommier en fleurs! Décrivez-moi, je vous en prie, le parfum des fleurs. Je ne peux le sentir d'ici.

Je ne savais quoi répondre. Je levai la tête pour regarder le pommier attentivement. Je m'imprégnai des parfums qui s'en échappaient.

— Je ne sais pas, mère. Il me semble que les fleurs de pommier sentent un peu comme la confiture de fraises, mais ce n'est pas tout à fait cela. Si vous voulez, j'irai vous en porter une branche à la fin de la récréation, proposai-je pour me sortir de cet embarras.

Tandis qu'elle me souriait, encadrée par la fenêtre de l'infirmerie, Laurent cria:

— J'ai trouvé, j'ai trouvé!

Dans mon excitation, j'oubliai d'aller porter la branche de pommier à la vieille religieuse qui devait mourir quelques jours plus tard. Cette branche de pommier aux fleurs épanouies reste encore dans ma mémoire, tout comme le sourire que j'allais trouver sur ses lèvres quand son corps fut exposé en chapelle ardente.

Laurent courait à toutes jambes et, dès que nous fûmes face à face, il me donna un coup de poing solide, mais affectueux, en s'écriant:

— Non seulement, j'ai trouvé, mais mon père a dit oui, ma mère aussi et mes sœurs ont approuvé.

— Qu'est-ce?

— Je ne peux pas te le dire tout de suite. C'est une surprise.

— Pourquoi une surprise?

— Tu verras!

Il me laissa pantois, allant se joindre à l'équipe qui jouait au drapeau. J'eus beau le poursuivre, le harceler, lui quémander un indice, il se moquait de moi, jaloux de son secret.

C'en fut assez pour que je me renfrogne, le boude et joue à feindre l'indifférence. Je lui en voulais de me laisser tomber après m'avoir impliqué si intensément dans sa recherche du non-objet.

Soudain, mère Sainte-Thérèse, que je n'avais ni vue ni entendue s'approcher, me mit la main sur l'épaule et me chuchota à l'oreille:

— Monsieur Molay, vous êtes demandé au parloir. Relevez vos bas, coiffez-vous, ajustez le nœud de votre cravate et allez vous laver les mains. Allez vite!

Ce disant, elle s'était déjà chargée, avec une insistance toute maternelle, de dépoussiérer mon veston d'où s'envolèrent quelques pétales de fleurs de pommier.

Monsieur le chanoine Carl Von Youvanhoven m'attendait, arpentant le parloir, en conversation avec Mère supérieure. Quand j'ouvris la porte vitrée, ils devinrent muets, restèrent là à me regarder comme s'ils me voyaient pour la première fois. J'embrassai la main de Mère supérieure comme on m'en avait inculqué l'habitude et je tendis la main à mon tuteur.

— Alors, monsieur le comte — c'est ainsi qu'il m'appelait d'un ton moqueur —, vous allez bien, j'espère, même si vous semblez pâle et perturbé?

— Je vais très bien, merci, monsieur le chanoine. Et vous-même?

— Je suis aux anges.

Il répondait toujours la même chose, chaque fois que je le rencontrais, ce qui était plutôt rare et essentiellement relié à des circonstances où mon orientation et mon avenir étaient en jeu.

— Je ne suis pas venu, aujourd'hui, pour vous parler des anges, loin de là, me dit-il en m'invitant à m'asseoir. Je suis venu vous parler d'homme à homme. Vous allez bientôt terminer votre année scolaire et, l'automne prochain, vous serez mûr pour entreprendre vos études classiques. Vous devrez prendre congé des religieuses qui vous ont donné, depuis votre enfance, le meilleur d'elles-mêmes et, dorénavant, vous devrez apprendre à vivre dans un autre milieu. J'avais projeté, cet été, de vous envoyer une fois encore dans une colonie de vacances, puis, à la rentrée, de vous laisser le choix d'un collège même si, personnellement, je souhaiterais vous voir vous inscrire au séminaire. Mais, ajouta-t-il, après une pause hautaine et étudiée, il y a un mais qui est venu changé le cours des événements. N'est-ce pas, Mère supérieure?

Elle hocha la tête affirmativement.

J'étais de plus en plus intrigué, attentif, le cœur battant, les mains moites.

— Vous êtes dans le secret de votre ami Laurent De Guise, à ce que je sache?

— Quel secret? m'étonnai-je.

— Oui, oui, vous savez très bien de quoi je parle; de ce cadeau exceptionnel que son père lui a offert.

— Ce n'est pas un secret, monsieur, il s'agit plutôt d'une devinette; mais Laurent m'a confié, ce matin, qu'il avait trouvé la solution, refusant de m'en dire davantage.

— Molay, cramponnez-vous à votre chaise parce que ce que vous allez entendre va vous chambouler.

Je remuai sur ma chaise, ne sachant sur quelle fesse prendre appui ni que faire de mes mains agitées. J'entendis les mots qui déferlaient de sa bouche avec l'accent guttural qui les scandait:

— Molay, votre ami Laurent De Guise a demandé à son père un cadeau dont il rêvait depuis toujours. Il lui a demandé un frère.

— Quoi? m'exclamai-je. Il...

— Oui, un frère. C'est vous qu'il a choisi.

Je faillis tomber à la renverse. Mon cœur battit si fort que je crus qu'il allait quitter ma poitrine. Couvert de sueurs froides et presque paralysé, je l'écoutai énumérer les nombreux avantages qu'il y voyait

— Un milieu sain, une famille très riche et respectable, je dirais même aristocratique. Les De Guise sont de descendance noble. Ils ont du sang bleu, comme moi, Dieu m'entende, qui ai renoncé à mes titres et à mes droits pour le servir. De plus, vous aurez la compagnie affectueuse de trois jeunes filles éduquées par les Ursulines, parmi lesquelles il y a aussi quelques descendantes de noblesse.

— Ce qui n'est pas, monsieur le chanoine, je m'excuse de le dire, une vertu, encore moins une qualité, remarqua humblement Mère supérieure.

— Alors, monsieur le comte, enchaîna le chanoine, dédaignant la remarque de Mère supérieure, vous ne dites rien? Avez-vous avalé votre langue?

— Je... je ne peux pas. Je ne les connais pas, à l'exception de Laurent, puis je...

Il me coupa la parole en poursuivant son monologue:

— Vous serez chez eux beaucoup mieux qu'en colonie de vacances. Je sais que nous n'avez jamais apprécié cet endroit et, si je vous y envoyais chaque été, ce n'était que pour votre bien, pour vous habituer à côtoyer d'autres enfants de toutes les classes sociales et pour vous prémunir contre la tentation des préjugés. Les De Guise possèdent une grande et belle maison avec une salle de jeux, une immense bibliothèque et tout pour vous rendre heureux. Si j'étais vous, je courrais remercier Laurent. C'est le plus beau des cadeaux et c'est pour vous la meilleure perspective d'avenir qui se puisse trouver dans les circonstances. Vous avez jusqu'à dimanche midi pour préparer vos valises, faire vos adieux aux religieuses qui vous ont tant aimé. Monsieur De Guise viendra vous chercher après la messe, à laquelle j'officierai en compagnie de monseigneur l'archevêque.

Je sentis la brûlure des larmes dans mes yeux et leur lent trajet sur mes joues. Une douleur intense m'étreignit le cœur et j'éclatai en sanglots en me jetant dans les bras de Mère supérieure qui m'enveloppa dans sa robe, tentant l'impossible pour me consoler.

— Jeune homme, cria le chanoine, ça suffit! Contrôlez vos émotions. Vous n'êtes pas une fille que je sache pour vous livrer en public à des épanchements lacrymaux. Prenez sur vous. Voyez les choses en homme. L'avenir est devant vous et n'a que faire du passé.

Il était en colère, faisant les cent pas en martelant le plancher de bois vernis, se frappant les épaules bras croisés:

— Mère, vous appelez ça un jeune homme? hurla-t-il. Je vous l'ai confié et vous me rendez une mauviette.

— Monsieur le chanoine, répliqua Mère supérieure sur un ton qui en imposait, je crois que vous manquez de compassion.

— Taisez-vous, ma sœur, vous n'avez pas le droit de me parler sur ce ton. C'est moi, moi seul, qui décide de l'avenir de Jacques Molay. Et cessez de le cajoler comme une poupée.

Le mot m'atteignit de plein fouet. Du coup, je n'avais plus de larmes. J'étais insulté, révolté. Mon tuteur osait s'en prendre à ma Mère supérieure. C'en était trop.

— Moi, une poupée? hurlai-je à mon tour. Vous me traitez de mauviette parce que je pleure? Eh bien! non, monsieur, vous n'aurez pas le dernier mot. Vous ne déciderez pas de mon avenir. Je n'irai pas chez les De Guise. Je n'ai que faire d'une famille. Je ne veux pas de petites sœurs éduquées par les Ursulines. Je me fiche de leur manoir, de leur bibliothèque et de leur anormal sang bleu.

Sa grande main blanche claqua sur ma joue, me fit chanceler, me replongeant dans les larmes de l'impuissance. Il sortit en trombe, claquant les talons; il était hors de lui:

— Ma sœur, voyez à ce qu'il soit prêt dimanche après la messe. Il ira chez les De Guise. C'est un ordre. Je suis son tuteur jusqu'à sa majorité. Espérons que madame De Guise saura le mouler comme un homme.

La porte se referma avec fracas. Le grand crucifix de plâtre qui ornait le mur du parloir fut secoué si violemment qu'il se détacha de son clou et se brisa en miettes sur le plancher.

Nous restâmes là, Mère supérieure et moi, ébranlés par les éclats de cette colère. Elle se retenait, les yeux embués de larmes.

Dire adieu à mon enfance! Franchir le mur de mon adolescence! Je m'exclamai, cramponné à sa robe:

— Mère, je veux mourir!

Elle me berça, debout, serré contre elle:

— Ch... ch.... jeune homme. Sois toi-même. Sois grand.

Puis, lentement, le calme revint quand elle eut dit:

— Comme je te comprends!

Elle me prit par le menton, me releva la tête et, me regardant dans le fond des yeux, demanda:

— Est-ce que tu aimes vraiment ton ami Laurent?

— Oui.

— Alors fais-lui plaisir, il semble tellement désirer un frère. S'il t'a choisi c'est qu'il doit t'aimer beaucoup. Dis-moi oui.

— Je serai prêt dimanche après la messe.

— Va, me dit-elle, après m'avoir embrassé le front, va, il doit t'attendre, ton ami.

La récréation était depuis longtemps terminée. Les élèves avaient repris leurs cours. J'allai me laver les yeux à l'eau glacée pour effacer les traces de mon chagrin, lequel aurait suscité toutes sortes de questions de la part de mes condisciples.

D'un pas hésitant, j'entrai dans la classe en fixant le plancher, pris place à mon pupitre dans la première rangée, me sentant poignardé par d'innombrables paires d'yeux. Laurent tira discrètement la manche de mon veston, me fit un sourire anxieux en attente d'une réponse. Je fis signe que oui, quoique profondément troublé par le fait d'être non pas ce que j'étais, un ami fidèle et loyal, mais son cadeau, un non-objet, un frère qui ne serait jamais réel. Je me sentais prisonnier des caprices de l'enfant gâté d'une famille riche. Néanmoins, comme je n'avais pas le choix, je me conditionnai à la réalité de ma nouvelle existence, angoissé par l'inconnu, la cervelle comme une toupie, le cœur chiffonné, l'âme en révolte, maudissant Dieu, mon tuteur, toutes les religieuses m'eussent-elles aimé, mon ami Laurent et tous ces De Guise qui voulaient mon bien-être et mon bonheur.

Fils de personne, je ne voulais pas d'un avenir imposé.

La journée s'écoula en mon absence. Je me sentais comme un wagon oublié sur une voie d'évitement près d'une vieille gare désertée.

Le soir venu, dans le silence de ma chambre, je relus la définition du chiffre UN dans mon petit livre de chevet, en essayant d'y trouver l'apaisement:

UN est l'UNité; UN est la notion de l'essentiel; UN est l'inexprimable. Tout est en tout. Le symbole du UN, donc de l'UNité, est un point au centre d'UN cercle; le point se veut la représentation du moi, celui du cercle, celle de la représentation des autres et de tout ce qui compose l'UNivers perceptible et, hors ce cercle, l'infinitésimal. Tout être humain est UN. Le UN n'a pas de commencement et il est UNique, UNiversel, UNidimensionnel, UNiforme.

Je méditai longuement sur le sort qui m'avait fait UN et je m'endormis, troublé par la vision des De Guise, tous gravement blessés, qui gisaient dans la mare évanescente de leur sang bleu.

L e chanoine Carl Von Youvanhoven était bel homme, grand, mince, blond aux yeux bleus. Il avait des mains gracieuses et il les soignait avec le cérémonial de celui qui est destiné à manipuler le calice, l'hostie et l'ostensoir. Hélas, deux doigts jaunis par la nicotine en souillaient la beauté. Élégant, il se vêtait avec recherche, ce qui n'était pas fréquent chez les prêtres séculiers, encore moins chez les chanoines. Il portait toujours des chaussettes blanches — pour l'hygiène, prétendait-il —, des souliers de pape, je veux dire en cuir verni, ornés d'une boucle d'argent; de plus, comble de recherche, il ne portait que des soutanes, des chemises, des pantalons taillés sur mesure dans des tissus luxueux, jamais noirs comme l'imposait l'usage, mais gris anthracite. Il avait autant de chic que certains pasteurs protestants, dont les épouses surveillaient l'apparence avec plus de fierté que ne l'auraient fait les religieuses peu sensibles aux hommes. D'un laïc, on aurait dit qu'il était dandy, de lui on disait qu'il était un prince de l'Église. Tout lui était pardonné: son faste, son ostentation et ses collections d'objets d'art, même sa voiture de marque Packard 1937, un cabriolet à toit noir fabriqué selon ses spécifications. Vert agave le corps et les ailes, noirs les marchepieds. La calandre effrontée, scintillante de chrome, de même que les étoiles étincelantes des enjoliveurs de roues; d'ailleurs deux autres roues s'inséraient dans le galbe des ailes avant. Œuvre de collection, cela sautait aux yeux. Quand on ouvrait une portière, une odeur de fauve s'échappait du cuir noir des sièges. Une merveilleuse automobile à provoquer l'envie de qui la regardait. Qui aurait osé l'envier? Elle était au chanoine ce que la plus belle femme de la ville était à monsieur De Guise.

Il officiait ce dimanche-là à titre de diacre, en compagnie de l'aumônier et de monseigneur l'archevêque, tous trois vêtus d'ornements sacerdotaux d'un luxe répréhensible en ces temps où le peuple vivait dans une extrême et déplorable pauvreté. Les broderies d'or sur la soie moirée blanche se disputaient les rayons éblouissants du soleil traversant les vitraux. On se serait cru dans la chapelle d'un château royal, chapelle bondée de parents d'élèves venus assister à la cérémonie spéciale, en ce jour de prières et de grâces, pour fêter la fin de la guerre et remercier les Américains de nous avoir protégés des bombes allemandes. C'est ce que j'ai retenu du sermon que prononça mon tuteur, du haut de la chaire, de sa belle et forte voix, en un français impeccable néanmoins teinté d'un léger accent allemand semblable à celui de Mère supérieure.

L'assistance écoutait le sermon dans un silence patient, surtout les enfants de chœur dont j'étais, sagement assis dans la nef, vêtus de soutanes blanches au col orné de velours rouge. Observant, de ma place privilégiée, j'étais à la fois distrait et fasciné par les couleurs multicolores des chapeaux des mères de mes camarades et par les voilettes couvrant la moitié de leur visage, imprégnant leur regard de mystère. Et, tandis que mon tuteur prêchait sans vouloir s'arrêter, emporté par la complaisance, je rêvassais, absent, dédaignant cette cérémonie, ces odeurs d'encens, cette musique sacrée et pompeuse. Tout m'excédait, même penser d'aller, après la messe, saluer les parents de mes condisciples et de rougir des compliments idiots qu'ils ne manqueraient pas d'adresser à ma beauté, de quoi en avoir la nausée et expurger de moi tout sentiment de vanité. Il était vrai que, contrairement aux autres adolescents, je ne souffrais pas d'acné, ce qui, disait-on, était un signe de grande chasteté. Allons donc! j'étais déjà obsédé par tout ce qui pouvait être associé à la sexualité. Que j'aurais aimé en cet instant pouvoir porter une voilette et troquer mon sort contre celui d'une fille.

Quand j'entendis, le *Ite, missa est,* j'en étais encore à me demander pourquoi le chanoine Carl Von Youvanhoven était mon tuteur. Qui en avait décidé? Comment pouvais-je être le presque fils d'un homme d'Église? De quel droit m'avait-il giflé et comment s'était-il permis de m'insulter en me traitant de mauviette? Me rappelant ce qui m'attendait après la messe, je me suis vu couché dans une grande boîte enveloppée de beau papier blanc rayé de bleu, enrubanné comme un vrai cadeau que Laurent déballait, ayant à peine pris la délicatesse de lire la carte de vœux sur laquelle une main féminine avait écrit: «Pour ton anniversaire, mon cher Laurent, voici le petit frère que tu as si longtemps désiré. De la part de tes parents affectueux.»

— Jacques, entendis-je, hâte-toi, nos parents nous attendent.

— Troque-moi ce *nos* pour *mes*! répliqua en secret la petite voix intérieure qui parle à qui sait l'entendre.

Je me présentai au parloir du Pensionnat sans hâte, lourd d'émotions mais prêt à affronter la nouvelle réalité qui m'attendait. Ma grosse valise en bois, ferrée et cloutée de cuivre, confirmait mon départ, là, posée à l'entrée du parloir, devant la porte de l'économat. Je ne rêvais pas. Ma valise contenait le trousseau que les religieuses exigeaient de tous les pensionnaires: tant de mouchoirs, que j'appelais pleuroirs, tant de chemises et de corsets porte-jarretelles pour retenir les bas beiges ou noirs, tant de culottes courtes, d'autres vêtements sans élégance et quelques objets d'utilité courante. Mère supérieure m'avait aidé, avec sa coutumière affection, le matin même, avant la messe, à boucler ma valise. Toutes les religieuses qui me choyaient vinrent vérifier si tout était en ordre et m'apporter leur bénéfique soutien moral.

Mère Saint-Jude, avec laquelle j'éviscérais les poulets le samedi après-midi, m'offrit une boîte de métal ornée du portrait de la reine Victoria, dans laquelle elle avait soigneusement rangé des hosties au miel; mère Sainte-Thérèse, quoique économe, me donna cinq dollars; mère Sainte-Odyle m'offrit un sachet de camphre sur lequel elle avait brodé le cœur de Jésus et que je devais porter constamment sur moi pour me prémunir contre les maladies contagieuses; mère Sainte-Anne, surnommée sœur poupée parce qu'elle pouponnait tous les élèves, m'offrit des gants de laine tricotés de ses pieuses mains; et Marie-Hélène, la nonnette, avec laquelle, les dimanches de congé de fin de mois, quand le Pensionnat était dépeuplé de ses élèves, je patinais, soit en patins à roulettes l'été dans la grande salle de récréation, soit en patins à lames l'hiver sur la patinoire déserte. Oh! l'envol de sa coiffe, le mouvement de sa robe. Quel exemple, à mes jeunes yeux, du bonheur, de la joie, de l'innocence d'une virginale féminité sacrifiée à l'amour velléitaire de Dieu. Mère Sainte-Thérèse me remit, au nom de toutes les Filles de l'enfance, un souvenir qui ne m'a jamais quitté, une chaîne en or finement ciselée retenant une médaille de saint François d'Assise qui s'en est détachée, à jamais perdue...

— Vous venez, les garçons, invita monsieur De Guise, faussant compagnie au chanoine, à l'aumônier et à Mère supérieure, avec lesquels il s'entretenait à l'écart.

Il prit le bras de sa femme en s'approchant de nous, suivi des religieuses silencieuses.

— Bonjour, monsieur Molay, dit madame De Guise, en me tendant une main gantée de dentelle noire.

Sa voilette était d'une dentelle identique et elle portait un chapeau cloche de soie moirée, orné d'un étrange oiseau dont les plumes multicolores formaient un éventail déployé sur le côté gauche de son visage.

Je fus ébloui par sa beauté, sidéré par ses beaux yeux bleus maquillés de khôl qui illuminait son regard pourtant triste. Elle me fit un sourire tendre découvrant de magnifiques dents dont l'éclat de l'émail était accentué par des lèvres rouges luisantes comme un néon, ce qui lui donnait un air sauvage et effronté, une certaine frivolité contenue qu'on pouvait déceler sans peine.

Les adieux faits, je serrai les mains tendues et offrit mon front à Mère supérieure qui y apposa un baiser en me caressant la joue, et nous suivîmes monsieur De Guise vers la voiture où nous prîmes place à l'arrière avec madame, tandis que le chauffeur et le jardinier des Filles de l'enfance se chargeaient de placer ma malle dans le coffre.

La voiture s'engagea dans un boulevard. Monsieur De Guise, la tête haute, souriait, rendant de gauche à droite les saluts qu'on lui faisait, portant la main au rebord de son chapeau de feutre anglais, tandis que madame gratifiait de commentaires perspicaces les promeneurs du dimanche croisés au passage:

— Tu as reconnu la femme du notaire? Elle aura beau se farder, elle ne parviendra jamais à effacer les marques de l'envie incrustées sur son visage. Et son mari qui suit toujours derrière...

— ... Elle le dévorera comme une mante religieuse.

— Regarde, là, ton comptable et sa femme.

Madame mit sa main gantée devant sa bouche pour retenir une remarque, nous regarda son fils et moi, et, comme ce qu'elle avait à dire ne pouvait pas ne pas être dit, elle laissa échapper:

— Je mettrais ma main au feu qu'il te vole.

Monsieur De Guise d'ajouter:

— S'il me vole, c'est bien dommage pour lui. Tôt ou tard, il sera victime de son propre piège. Elsa, je ne suis pas aveugle, ajouta-t-il en tournant la tête vers elle, je le fais surveiller, lui et d'autres araignées du même genre. Ils tissent eux-mêmes la toile dans laquelle ils se feront prendre et...

Il ne termina pas sa phrase, changeant le sujet de la conversation en s'adressant à Laurent. Mais, se rendant soudain compte de ma présence, après avoir dit: «Sais-tu», il se reprit pour un:

— Savez-vous ce que nous allons manger à midi, mes enfants?

— Il ne faut pas le dire, c'est une surprise, lui rappela madame.

— Excuse-moi, j'avais oublié.

Il se mit à fredonner une chanson que je ne connaissais pas en battant la mesure comme un vrai chef d'orchestre. Laurent enchaîna, en imitant son père. Tout le monde riait, y compris le chauffeur. Et moi de chanter à mon tour:

— Isabeau s'y promène le long de son jardin, le long de son jardin chez les Filles de l'enfan-ance...

L'éclat de rire fut général. C'est donc dans un état d'esprit confiant et serein que je descendis de la voiture avec Laurent qui alla ouvrir les grilles de la clôture du domaine où se dressait l'impressionnant manoir.

Construit en pierres de taille, selon les traditions de la fin du dix-neuvième siècle, le manoir avait échappé au terrible incendie qui avait complètement détruit la ville, ce qui se comprend aisément, car toutes les maisons étaient construites en bois, la pierre étant si rare qu'il fallait l'importer ou la récupérer des navires étrangers qui s'en servaient comme lest. Il n'y avait à l'époque que les églises, les monuments et certains édifices publics qui échappaient à la règle. Par contre, on distinguait quelques maisons victoriennes construites en briques d'argile rouge, abondantes dans la région. C'étaient les demeures des bourgeois et de certains étrangers. Étrangers, c'est beaucoup dire car, de fait, toute personne qui n'était pas née dans la ville se voyait automatiquement accoler cette étiquette péjorative.

J'entends encore monsieur De Guise s'emporter en parlant de ses concitoyens:

— Des ethnocentriques, des peureux, des xénophobes; voilà les gens avec lesquels je dois compter. Mais, précisait-il, pour se montrer bon prince, ils sont les plus français des Français de la province.

Et, cédant à son chauvinisme atavique, il prophétisait:

— Dans trois ou quatre générations, quand ils seront sortis des bois, ils essaimeront à travers le pays, que dis-je, à travers le monde, et ils occuperont des postes stratégiques dans tous les domaines. Les habitants, malgré leurs innombrables défauts, n'ont pas de sentiment de fierté. Ils ne sont ni de la capitale ni de la métropole et cela les pousse à toujours aller de l'avant. Ce qui n'empêchait pas monseigneur l'archevêque de s'écrier, du haut de la chaire, que dans cette province repliée sur elle-même, la vertu de tolérance était devenue synonyme de veulerie...

Monsieur De Guise, je l'appris au cours des années, avait des idées bien à lui en ce qui concernait ses concitoyens. En présence d'un Juif, il déclarait qu'il n'y avait pas plus juifs que nous; pour un marchand arabe, il se faisait rassurant:

— Faites-moi confiance, quand ils vous connaîtront bien, ils troqueront sans hésiter Jésus pour Allah.

À des visiteurs japonais, il conseillait de brandir leur drapeau:

— Ils raffolent des étendards, ils croiront naïvement que vous venez du Soleil.

Et de rire à gorge déployée, charmant ses invités de toutes races par son humour, sa générosité, son anarchisme et surtout son absence de préjugé envers ces étrangers qui commerçaient avec lui.

Ébloui par ce manoir aux dimensions fastueuses, je restai là, le photographiant si bien que je n'en ai jamais oublié le moindre détail; toit mansardé aux jolies lucarnes, fenêtres à carreaux plombés, volets à claire-voie, boîtes à fleurs récemment habillées de géraniums. Cinq larges marches d'ardoise, protégées des intempéries par un balcon appuyé sur des colonnes torsadées, conduisaient à l'entrée. Des grandes portes peintes en rouge, tournant sur des pentures de cuivre, ornées de heurtoirs à têtes de dragon — cadeau d'un exportateur asiatique — invitaient à l'intimité de cette demeure.

À peine avions-nous gravi la première marche que l'une des grandes portes s'ouvrit sur une jeune fille suivie de deux autres, toutes trois vêtues du costume distinctif des Ursulines, chemise blanche blousante à boutons noirs, ruban rose noué sous le col, jupe grise à plis, bas et souliers noirs en cuir verni. Sous ce même accoutrement, il était encore beaucoup plus difficile de les différencier.

La plus jeune, qui précédait ses sœurs, vint spontanément embrasser son père et l'étourdir de ses babillages. Elle était mignonne et elle avait, je l'avais remarqué instantanément, des mains fines aux doigts très longs, des yeux à l'éclat d'onyx, noirs, étincelants comme ses cheveux séparés par le milieu et retenus de chaque côté par de larges rubans roses qui voletaient sur ses frêles épaules. C'était Amélie. Elle avait mon âge.

Ses sœurs se montrèrent moins spontanées; elles vinrent à tour de rôle me tendre la main, l'une froide, l'autre chaude.

Hélène, quinze ans, la garçonne, portait bien son visage, la mâchoire décidée et le regard déterminé, sans détour, d'une franchise déroutante. Ses cheveux coupés court accentuaient son allure délibérément non féminine et, pourtant, comme elle était déjà femme, délicate, attentive à tous, généreuse. Le cœur ouvert et dévoué d'Hélène!

L'aînée, Thérèse, paraissait gênée dans son costume triste qui n'épousait pas sa croissance rapide, de sorte que, contrairement à ses sœurs, sa jupe semblait plus courte et des bras trop longs aux poignets anémiques dépassaient ses manches. Comme ses sœurs, elle avait des cheveux de jais, mais ses tresses roulées sur les oreilles lui donnaient un air de sévérité prématurée pour son âge. Elle était, disons, effacée. Son regard ne savait où se fixer. Son air hautain et fier trahissait néanmoins une nature capricieuse; cependant, elle était toute grâce et beauté; il devait lui être beaucoup pardonné...

Toutes trois ressemblaient à leur père, tandis que Laurent ne pouvait nier être le fils de sa mère, née Elsa Müller, elle-même fille d'un industriel allemand qui, disait-elle avec fierté, avait fait fortune dans les aciéries bien avant que les guerres mondiales ne viennent asservir le monde.

En retrait, dans l'ombre, la gouvernante, Aimérancienne, surveillait le va-et-vient. On me la présenta avec gentillesse, un peu comme si elle avait été un membre greffé à la famille. Imposante, forte, osseuse, les mains larges, elle était belle comme une beauté paysanne. Son odeur était à l'opposé de celle des religieuses enfermées. Elle sentait la campagne; quand elle me pressa contre elle spontanément en me tenant la main, j'eus l'impression de tomber dans une gerbe de blé. En une fraction de seconde je me soudai à elle, elle qui allait apaiser les déchirements de mon cœur et m'apprendre les usages de mon nouvel univers.

Cependant, quand je pénétrai dans le hall d'entrée du manoir, j'eus l'impression furtive, mais certaine, de connaître les lieux, comme si j'y avais déjà vécu, au point que j'aurais pu m'y déplacer les yeux fermés. Tous les objets et les meubles me semblaient familiers; ici, ce piano Bösendorfer que j'avais l'impression d'avoir touché tant de fois; là, ces meubles laqués, ce fauteuil Queen-Anne, ces murs bleus, ces tapis gris perle, ces lourdes tentures de velours et ces rideaux de voile dansant au vent du dehors. Miroirs, toiles, portraits, bibelots, rien ne m'était inconnu. J'étais sidéré.

— Qu'y a-t-il, monsieur Molay? Vous...

— Ce n'est rien, madame, mentis-je. La différence est tellement grande entre là où je vivais et...

— Vous vous habituerez, mon garçon, trancha monsieur De Guise. Va, ordonna-t-il à Laurent, montre-lui sa chambre. Qu'attends-tu?

Laurent m'entraîna dans un escalier en spirale enclavé dans un mur de la salle à manger. Ça je n'avais jamais vu. Dans une niche trônait une statue de femme nue tenant dans une main, le bras haut levé au-dessus de la tête, une torche en verre opalin, comme illuminée de l'intérieur, l'autre main posée sur la hanche. Je baissai les yeux et grimpai les marches à toute vitesse, haletant, le souffle coupé, troublé par cette première rencontre avec la nudité féminine, fût-elle de bronze.

— C'est ici, c'est la chambre bleue adjacente à la mienne, dit Laurent, en ouvrant la porte.

Ça aussi, du jamais vu! Quel contraste avec ma petite chambre près de l'infirmerie. Quel étonnant contraste! Le lit énorme, le bois massif sculpté de bas-reliefs représentant de petits bateaux dérivant sur une mer déchaînée. Le couvre-lit du même tissu bleu que les tentures l'habillait joliment comme les nombreux coussins de formes variées et de divers tons de bleu posés sur les oreillers. Commodes, tables de chevet, tapis et lampes se mariaient en créant une ambiance marine. Près de la fenêtre, une longue table attendait que quelqu'un s'y installe; un sous-main de cuir noir encadrant un buvard bleu y était déposé, puis un pot rempli de crayons; une délicate petite lampe de cuivre me charma, qui veillerait discrètement sur mes innombrables insomnies. À la tête du lit, on avait suspendu un tableau représentant la mer intérieure par un soir de pleine lune.

Debout, les bras ballants, sourd aux appels de Laurent qui m'invitait à visiter sa chambre, je regardais, envoûté, celle où j'allais désormais étudier, lire, rêver et dormir.

La voix d'Amélie me sortit soudain de mon état second, criant, au bas de l'escalier:

— Eh! les garçons, papa demande si vous voulez un verre de *sherry*.

Le *sherry* fut servi dans le solarium donnant sur le jardin épanoui par des centaines de tulipes, de jonquilles, de spirées, de pervenches et de muguet. À l'intérieur, des fleurs coupées, disposées dans des vases, rappelaient par leurs teintes les tissus des fauteuils et des tentures. L'air était lourd de parfums. La toile grise des murs feutrait les bruits et les voix. Les bibliothèques vitrées, les tables de Chine au laque miroitant reflétaient les nombreux objets déposés là selon un goût un peu exotique.

La table basse portait plusieurs carafes à demi remplies de boissons aux couleurs variées, des verres aux reflets féeriques et diamantés et une statuette de porcelaine rouge représentant un cavalier brandissant son épée, le front haut, monté sur un destrier lourdement harnaché.

Telle fut ma perception de cette pièce où j'entrai timidement, précédé de Laurent qui rouspétait:

— Jacques est tellement content de sa chambre qu'il n'a même pas voulu voir la mienne.

— Il en aura bien le temps, temporisa madame De Guise, assise dans un grand fauteuil d'osier. Je la vis les jambes croisées, les genoux dégagés de sa jupe relevée, les bras appuyés sur les accoudoirs du fauteuil, les mains pendantes, comme inertes, le majeur orné d'un brillant rivalisant d'éclat avec la flamme insoutenable de ses yeux.

Mes trois sœurs attendaient notre arrivée, assises côte à côte sur un grand divan fleuri, tandis que monsieur De Guise servait à boire:

— Prenez, buvez, il n'y a rien de tel qu'un apéritif pour creuser l'estomac et le remplir de joie.

Ce vocabulaire, nouveau à mes oreilles, me déroutait; ces coutumes étrangères à ma vie antérieure me mettaient dans l'embarras. Mais je fis comme si de rien n'était et je pris, rougissant, le verre que monsieur De Guise me tendait.

— À Jacques Molay, lança-t-il, levons nos verres et buvons.

— À Jacques! entendis-je unanimement.

Nous entrechoquâmes nos verres, moi, cependant, ne sachant trop quoi répliquer en la circonstance. J'obéis à mon intuition et dis sur un ton déclamatoire hérité des religieuses et d'une voix qui n'était pas la mienne:

— Merci. Je suis ravi par l'accueil que vous me faites. Cependant je vous demande d'excuser les erreurs que je pourrai commettre au cours de mon adaptation.

— Cher Jacques, répliqua madame De Guise, ne vous excusez pas par anticipation. Ce n'est pas à vous de vous adapter, car c'est nous qui vous adoptons.

Tous se mirent à rire joyeusement, sauf moi qui ne trouvais pas cela particulièrement amusant.

— Nous l'embarrassons, remarqua Amélie.

— Ne rougissez pas pour si peu, Jacques, entendis-je.

— C'est le *sherry*, madame. C'est la première fois que j'en bois.

La première fois fut inoubliable et m'ouvrit la porte des sensations éthyliques: douces brûlures des papilles, chaudes caresses à l'estomac, voyage du sang parcourant les veines, légèreté de l'esprit, rires faciles et picotement des pommettes quand les lèvres, elles, se resserrent, déjà sèches et déshydratées, sur le verre. Que j'étais léger et confiant!

— À table! ordonna monsieur De Guise.

À l'unisson, nous vidâmes nos verres, les déposâmes sur la table basse et suivîmes la maîtresse de maison comme des poussins affamés.

L'opulence est le seul mot qui pourrait décrire le décor de la table dressée et le menu de ce repas. Tant d'autres semblables allaient se succéder sans que nous ayons à nous plaindre du rationnement non encore levé, car monsieur De Guise n'était pas en guerre, lui; il faisait fi des tickets de rationnement, se débrouillant très bien au marché noir. Le mot *impossible* n'appartenait pas à son vocabulaire.

Les conversations allaient d'un sujet à l'autre dans la plus totale désinvolture. Les filles se racontaient et faisaient front commun pour dénoncer les mesquineries ou la méchanceté de telle ursuline, ou vanter la sainteté d'une telle autre. Amélie, avec franchise et courage, déclarait sans nuance qu'elle en avait jusque-là des saintes nitouches et que, si elle le pouvait, elle renoncerait à ses études en échange de n'importe quoi, pourvu qu'elle ne rencontre plus jamais une bonne sœur, sainte ou pas:

— J'aimerais mieux être ignorante que d'aller à cette école!

— Amélie, sympathisa monsieur De Guise, je comprends très bien. Nous sommes tous passés par là. Dans quelques années, tu n'en auras gardé que les bons souvenirs.

Puis, s'adressant à moi, sachant que ma vie monacale avait tout à envier à celle de ses enfants:

— Et pour vous, Jacques, comment était-ce chez les Filles de l'enfance?

— J'étais au paradis, répondis-je spontanément, empruntant l'expression chère à mon tuteur.

— Eh bien! de rire monsieur De Guise, ici, vous connaîtrez l'enfer.

Légèrement pompette, il gesticulait en imitant un personnage que je ne connaissais pas mais familier pourtant à tous car ils riaient.

— L'enfer est en nous, caché dans nos mauvais sentiments les plus secrets. L'enfer, c'est le cancer de l'âme qui brûle les vertus que nous chérissons tant. Ah! l'enfer, tu connais bien, n'est-ce pas, maman? Regardez maman, me dit-il, appelez-la maman, cela lui fera plaisir.

— Maman, dis-je, le cœur gros.

— Et papa. Appelez-moi papa.

— Papa, balbutiai-je.

— Nous voici en famille. Je vous présente Thérèse...

Il les présenta tous, à tour de rôle, avec un humour caustique mais pas méchant pour un sou, résumant en quelques mots le caractère de chacun. Ce jeu était inutile, car il me semblait que je savais déjà à qui j'avais affaire et dans quel nid de marginaux je venais de tomber.

L' homme était grand, de forte constitution. Il avait un visage anguleux aux pommettes saillantes, les sourcils en broussaille comme ses cheveux grisonnants, le regard vif. Il souriait constamment, moqueur, mais ce sourire semblait tenir d'un tic ou d'une manie car, à l'observer fumant son cigare et inhalant la fumée, son attitude générale trahissait plutôt une nature soucieuse et réfléchie. Soudain, secouant la cendre de son cigare dans le cendrier, il parut étonné de me voir encore assis à table, lui tenant compagnie:

— C'est comme ça tous les dimanches. Aussitôt qu'ils ont mangé, tous les prétextes leur sont bons pour quitter la table, alors que, pour moi, c'est un moment privilégié où j'aimerais m'entretenir avec chacun de mes enfants. Vous avez déjà fumé en cachette?

— Jamais, répondis-je, surpris par la question.

— Il ne sert à rien de se cacher. Quand l'envie vous prendra, dites-le-moi, je vous accompagnerai. Vous avez quelque chose à faire cet après-midi?

— Je dois défaire ma malle et ranger mes effets.

Il se leva majestueusement en prenant appui sur les bras de son fauteuil et rota caverneusement:

— Ce ne sont sûrement pas les Filles de l'enfance qui vous auront appris les bienfaits des mauvaises manières.

— Que non, dis-je en riant.

Le téléphone sonna. Aimérancienne survint en courant dans la salle à manger:

— C'est pour vous, monsieur.

D'un pas calme, monsieur alla prendre la communication dans l'intimité de son bureau.

— Vous avez bien mangé? s'informa Aimérancienne.

— Très bien, merci, mademoiselle.

— Ici, tous m'appellent par mon prénom.

— Bien, mademoiselle Aimérancienne.

— Vous n'êtes pas avec Laurent?

— Il s'est envolé. En attendant son retour, je vais monter à ma chambre ranger mes affaires.

— Nous avons déjà tout rangé, madame et moi, mais ce n'était pas la peine, car madame vous amènera demain refaire votre garde-robe. Vous n'avez que des vêtements sombres, c'est lugubre à votre âge.

— Vous m'accompagnez, jeune homme? interrompit monsieur De Guise. J'ai une visite à rendre.

Et il se planta au pied de l'escalier, appelant de sa voix tonitruante:

— Elsa? Elsa? Je dois sortir!

Il n'y eut pas de réponse.

Haussant les épaules, il se dirigea vers la cuisine prévenir Aimérancienne qu'il se rendait chez l'oncle Gontran.

— Et Laurent? demandai-je à monsieur De Guise.

— Celui-là, seul le diable sait où il peut être! Vous venez?

Le chauffeur étant en congé de fin de semaine, monsieur De Guise prit le volant; il me fit asseoir à côté de lui, démarra et traversa la ville à une vitesse vertigineuse:

— Gontran est le frère aîné de mon père. Tous l'appellent le singe. Quand vous le verrez, vous comprendrez pourquoi. Oui, vraiment... un singe!

Le trajet me parut si court que je n'eus pas le temps de rassembler mes esprits qui cherchaient à comprendre l'étrangeté du comportement des membres de cette famille. Les filles révisaient leurs leçons en vue des examens de fin d'année, souhaitant s'en libérer le plus vite possible afin de passer à d'autres occupations plus divertissantes; madame faisait la sieste comme d'habitude après le déjeuner; quant à Laurent, il s'était réfugié dans la salle de jeux au sous-sol où il passait des heures à assembler diverses machines et à construire des bateaux avec son gigantesque mécano. Qu'avait-il besoin d'un faux frère?

— Quelle raison le singe peut-il avoir de me convoquer un dimanche après-midi? Ce n'est pas dans ses habitudes, réfléchissait à voix haute monsieur De Guise, stationnant la voiture devant une belle et ancienne maison bourgeoise.

Je le suivis, gravissant les marches d'un large perron longeant la façade de la maison. Nous attendîmes longtemps avant qu'on vint ouvrir la porte aux reliefs ouvragés ornée d'un vitrail à l'emblème de la province.

Une silhouette apparut enfin derrière le vitrail et une tête se colla le front à la vitre, cherchant à identifier les visiteurs. Le verre déformant rendit monstrueux le regard de l'homme.

— Ouvre! C'est moi, Galessande, s'impatienta monsieur De Guise.

La porte s'ouvrit lentement. Les deux hommes se serrèrent la main sans chaleur, en gardant leurs distances, puis nous entrâmes dans cette maison sombre imprégnée de l'odeur de la maladie et de l'humidité.

— Alors, De la Commande? Comment va le singe?

— Il n'en mène pas large, il manque de souffle. C'est une calamité, un vieux fou grabataire. Ce matin, j'ai dû le torcher encore une fois. Il était très agité. Il a exigé que je lui apporte son habit de noces.

— Il ne s'est jamais marié, Bon Dieu!

— Je sais! C'est ce que j'ai essayé de lui faire entendre. Il s'est mis en colère folle et m'a déshérité pour la centième fois. Il fallait le voir s'époumoner à répéter, en hurlant: «Mon habit de noces. Rien d'autre. Tant que je respirerai, c'est moi qui déciderai; mets-moi mon habit de noces.»

— Et qu'est-ce que tu as fait?

— Je l'ai revêtu de guenilles. Bien bon pour lui! Il ne s'est rendu compte de rien. Il est déjà dans l'autre monde.

— Où est-il?

— Toujours au même endroit.

Tandis qu'ils discutaient à voix basse, un vieux chat noir aux yeux jaunes vint se frotter contre mes jambes en ronronnant. Je l'écartai du bout du pied tant sa laideur me répugnait. Puis, je dévisageai le monsieur De la Commande, maniéré, efféminé, chauve comme une pierre, le regard fuyant, la bouche amère, les commissures des lèvres encombrées de bave blanche qui réapparaissait au fur et à mesure qu'il s'essuyait avec un mouchoir brodé aux points de croix.

De la Commande nous introduisit finalement dans la pièce où se trouvait le singe.

Sa tête tenait péniblement, dodelinante, sur un cou de poulet attaché à des épaules squelettiques lovées dans un fauteuil Queen-Anne capitonné de cuir vert. Le corps de cette homme n'était plus qu'une petite masse molle habillée de vêtements en lambeaux. Une main dont on ne voyait que la peau et les os s'appuyait, tremblante, au bras du fauteuil tandis que l'autre s'agrippait au rideau de la fenêtre où le fauteuil avait été placé à sa demande.

— Bonjour, Gontran, c'est moi, Galessande. Tu m'as appelé?

Le menton de la tête simiesque se détacha péniblement de la poitrine où elle reposait mollement et le crâne du vieillard, après cet effort, faillit rouler sur son assise et tomber à la renverse. Les yeux. Que les yeux! Ils prenaient toute la place dans ce visage décharné. Les lourdes paupières clignèrent deux ou trois fois comme celles d'un lézard léthargique. Les lèvres tremblantes s'entrouvrirent presque imperceptiblement, laissant échapper un filet de voix aigu, nasillard, si inaudible qu'il fallut tendre l'oreille pour distinguer consonnes et voyelles des mots qu'elles tentaient d'articuler.

La main tremblante du moribond, jusque-là cramponnée au bras du fauteuil, s'en détacha péniblement et pointa un doigt arthritique sur la table placée devant la fenêtre, à côté du fauteuil, vers deux grandes enveloppes blanches où des noms étaient tracés d'une écriture vacillante, quasiment illisible.

— Ier..isse et eur...vêque.

Monsieur De Guise parut comprendre ce jargon. Il prit les deux enveloppes, les regarda, les soupesa et les fit disparaître dans la poche intérieure de son veston:

— Soyez sans crainte, cher oncle, je les livrerai à qui de droit.

Le singe hocha la tête en signe d'acquiescement, fit appel à quelques muscles faciaux atrophiés pour esquisser un sourire, mais seuls ses yeux y parvinrent, brillant d'un éclat fugace pour aussitôt se voiler. Sa main droite reprit son appui sur le rideau de dentelle tandis que sa main gauche faisait signe à Monsieur De Guise de s'approcher.

Je crus lire sur ses lèvres:

— L'heure des mes noces est arrivée.

— À votre âge! Mon oncle, vous auriez pu y penser avant.

Je ne saurais dire si le vieux riait ou pleurait, mais je me souviens que sa main agrippée au rideau lâcha prise et qu'elle fit un geste de rejet, invitant son neveu, qu'il n'aimait pas plus que les autres enfants de son frère, à s'en aller.

— Mais oui, mais oui, je m'en vais. Je sais que tu n'as jamais apprécié ma compagnie. De la Commande? C'est l'heure de sa sieste. De la Commande, appela monsieur De Guise, sors de l'ombre où tu te caches. Monte-le à sa chambre, ordonna-t-il, tu ne vois donc pas qu'il n'en peut plus?

Le singe, alors, sembla prendre conscience de ma présence et, me désignant d'un doigt tremblant pointé vers moi, demanda, en son jargon, qui j'étais.

— Mon nouveau fils, répondit monsieur de Guise, Jacques Molay.

La bouche du singe exhala un râlement. Il se mit à battre des pieds et des mains, soudain secoué de convulsions, puis il essaya de s'agripper à son fauteuil, se raidit, joignit les mains, croisa les doigts. Il mourait, son regard fixé sur nous. Une larme perlée glissait lentement dans le sillon d'une ride asséchée, balafrant sa peau flasque et ratatinée.

— Il est mort, entendis-je. Le singe s'est éteint; Gontran De Guise n'existe plus.

Dans l'état de choc où j'étais, je ne sais pas si ce fut monsieur De Guise ou De la Commande qui le constata.

— Merde! les problèmes commencent.

— Il n'y a pas de doute.

— Il a toujours obtenu ce qu'il voulait. Vieux fou! il voulait mourir dans son fauteuil. Il y a réussi, déclara De la Commande, s'approchant, incrédule, les poings fermés, comme prêt à assommer le vieux au cas où sa mort aurait été feinte.

Puis, collant l'oreille sur la poitrine du cadavre, à l'écoute d'un cœur qui ne battait plus, il s'écria:

— Oui, il est vraiment mort, le maudit radin!

Il se mit à rire de façon si hystérique que monsieur De Guise dut le secouer pour le rendre à la raison:

— Ça ne va pas, non? Un peu de contrôle et de dignité! Sa mort ne fera pas ta fortune.

— Sa fortune, je m'en fiche, ricanait De la Commande. Sa mort me donne enfin la paix. Cela vaut bien plus que des millions mal acquis. Lâche-moi! criait-il. Ne me touche pas, Galessande, sinon...

— Du calme! Du calme! temporisa monsieur De Guise.

Il n'y avait rien qu'on pût faire. De la Commande s'écroula, étreint de spasmes hideux, se frappant la tête sur le plancher, les yeux révulsés. De sa bouche s'échappait de l'écume blanchâtre.

— Il ne manquait plus que ça, se désolait monsieur De Guise. Quelle journée!

D'un geste brusque, il dénoua le nœud de cravate du malade, lui enleva ses souliers, lui glissa un coussin sous la tête et tenta de lui caler un mouchoir dans la bouche. Quand De la Commande sembla calmé, monsieur De Guise se précipita vers le téléphone.

Les mains dans les poches, glacé et impressionné, je restai là, écoutant d'une oreille tendue les conversations téléphoniques que monsieur De Guise tenait avec je ne sais qui, tandis que j'inventoriais cette pièce où se jouait un drame aux conséquences imprévisibles.

Un lustre de cristal dont l'éclat avait dû jadis égayer cette pièce était terni par la poussière agglomérée à la nicotine des cigares. Des murs tapissés de soie, il ne restait que l'impression vague de paysages chinois ou japonais jaunis par le temps. L'un d'eux était maculé de coulisses d'eau séchée ayant coulé du toit négligé; des meubles d'acajou, recouverts de velours vert, si sales qu'une femme vêtue en robe blanche s'y serait tachée; des tableaux suspendus sans symétrie, des photos d'ancêtres insérées dans des moulures ovales ouvragées, un poste de radio démodé sur un guéridon triangulaire; près de la fenêtre, sur une autre table recouverte d'une nappe en dentelle de Bruges, un bouddha en porcelaine au sourire éternellement figé semblait me regarder; des tentures de velours empesées de poussière et imprégnées d'odeurs; un cendrier sur pied débordant de mégots de cigares; puis, ce mort dans son fauteuil, vêtu d'une chemise blanche au col en celluloïd, de vieux vêtements noirs troués et effilochés, le bas du corps couvert d'une non moins dégoûtante couverture écossaise sur laquelle les poils de chats s'agglutinaient en masse. Sur le parquet recouvert d'un tapis persan qui avait vu de meilleurs jours, De la Commande, revenant à lui, me demanda de l'aider à se relever.

Avec diligence, monsieur De Guise s'en chargea à ma place. La suite des événements tint du burlesque. La maison fut envahie rapidement tant par ceux qui devaient prendre charge du mort que par les héritiers éventuels, neveux, nièces, cousins, cousines: une meute agressive, bavarde, envieuse et suspicieuse, chacun revendiquant son droit à l'héritage. Quelle effusion de sentiments! C'était à qui prouverait, exemples à l'appui, l'estime, l'affection, le respect, la considération et l'amour voués au défunt. Parmi cette horde d'enfants, d'hommes, de femmes voilées qui allaient et venaient, furetant sans gêne et sans vergogne dans la maison, personne ne remarqua ma présence, mais une main me saisit par le bras et m'entraîna discrètement à l'écart:

— Filons à l'anglaise, sinon je fais un malheur!

C'était monsieur De Guise, rouge d'indignation et de colère.

Nous prîmes place dans la limousine. Il mit le moteur en marche et démarra.

— Vous avez vu ce que j'ai vu?

— J'ai observé.

— Vous ne pouvez pas comprendre.

— Je devine.

— Ce que vous pouvez deviner est sans doute bien en deçà de la réalité.

— Il était riche?

— Comment donc! Mais personne ne connaît, même pas moi, la complexité et les ramifications de ses affaires.

— Alors, j'ai tout compris.

Une complicité s'établit entre nous. Il me donna une tape sur le genou et me gratifia d'un sourire amical.

— Je vais faire un détour. Il faut que je vois Godefroy. Ce n'est pas dans sa retraite qu'il apprendra ce qui vient d'arriver.

— Qui est Godefroy?

— Mon frère cadet. Le poète de la famille. Un instant, ajouta-t-il, en croisant l'avenue principale. Je m'arrête chez Toussaint acheter des cigares. Tu veux un cornet de crème glacée?

— J'aimerais bien, merci.

— Quelle essence?

— Chocolat.

— C'est ma préférée.

Il m'avait tutoyé. J'étais content. Son vouvoiement me gênait. Il descendit de la voiture, qu'il stationna le long du trottoir, et entra chez Toussaint, le marchand qui vendait non seulement des cigares et de la crème glacée, mais aussi des revues, des journaux et mille babioles. Il ressortit presque aussitôt, souriant, un cornet dans chaque main.

— C'est la meilleure crème glacée qui soit. J'ai importé la recette d'Italie.

— Vous fabriquez de la crème glacée?

— La compagnie que je dirige fabrique aussi des bonbons, des biscuits, des chocolats, des pâtes. Tu auras le temps de tout découvrir. Un jour, quand je serai libre, je te ferai visiter les manufactures.

Il engagea la voiture sur un grand boulevard, roula tout en dégustant son cornet, puis bifurqua sur un étroit chemin de terre tracé entre deux longues rangées d'arbres centenaires dont la cime déployée formait une sorte de tunnel si dense et touffu que les rayons du soleil ne le perçaient pas. À l'extrémité de cette route secondaire, le soleil illumina une petite colline au sommet de laquelle se dressait une maison différente des autres. Elle était trapue, construite en briques rouges, couverte d'un toit de tuile et percée de nombreuses fenêtres étroites en meurtrières. Deux portes de bois y donnaient accès; elles étaient ouvertes.

— Nous y sommes, dit monsieur De Guise. C'est ici la maison de Godefroy. Autrefois, elle était le fief des franc-maçons qui, pour ne pas attirer l'attention des gens d'Église, s'étaient installés en retrait de la ville. Aujourd'hui, c'est le temple de Godefroy.

À l'époque, comme j'ignorais tout de la franc-maçonnerie, je ne portai pas attention à ce que monsieur De Guise disait; j'étais plutôt sur mes gardes, appréhendant d'autres événements dramatiques comme ceux que nous venions de vivre.

En entrant, nous aperçûmes Godefroy penché sur une horloge, si concentré sur son ouvrage qu'il ne nous entendit pas.

Monsieur De Guise frappa quelques coups sur le cadre de la porte:

— C'est moi, Galessande.

Godefroy sursauta. Son visage sourit spontanément, mais ses yeux restèrent comme voilés, sans éclat, définitivement abîmés par la tristesse.

— Je te dérange?

— Pas du tout. Je tentais de réparer le mécanisme de cette vieille horloge.

Il se leva, droit, plus grand que son frère, le dos voûté, tendit une main blanche que monsieur De Guise secoua plusieurs fois avec affection:

— Celui-là, c'est mon nouveau fils. Il m'est tombé du ciel aujourd'hui même à la demande de Laurent. Jacques Molay, mon frère Godefroy.

Il me serra la main, m'assurant avec chaleur qu'il était ravi d'avoir un nouveau neveu et, m'ayant examiné avec insistance, il ajouta:

— Avec une tête comme ça, je me demande bien, Galessande, ce que la vie lui réserve.

— La vie? Mon vieux, que veux-tu qu'elle réserve? Tu es poète, tu devrais le savoir, vivre c'est vérifier.

— Et vérifier, c'est...

Il n'acheva pas sa phrase.

Godefroy était vêtu d'un pantalon rayé, d'une redingote bleu tendre parementée de velours noir, d'une chemise blanche et d'une lavallière. Il avait l'allure originale, l'air ténébreux et romantique.

— Tu viens marcher avec moi, Godefroy? J'ai une chose importante à te confier. Jacques, excuse-nous. Tu peux admirer les horloges pendant ce temps.

Les deux frères, l'aîné et le cadet, sortirent calmement et se mirent à marcher devant la porte. Je restai à observer la collection d'horloges qui se disputaient l'espace avec les innombrables livres débordant des bibliothèques ou encombrant les tables. Les tic-tac imperturbables, constants, modulés sur tous les tons, composaient une symphonie étrange, angoissante même, oui, comme si cet ancien repaire des francs-maçons avait été transformé en temple du dieu Temps. Les mécaniques des horloges s'harmonisaient, malgré leurs tonalités différentes. Le silence fuyait devant cette omniprésence de sons sourds et graves, scandés de tintements aigus.

Deux chats miaulèrent en venant se frôler contre mes jambes; de beaux félins, mais leur regard me rappelait celui voilé de leur maître. Je pris dans mes bras le plus petit, le noir tacheté de blanc, et il se mit à me faire des bises si affectueusement dans le cou que j'en fus tout ému.

Les frères revinrent de leur promenade, marchant calmement d'un même pas accordé. J'entendis Godefroy:

— Il y aura des problèmes de succession, autant t'y faire tout de suite; tu sais comme la famille est désunie...

— ... Je sais. J'imagine déjà les disputes et même les procès. Sois tranquille, l'exécuteur testamentaire saura quoi faire; il nous doit sa chemise et il a intérêt à la garder. Au fait, ajouta-t-il, en sortant de sa poche les deux enveloppes que Gontran lui avait confiées, pourrais-tu les garder pour moi?

— Qu'est-ce que c'est?

— De l'argent, bien sûr, Tu sais que j'ai souvent servi de messager dans ce genre d'histoire. Il y en a pour la caisse électorale du premier ministre; l'autre est destinée à l'archevêque.

— Pourquoi ne les leur donnes-tu pas toi-même?

— Gontran est mort. J'ai l'impression qu'il vaut mieux attendre.

Le poète prit les enveloppes que monsieur De Guise lui tendait, les soupesa en s'exclamant:

— Je donnerais cher pour savoir combien elles contiennent.

— Elles renferment le prix du pouvoir spirituel et politique. Sans argent, l'un et l'autre s'écrouleraient.

— Pauvre pouvoir intellectuel!

— Il faudra certainement attendre des décennies avant que ce pouvoir-là puisse s'exercer. Si cela se réalise, il aura, lui aussi, besoin d'argent pour asseoir sa continuité. Sais-tu, Godefroy... Non, comment le saurais-tu? Écoute-moi. Un jour, il y a de ça quelques années, je venais de remettre deux enveloppes semblables aux mêmes personnages. Cela se passait dans le bureau du premier ministre, en compagnie de l'archevêque. Chacun avait prit son enveloppe et l'avait ouverte sur-le-champ, le sourire béat.

— Merci, Galessande, m'avait dit le premier ministre en me serrant la main. Tant que ton oncle déliera sa bourse, je tiendrai les rênes du pouvoir. Remercie-le pour moi, du fond du cœur, et assure-le de ma profonde gratitude. En temps et lieu, je lui renverrai l'ascenseur.

— Moi, de renchérir l'archevêque avec un sourire en coin après avoir craché dans son mouchoir sale, je me chargerai de lui ouvrir les portes du ciel. Et il n'aura pas besoin d'un ascenseur pour atteindre le royaume éternel.

Les rires gras avaient résonné, puis le premier ministre avait ajouté, caressant l'enveloppe:

— Monseigneur, avec cet argent, je vais pouvoir m'offrir le luxe de former mon opposition.

— Tu rigoles, se scandalisa Godefroy.

— C'est la vérité. C'est moi, en messager du premier ministre qui ai remis au notaire Valois la somme nécessaire à son élection. Et c'est encore moi qui ai gratifié son adversaire pour qu'il se laisse battre dans son comté. Qu'est-ce que tu crois? Gontran achetait aussi les indulgences et les bonnes grâces de l'archevêque même s'il refusait obstinément de mettre les pieds dans une église. Quelle farce!

Godefroy haussa les épaules et remarqua sur un ton ironique:

— Démocratie, démocratie! En ton nom, même les bandits se font élire et corrompent l'État avec la bénédiction de l'Église. Amen!

Il se dirigea vers une très vieille horloge, la fit pivoter, ouvrit la porte qui donnait accès au mécanisme et y déposa les enveloppes.

— Tu n'as rien à craindre. Ici, elles sont en lieu sûr.

— Tu feras l'effort d'être présent à l'enterrement? demanda monsieur De Guise.

— J'irai, mais ne compte pas sur moi pour la veillée au mort. Je suis sûr que j'en mourrais.

Les deux hommes rirent de bon cœur. Et, comme nous allions partir, Godefroy offrit à monsieur De Guise un petit livre:

— C'est mon dernier, je te l'offre même si je sais que tu n'apprécies pas tellement ce que j'écris.

— Ce n'est pas tant que je n'aime pas, je n'y comprends rien. Qu'est-ce que tu veux, moi, je préfère Francis Jammes.

Une fois la voiture engagée dans le petit chemin de terre, je retournai la tête.

Godefroy m'envoya un salut de la main auquel je répondis.

— Eh! cria-t-il. Eh! Galessande.

Monsieur De Guise stoppa:

— Qu'est-ce qu'il y a?

— L'horloge! N'oublie pas l'horloge de Gontran. C'est une pièce de collection. Tu me la gardes?

— Je n'y manquerai pas, je te promets.

Nous retournâmes au manoir. En chemin, monsieur De Guise me parla de Godefroy avec affection, le seul de ses frères avec lequel il pouvait réellement s'entendre:

— Il est poète, mais ça lui passera avec l'âge. J'ai des projets pour lui, de très grands projets.

Je regardais la couverture du livre, sur laquelle je lus le nom: GODEFROY DE GUISE; le titre: CEDANCADÉ. En bas de page, LES ÉDITIONS DE L'HIPPOCAMPE.

— Lis-moi un de ses poèmes, pour voir si tu comprends mieux que moi, m'enjoignit monsieur De Guise, sur un ton moqueur.

J'ouvris le livre avec un certain recueillement, me concentrai, me raclai la gorge et, lentement, je lus «NATURE À DEMI MORTE»:

C'était une rétine embourbée dans l'or noir
Qui pour illuminer son austère entonnoir
Déglutinait le jus d'un serpent factotum
En fumant le bambou d'une angoisse néon.

Mais pourquoi donc enfin, déjection atomique,
Ce serpent figé dans la sauce lyrique
Charmait-il mes oreilles longitudinales
Comme un fœtus vert sur une diagonale?

Énigme!

Grands bœufs roux qui marchez solitaires,
Malaxez, je vous prie, ce crapaud centenaire.
Cosinus et tangente accroupis au cratère

Du mystère...

Tant il riait, monsieur De Guise faillit perdre le contrôle de la voiture qui zigzagua dangereusement avant qu'il ne parvienne à la maîtriser.

— Attention! avais-je crié.

— On ne va pas se tuer pour un poème.

Il manœuvra habilement et remit la voiture sur le droit chemin. Plusieurs autres voitures étaient garées devant le manoir. Laurent, seul, assis sur une marche du perron, attendait, rongé par la colère.

À peine étions-nous descendus de voiture qu'il courait vers nous, criant, incontrôlable:

— Où étiez-vous? Pourquoi m'avez-vous abandonné? J'ai été seul tout l'après-midi. Qu'est-ce que vous avez fait? C'est un frère que je voulais. Mon père me le vole!

J'assistai, muet, à cette crise inattendue, quand monsieur De Guise répliqua avec flegme:

— Où étais-tu toi-même? Pourquoi t'es-tu éclipsé à la fin du repas? Qu'est-ce que tu as fait cet après-midi? Tu voulais un frère et tu le délaisses dès le premier jour de son arrivée. Voilà, jeune homme, la réalité. Excuse-toi sur-le-champ, sinon, va méditer dans ta chambre jusqu'à ce que je te donne l'autorisation d'en sortir.

Laurent me regarda, le sang dans les yeux, les poings crispés. Il tenta de défier le regard de son père, mais il ne put en soutenir l'éclat et baissa la tête, honteux.

Monsieur De Guise entra dans le manoir comme si de rien n'était, nous laissant tous les deux, moi, impressionné par une telle autorité si peu familière, et Laurent à piétiner, hésitant à s'excuser.

— Alors? Tu as compris? demanda monsieur De Guise en se retournant vers nous, la main à la poignée de la porte.

Un «Je m'excuse, papa» sortit de la bouche de Laurent comme s'il avait avalé un bonbon.

— Viens, dis-je, je vais tout te raconter.

Laurent se laissa prendre par les épaules sans résister et je lui fis le récit des événements qui avait marqué mon premier après-midi chez lui. Et, quand j'eus terminé, il s'esclaffa:

— Oh! rien que ça! Le singe est mort... De la Commande a fait sa crise habituelle... Tu as rencontré Godefroy... Merde! j'ai bien fait de rester chez moi. Le singe était un être infect, De la Commande est un vieillard empesé, et quant au poète, il peut bien aller se pendre; celui-là, il est complètement sonné. Viens avec moi, je vais te montrer ce que j'ai fait cet après-midi avec mon mécano. J'ai construit une chaise électrique qui fonctionne vraiment. Je peux condamner à mort des insectes répugnants. Un peu de courant et zzz, ils grésillent. J'en ferais bien autant avec toutes les femmes qui habitent cette maison.

Je ne reconnaissais plus Laurent.

Nous entrâmes dans le manoir envahi par des visiteurs qui discutaient ardemment en récitant le rosaire de leurs souvenirs. Au salon, des hommes riaient en écoutant monsieur De Guise raconter comment le singe était mort assis dans son fauteuil, revêtu de son imaginaire habit de noces.

— Laisse tomber, me disait Laurent. Viens avec moi. Eux, c'est le clan des De Guise. Je ne les aime pas, pas plus qu'un seul d'entre eux n'aimait le grand-oncle, celui qu'ils appellent «le singe». Paraît qu'il leur a fait la vie dure après la mort de ses deux frères, mon grand-père Gustave et mon grand-oncle Guillaume avec lesquels il était associé.

«Viens», s'impatienta-t-il, quand, lui faussant compagnie, je m'approchai d'Amélie pour regarder ce qu'elle dessinait avec des crayons de couleur, assise à la table de la salle à manger. Des oiseaux, des oiseaux, que des oiseaux.

— Où allez-vous? demanda-t-elle.

— Dans la salle de jeux, répondit Laurent, et nous n'avons pas besoin de petite peste.

— Je suis chez moi autant que toi et je peux aller où je veux, quand je le veux.

Elle prononça la phrase comme s'il s'agissait d'une leçon cent fois répétée, plus moqueuse que choquée, me faisant un clin d'œil. Nous descendîmes au sous-sol où la salle de jeux occupait presque toute la surface à l'exception de la chambre d'Aimérancienne, de la salle des chaudières, de la chambre froide et de la buanderie. Il y avait une table de ping-pong, une table de billard et d'autres tables ainsi que des armoires remplies de jeux divers, de livres innocents et de puzzles.

Dans un coin de la pièce, une immense cheminée de pierres grises invitait à l'apaisement et à la méditation. Les cendres étaient encore chaudes, un filet de fumée s'échappait des tisons non consumés. Un cendrier sur pied placé près d'un fauteuil, contenant des mégots de cigare, révélait la présence nocturne de monsieur De Guise; d'autres mégots, de cigarettes cette fois, me laissaient supposer que Laurent avait fumé. Puis, sur la table d'appoint, un verre à cognac et une carafe prouvaient qu'Aimérancienne n'était pas encore descendue faire le ménage.

Je fus fasciné par cette cheminée, la première du genre que je voyais. Elle me rappelait les émotions des personnages de romans que j'avais lus, tant les scènes, près du feu, y avaient été décrites de manière convaincante.

— Regarde, Jacques.

J'avais tout vu. De statiques soldats de plomb livraient des combats factices autant qu'imaginaires sur un champ de bataille recouvert de feutre vert. Des jouets militaires, camions de troupes, chars d'assaut, canons, sous-marins, avions de chasse, bombardiers s'entassaient, délaissés; sur une table se dressait un colossal amalgame de plaques d'acier peintes en rouge, de vis et d'écrous assemblés avec soin, une chaise électrique, haute comme un jeune homme, actionnée par un moteur électrique. C'était là l'invention de Laurent. Il m'en fit une démonstration avec un mégot de cigare en guise de victime.

— Regarde-moi ça. C'est génial! Elle fonctionne.

Le mégot de cigare, en effet, se mit à griller.

— Alors? Ça te laisse froid?

— Complètement.

— Tu es comme mon père. La dernière fois, j'avais construit une superbe guillotine qui tranchait les cigares. Quand mon père a vu ça, il a fait une colère terrible:

— Ignores-tu que c'est le roi Louis XVI et ses mécaniciens, les docteurs Louis et Guillotin, ainsi que le bourreau Sansom qui ont inventé cette sinistre machine? Sais-tu que dix mois plus tard sa propre invention servit à lui trancher la tête et que de là découlent une série incalculable de malheurs, dont ceux de nos propres ancêtres?

— Mais, bien sûr, je sais tout cela. On me l'a assez répété.

— Alors, enlève-moi cet objet de la vue ou je te confisque ton mécano.

Tandis que Laurent parlait, je feuilletais le catalogue des plans fourni avec le mécano et tombai sur l'illustration d'un château médiéval avec pont-levis, lourdes portes, tours encastrées et meurtrières. Une merveille!

— Je suis d'accord avec ton père. Pourquoi ne pas construire ça? lui dis-je, en lui tendant l'illustration du château.

— Je l'ai déjà fait, répliqua-t-il, en s'emparant d'une clef à molette et d'un tournevis pour s'attaquer au démontage de sa chaise.

Tandis que nous nous affairions au démantèlement de la machine, Amélie entra, tenant avec peine un énorme plateau chargé de victuailles, précédant Hélène aussi encombrée qu'elle d'un autre plateau. Suivaient des cousins et des cousines qui envahirent la salle de jeux où nous allions faire la fête en ce jour de deuil exceptionnel. Les adultes s'entassaient dans la salle à manger, buvaient, se remémorant anecdotes et hauts faits de la vie du défunt. «Tu te rappelles?» «Tu te souviens?» De grands éclats de rire fusaient jusqu'à nous. Mes contacts avec la mort n'étaient pas de cet ordre; tout ce que j'en connaissais se résumait aux cercueils de quelques vieilles religieuses, à celui d'un vieux jardinier, celui encore d'un jeune camarade mort d'une maladie du sang et celui d'un prêtre surnommé Le Petit Jésus parlant avec les oiseaux qui mangeaient dans sa main. Le rituel entourant la mort du singe, c'était du jamais vu pour moi. Je ne comprenais pas. Moi, je l'avais vu mourir. Il n'y avait pas de quoi rire. J'avais vu couler sa dernière larme.

Les plateaux ayant été déposés vaille que vaille, on me présenta aux cousines et cousins De Guise et autres petits parents par alliance. Je reconnus quelques garçons qui fréquentaient comme Laurent et moi le Pensionnat des Filles de l'enfance. Les autres visages m'étaient inconnus. Des mains hostiles serrèrent mollement la mienne. Des ondes presque tangibles me rejetaient du clan. Je n'étais pas le bienvenu. On me disséquait des yeux, autant les garçons que les filles, et le vide se fit autour de moi tandis que Laurent retenait l'attention et que les affamés se ruaient sur les vivres.

— Qui boit du vin? s'enquit Laurent, en se dirigeant vers le cellier où le suivirent quelques cousins.

— Ne t'occupe pas d'eux, me souffla Amélie à l'oreille, m'entraînant à l'écart. Mange, après nous nous sauverons tous les deux, dit-elle.

Elle me tendit une assiette dans laquelle elle en mit plus que mon appétit n'en demandait.

Nous nous sauvâmes.

«C'est le mois de Marie, c'est le mois le plus beau; à la Vierge chérie, chantons ce chant nouveau», entonnaient en chœur des hommes, des femmes et des enfants assemblés au pied de la croix de chemin qui conduisait aux collines dominant la ville.

— Regarde, dit-elle, les moutons se sont réunis pour supplier le Grand Loup de ne pas les manger. Là, parmi eux, l'abbé, le chien de garde, comme l'appelle mon père. Nous ne sommes pas de cette famille spirituelle, je te jure.

— Ah! de laquelle êtes-vous donc?

— Je l'ignore. Tu sais, moi, les saintes familles...

Nous marchâmes côte à côte avec l'insouciance de deux oiseaux volant vers le soleil couchant. Ce que je venais d'entendre de la bouche d'Amélie m'étonna, mais j'en déduisis qu'elle ne faisait que répéter les opinions de son père, lesquelles rejoignaient mes convictions inavouables et mes doutes.

On m'a condamné à croire en l'existence d'un Dieu tout-puissant, pensais-je, et à l'infaillibilité de la sainte Église catholique romaine, sans m'avoir demandé mon avis ni mon accord. J'ai vécu quatorze ans de bagne; c'est beaucoup trop. Quatorze ans de foi forcée; c'est encore pire. Quatorze ans d'asservissement aux règles de l'Église, aux tortures du péché, au masochisme de la culpabilité; quatorze ans de déraison, car ne plus se fier à sa raison n'est-ce pas déraisonner? Croire à l'incroyable, n'est-ce pas croire en rien et se vautrer dans la plus humiliante soumission qui soit?

— Ne les regarde pas. Ne fais pas attention à eux. Ils pourraient être dangereux s'ils soupçonnaient ce que l'on pense. Mon père m'a mise en garde. Allons, signe-toi en passant, fais une courbette.

Elle me prit le bras et m'entraîna à petits pas rapides dans une allée de terre qui conduisait vers l'un des coteaux où le soleil commençait à s'éteindre, à demi avalé par l'horizon.

— Courons! le temps presse. Nous en avons déjà perdu la moitié...

Nous courûmes jusqu'au faîte du coteau où nous attendait une grosse pierre plate sur laquelle nous allâmes nous asseoir en écoutant les bruits discrets de la nature.

— Mon père dit que Dieu se couche quand le jour tombe. Je viens souvent avec lui m'asseoir sur cette pierre pour regarder le soleil disparaître. Alors, il faut se taire maintenant et contempler l'œuvre du dieu Soleil qui mène le monde.

Le dieu de monsieur De Guise se couchait en effet; les oiseaux devinrent muets et les branches des arbres se mirent à trembler de frayeur, quoique à peine feuillues, comme inquiètes à l'idée même que l'astre ne revienne pas demain à l'heure convenue. Le serein tomba et l'humidité exhalée par la terre nous donna quelques malheureux frissons. Quand le ciel eut déployé sa fastueuse palette de couleurs, une cloche sonna tristement. Soudain, entraînée par un vent d'est, la fumée des cheminées des usines des papeteries, pourtant lointaines, répandit sur la ville une brume sulfureuse dont les odeurs insoutenables eurent tôt fait de neutraliser les sublimes parfums printaniers qui ressuscitaient de terre après un mortel hiver.

— Il va pleuvoir demain, prédis-je.

— Comment peux-tu savoir à l'avance le temps qu'il fera demain? répliqua-t-elle d'un ton moqueur et sceptique.

— Après la floraison des pommiers, il y a toujours une journée de pluie et de vent; les fleurs se détachent alors des branches. Quand j'étais au Pensionnat, j'ai remarqué que, chaque année, en cette période-ci de la saison, un tapis de pétales de fleurs de pommiers recouvrait le sol de la cour. Je ne tiens pas à avoir raison, mais je sais que demain il pleuvra.

— Es-tu toujours aussi sérieux?

— Je ne suis pas sérieux. Je suis souvent inquiet et préoccupé, particulièrement aujourd'hui. Je crois bien que je suis une éponge.

Amélie répliqua, en riant:

— Si tu es une éponge, je suis, je suis... hésita-t-elle.

— Une biche.

Elle rit davantage:

— Oh, non! pas une biche, une rose. C'est ainsi que mon père m'appelle.

— Et que fais-tu des épines?

— Idiot! Quand tu te seras piqué une fois, tu feras comme tout le monde, tu crieras «outch» et tu suceras la goutte de sang sur ton doigt blessé.

Toujours en riant, elle m'avait pris le bras et me guidait sur le chemin du retour.

— Comment te sens-tu, demanda-t-elle, après cette première journée avec nous?

— Perdu.

— Perdu?

— Oui, le contraste est déroutant. Tu ne peux pas comprendre.

— Je comprends tout.

— Ce matin j'étais encore là-bas, au Pensionnat; ce soir je suis bouleversé par tout ce que j'ai vécu aujourd'hui.

— Dès demain tout te sera déjà plus familier.

— Je ne connais même pas les aires du manoir.

— Regarde, je vais t'expliquer.

Elle ramassa une branche cassée et dès qu'elle trouva un peu de sable sur lequel dessiner, elle traça les plans du manoir:

— Au sous-sol, il y a la salle de jeux que tu connais, la chambre d'Aimérancienne, la chambre froide pour conserver les légumes et autres denrées, la chambre des chaudières, un petit hall tout plein d'armoires et c'est tout. Au rez-de-chaussée, tu as tout vu, sauf peut-être le bureau de mon père qui nous est interdit et le petit boudoir réservé aux enfants.

Ayant effacé les traits inscrits dans le sable, elle poursuivit avec de nouveaux dessins:

— Au premier étage, à partir de ta chambre qui était la chambre d'amis, il y a, adjacentes, la chambre de Laurent et votre salle de bains, puis, au bout du couloir, les chambres de mes sœurs et une autre salle de bains. Moi, je couche ici, au-dessus du solarium. Je te montrerai quand nous serons au manoir; c'est la plus belle des chambres, la plus lumineuse. Au deuxième, il y a le grenier, enfin ce n'est pas un vrai grenier. Papa et maman y ont installé leurs quartiers. C'est très grand, plein de lucarnes et de fenêtres. Tout est bleu, car c'est la couleur préférée de maman. Ici, au-dessus de l'escalier en spirale, le même que celui de la salle à manger qui monte, qui monte, maman a aménagé, dans une alcôve, un petit bureau romantique. Le troisième étage, lui, c'est le fourre-tout de la famille. Je te le montrerai. Voilà!

Elle était accroupie, brandissant la branche devant son éphémère dessin. Sa jupe plissée, déployée en éventail et ramenée vers le ventre, découvrait ses cuisses et ses genoux blancs comme de la porcelaine. D'un tour de main, elle rejeta ses cheveux vers l'arrière et, en même temps que je vis l'éclair de ses yeux, je vis ce qui troubla mon innocence et alluma ma curiosité, le lâche bâillement de sa culotte rose. Je rougis.

— Qu'est-ce que tu as?

— Rien.

— Mais si. Pourquoi rougis-tu?

— Pour rien, comme ça.

— Un rien? C'est quoi un rien? Hypocrite, j'ai vu le mouvement de tes yeux. Moi aussi j'observe... Viens. Rentrons, il est tard.

Deux adolescents candides marchèrent vers le manoir, main dans la main, en proie au même malaise, à la même curiosité troublante. Le printemps et l'adolescence, en union parfaite, procuraient les frissons et les fièvres de l'éveil à l'autre, les pudeurs secrètes, le mur des interdits et des tabous à franchir en silence, à l'insu des autres.

J'entrais dans cette famille comme un frère; mais voilà que je vivais mon premier dérangement au contact d'une sœur empruntée qui troublait ma sensualité et répandait en moi, comme des confettis, une pluie d'émotions. Avant elle, par la force ces circonstances, il n'y avait eu à chérir, sans passion, que des religieuses dévouées qui voulaient, elles-mêmes en quête d'affection, pallier l'absence de ma mère inconnue.

Or, la main d'Amélie dans la mienne fut un baume et apaisa ma solitude. Comment, sans déchirement, prendre une décision sensée face à un choix hypothétique; comment être soi-même son propre père et sa propre mère, auto-enfanté, vivant sans amarre, sans bouée, sans recours, avec pour tout bagage un tuteur chanoine et une famille adoptive dont j'ignorais tout et que je n'avais même pas souhaitée?

— Tu es gentil, entendis-je Amélie murmurer. Nous allons bien nous entendre.

— Je le voudrais tant, Amélie, je me sens si étranger dans cette nouvelle famille que je connais à peine. Parle-moi un peu des tiens.

— Commençons par ma mère; elle est souvent malade et cela la rend parfois impatiente, tu verras. Par ailleurs elle est charmante, tolérante et généreuse. En général, elle reste toujours au lit ou dans sa chambre et ne descend que pour le dîner, les jours de la semaine et pour le grand déjeuner, le samedi et le dimanche. Tous les quinze jours, elle fait un saut dans la métropole pour une séance chez son psychiatre. C'est la mode, paraît-il. Mon père tempête chaque fois. Puis, après cette séance, elle court les magasins et dépense. Je crois qu'elle s'écoute un peu, au gré de ses humeurs et de ses caprices. Le superflu lui convient mieux que l'essentiel. Papa l'adore et il s'inquiète toujours d'elle; il la gâte, la traite aux petits soins et lui prodigue mille attentions. Ma sœur, Hélène, est un garçon manqué. L'autre jour, un samedi, elle s'est enfermée dans le garage et elle a complètement démonté sa bicyclette, un moteur électrique, un réveille-matin; elle démonte tout ce qui lui tombe sous la main pour comprendre le fonctionnement des mécanismes. Nous nous entendons bien. Elle est très indépendante et ne se mêle jamais de mes affaires. C'est la paix entre nous. Je crois que nous nous ressemblons un peu, par la force des choses.

— L'aînée, Thérèse?

— Oh! la marquise, c'est tout dire. Pourquoi penses-tu que nous lui avons donné ce surnom? Elle se vieillit tout le temps. Elle a toujours à redire, à reprocher, à corriger. Gare à toi quand elle fait une crise.

— Vous vous entendez?

— Il est de règle de s'entendre entre frères et
sœurs, non? Chacun chez soi, chacun son tour, tout
pour tous, sauf que...

Elle donna un coup de pied sur un caillou qui roula.
J'entrai dans le jeu et c'est ainsi, à coups de pied sur tout
ce qui traînait sur le chemin, que nous poursuivîmes
notre route.

— Et Laurent?

Elle éclata de rire, mit la main devant sa bouche et,
fermant les yeux, répondit:

— J'attendais ta question. Laurent? tu devrais le
connaître mieux que moi. Tu es son ami après tout.
Un jour, il se comporte comme s'il était au-dessus des
autres, d'autres fois, il entre dans de telles colères, pour
rien. Il est à la fois égoïste et généreux, doux et violent,
affectueux et froid, souvent malfaisant. Je ne le
comprends pas. Il est imprévisible. Sujet à des sautes
d'humeur, il fait souvent des crises. De plus, il déteste les
filles, particulièrement nous, ses propres sœurs. Quand
il s'est agi de toi, par contre, tant que tu n'as pas été
acquis, il a tempêté, puis, aujourd'hui même, comme tu
as pu le constater, il a été absent. Ce soir, avant d'aller se
coucher, il passera outre à l'interdit, il montera dans la
chambre de maman, l'embrassera et lui fera son cinéma.
Demain il se comportera avec elle et avec nous tous
comme si nous étions des fantômes. Aujourd'hui il n'y
avait que lui. Demain, peut-être qu'il sera tout à toi. Et
puis...

— Et puis?...

— Ce n'est pas vrai.

— Qu'est-ce qui n'est pas vrai?

— Je ne peux pas te le dire.

— Pourquoi?

— Parce que.

— Parce que quoi?

— Parce que...

Elle hésitait, retenant sa langue. Elle savait ce que j'ignorais et s'était aventurée sur un terrain méandreux. J'insistai:

— Amélie, je suis très fatigué. J'ai vécu une journée difficile et bouleversante. Je suis en état de choc. Entre ce matin et ce soir, il s'est passé tant de choses nouvelles pour moi. Je suis là, te tenant la main, et je rentre dans un manoir où je ne sais pas ce qui m'attend; j'irai dormir dans une chambre dans laquelle je n'ai jamais dormi, sans oublier qu'il me faut m'adapter à une famille dont j'ignore les us et coutumes. Alors, si tu es mon amie, ne me cache rien, s'il te plaît.

— Pour un choc, c'en est un. Tu te rends compte? Nous aussi nous sommes tous bouleversés. La maison est sens dessus dessous. Sais-tu ce que ton arrivée signifie? Nous aussi nous devons nous adapter. Il y a un étranger dans la maison.

— Alors, pourquoi m'avez-vous adopté?

— Tu le demanderas au chanoine Von Youvanhoven, à ma mère, à mon père...

— Mais c'est Laurent qui...

— Laurent n'y est pour rien, tu peux me croire; il s'en fiche complètement. Il a fait ce qu'on lui a dit de faire.

Je ne comprenais rien de rien. J'abandonnai les jolis petits doigts que je tenais dans ma main soudain refroidie. Y avait-il un complot, un arrangement, m'avait-on manipulé? Comment demander la vérité au chanoine, lui qui ne répondait jamais à mes questions ou s'en amusait.

Devant mon désarroi, Amélie risqua:

— Peut-être que papa te dira ce qu'il sait. Maman est si discrète.

— Et toi?

— Je sais peu de chose. Il y a eu un dîner avec le chanoine, il y a de cela plusieurs jours. Nous, les enfants, n'y étions pas invités; bien sûr, nous avions mangé dans la cuisine, comme il arrive parfois. Puis, plus tard, dans la soirée, avant de me coucher, je me suis rendue au salon embrasser mes parents, mais en descendant l'escalier j'ai prêté l'oreille à la conversation et j'ai entendu prononcer ton nom à plusieurs reprises.

— Que disait-on?

— Vous savez, cousine, disait le chanoine, un de plus, un de moins... Dans les circonstances, cela ne changera rien à la couleur de notre sang.

J'ai alors vu mon père se lever au moment où j'entrais dans le salon et dire:

— De Guise, Hertel, De Blois, De la Vérendry, De Chaumignon... peu m'en chaut qu'on y ajoute un Molay avec ou sans De. Puisqu'il le faut, quoique je sois insensible à vos arguments de chanoine pour des raisons qui sont miennes et que je préfère garder pour moi, vous le comprenez... mais vous êtes mon cousin par alliance et mon alliance à une Müller est indéfectible; oui, oui, nous allons... Tiens, s'exclama-t-il, en m'apercevant, ma petite rose! tu n'es pas encore au lit?

— J'y allais, papa. Je suis venue vous embrasser et vous souhaiter bonne nuit.

— Amélie, Amélie, attends. As-tu vraiment entendu ton père dire au chanoine qu'il était son cousin?

Je courais après elle qui se moquait de moi.

— Moi, tu sais, la parenté...

Nous entrâmes vivement dans la maison et je suivis la petite vers la cuisine où Aimérancienne préparait le repas. Nous apercevant, Aimérancienne fit une pause et sur un ton indigné demanda, s'adressant à Amélie:

— Mais où étais-tu? Tu n'es pas avec eux. Ils sont tous à la veillée au mort.

— On ne veille pas les morts, Aimérancienne, c'est dégoûtant. On devrait enterrer les morts aussitôt qu'ils sont refroidis. Le reste n'est que sentiments de pitié mal placée. Les braillards ne pleurent que sur eux-mêmes ou pour attirer l'attention.

— Vous devriez avoir honte, à votre âge. C'est un péché, se scandalisa Aimérancienne.

— Le péché est dans votre tête, Aimérancienne; dans la mienne il n'y en a pas.

Amélie était en colère. Elle criait:

— Aimérancienne, je vous l'ai déjà dit: Mêlez-vous de vos affaires. Je ne me mêle pas des vôtres.

S'adressant à moi, elle m'ordonna sur un ton plus doux:

— Assez pour aujourd'hui, je monte à ma chambre; ne me poursuis pas.

Quelle heure était-il? Amélie m'avait-elle seulement souhaité bonne nuit? Je me rappelle que je montai à ma nouvelle chambre en pleurant, éprouvant la sensation que mes larmes étaient si brûlantes qu'elles creusaient deux rigoles sur leur parcours; elles y sont toujours. J'étais épuisé et quand je me regardai dans le miroir, l'image que j'y vis ne semblait plus correspondre à l'image que j'avais eue de moi avant cette journée.

Couché dans ce grand lit, nouveau à mon corps, j'attendis, mais Mère supérieure ne vint pas apaiser ma fièvre qui persista jusqu'au jour de l'enterrement de monsieur Gontran De Guise.

Au cours de ces heures de délire, j'entendis des voix étranges, dont celle qui m'enjoignait de retrouver au plus tôt, à mes risques et périls, «LA MÈRE PATRIE».

D'autres images se succédèrent dans mes rêves agités, toutes aussi troublantes les unes que les autres. Je me voyais attaché sur un grand bûcher. Je criais dans un état de désespoir ultime, celui de la finitude arrivée, je criais, mais c'était une voix dans la mienne, une voix de miroir:

Pape Clément, juge inique et cruel bourreau, je t'assigne de comparaître dans quarante jours devant le tribunal de Dieu. Roi de France, tu ne termineras pas l'année qui commence et les malédictions frapperont tes complices et détruiront ta prospérité.

Je crus aussi, en ces heures fiévreuses, sentir sur ma joue en feu la fraîcheur apaisante des lèvres d'Amélie suppléant aux baisers à jamais perdus de ma Mère supérieure.

Que des vêtements noirs, que des figures blêmes dans cette foule chuchoteuse dilapidant les condoléances et les larmes. Nul vrai sentiment, que des émotions théâtrales.

Les limousines défilent derrière des landaus de fleurs, entre deux rangées de curieux. L'arrivée du premier ministre impose le silence. Il précède le monseigneur, le maire, le chanoine, tous les dignitaires et les notables, sans compter tous les employés et tous ceux qui dépendaient du défunt comme des raisins greffés à la grappe De Guise, président-directeur général de la compagnie d'import-export G et de ses filiales, spécialisées dans la fabrication de confiseries et de produits alimentaires. Telles étaient les activités officielles du défunt, les officieuses étant secrètes.

La foule s'écarta donc au passage des dignitaires. Je suivais Laurent et ses sœurs comme un membre de la famille, mais je sentais peser sur moi les regards inquisiteurs de l'assistance qui s'interrogeait sur ma présence dans ce prestigieux clan de privilégiés.

Les obsèques baignèrent dans le style pompeux qu'affectionnaient les ecclésiastiques de cette époque. Le pouvoir de l'argent n'étant pas mort en même temps que monsieur Gontran de Guise, le faste, le luxe, l'apparat, les orgues et les chœurs s'unirent pour pousser l'âme du trépassé dans les bras de Dieu. Au même instant, Il en accueillait tellement d'autres qu'Il ne devait plus savoir à quel saint se vouer. Même s'il est dit qu'il est plus difficile à un chameau de passer par le chas d'une aiguille qu'à un riche d'entrer dans le royaume des cieux, il doit exister une hiérarchie au ciel comme sur Terre et monsieur De Guise avait, au cours de sa vie, acheté sa place à fort prix.

La cathédrale était pleine à craquer. Il s'en dégageait une odeur humaine torride et puante contre laquelle l'encens ne pouvait rien. Quand monseigneur vint prononcer l'homélie, il monta solennellement en chaire, assisté d'un enfant de chœur servile qui devait relever sa chasuble pour lui éviter une chute ridicule. Monseigneur, qui buvait beaucoup d'alcool pour soigner une maladie mystérieuse (des mauvaises langues répandaient qu'il ne se remettait pas d'une peine d'amour de jeunesse), fouilla péniblement dans la poche arrière de son pantalon en soulevant ses vêtements sacerdotaux, en sortit un mouchoir maculé, le déplia tout en se raclant la gorge comme un vulgaire ivrogne. Il le tendit à bout de bras devant son visage et cracha dedans sans souci du protocole ou de la plus élémentaire bienséance. Issu d'une famille où les bonnes manières n'avaient pas été enseignées, il s'obstinait à cracher, pour ne pas attraper, prétendait-il, la tuberculose, si contagieuse et presque épidémique en ces années. D'ailleurs, un sanatorium surpeuplé s'élevait près d'une des tours de la cité, là où l'air était plus pur, loin des vapeurs sulfureuses s'échappant des cheminées des usines.

— *In nomine Patris et Filii et Spiritus sancti.* Que le Seigneur tout-puissant entende notre humble prière pour l'âme immortelle de son fils, notre frère Gontran De Guise, qu'Il a rappelé à lui.

Un voile de tristesse tombe. Un grand deuil pèse, par la volonté du clergé, sur tous les cœurs des chrétiens fidèles.

Que monseigneur parla longtemps, me sembla-t-il, de sa voix aiguë et sifflante.

Je rêvais, j'ai souvenance, en regardant les saints et les anges des vitraux. J'ai toujours aimé la musique religieuse, le son des orgues, l'ambiance feutrée et apaisante des églises vides, mais je n'en détestais pas moins les offices interminables auxquels j'étais contraint d'assister. La cérémonie terminée, les croque-morts engagés par monsieur le maire qui, en plus d'assumer sa charge municipale, exploitait un salon funéraire, soulevèrent le cercueil de chêne, dont l'intérieur était, paraît-il, tapissé de feuilles de plomb à l'épreuve des vers et recelait une petite pelle en argent massif gravée de la lettre G, outil fort utile, on s'en doute, dans le cas, au demeurant improbable, où Gontran, ressuscitant d'entre les morts, aurait la volonté de creuser son chemin de retour parmi les vivants.

À la queue leu leu et selon l'importance du lien familial et du statut hiérarchique, les occupants des premiers bancs suivirent le sinistre cortège des croque-morts, tristes figures s'entassant vers la sortie, sur le parvis de la cathédrale, tandis que le cercueil était hissé dans le ventre d'un énorme corbillard tiré par trois chevaux noirs. Ce véhicule mortuaire, laqué noir, faisait l'orgueil du maire qui, évidemment, le réservait d'habitude aux funérailles officielles des notables et dignitaires de la cité. Cette pièce de musée, construite en 1898, ébahissait les badauds attroupés le long du cortège funèbre. Quatre roues ferrées et ornementées de breloques rococo supportaient ce carrosse enjolivé de sculptures florales et percé de deux fenêtres ovales sur chacun de ses flancs pour que l'on voît le cercueil. Quatre urnes, reliées par des rubans de bois ouvragé tenus par les mains potelées de quatre chérubins, se dressaient sur la toiture du mastodonte. Au centre, une autre urne symbolique surmontée d'une croix aux extrémités parées de dorures rappelait aux vivants qu'ils n'étaient que cendres. On pouvait y lire, gravée, l'inscription suivante: «Qui vous a donné cette joie qui vous fera tant souffrir?»

Plusieurs minutes s'écoulèrent avant que les gens eurent terminé le chapelet des condoléances et que les femmes voilées en aient fini de leurs embrassades. Chaque famille remonta dans sa voiture. Le cortège, si lent que les moteurs risquaient d'étouffer, suivit ce corbillard archaïque, clopin-clopant, de concert avec le martellement des sabots sur le pavé, pour procéder à la mise en terre du pauvre corps de G De G.

Le grand parc, face à la cathédrale, était noir de gens pauvrement vêtus, recueillis et curieux. Dans cette ville, le moindre événement était prétexte à déroger à l'ennuyeuse routine quotidienne. Les rites de l'Église triomphante régissaient la vie des habitants de la cité. Naissances et baptêmes, premières communions, confirmations, remise des prix scolaires, mariages, fêtes diverses, loisirs organisés, bingos, bazars, et les obsèques, évidemment: rien n'échappait au contrôle absolu de l'Église.

Tandis que s'achevait l'emphatique célébration: *«De mortuis, nil nisi bonum»,* mon attention fut attirée par le chant d'un merle qui clamait son amour sur la branche d'un tremble frissonnant de beauté, comblé par ses feuilles nouvelles. J'eus soudain conscience de la présence de mon tuteur venu se faufiler derrière moi et je sentis sa main se poser possessivement sur mon épaule; à ma droite, Laurent roulait dans le creux de sa main quelques osselets et à ma gauche, Amélie, impatiente, ne savait plus sur quel pied prendre assise.

C'est à ce moment précis que je décidai de taire mes questionnements sur le pourquoi de ma présence en ce lieu, sur le présumé cousinage de madame De Guise et du chanoine. Il me semblait que je devais apprendre l'art de jouer les dupes avec ceux qui jouaient la duperie. Était-ce la mort présente qui me bousculait? Elle rappelait cyniquement à tous ceux qui étaient présents: «Vous n'êtes pas immortels.» Mais, dès demain, ils auraient tôt fait d'oublier ce malaise fugace et retourneraient, aveugles, pleins d'entrain, à leurs occupations éphémères et matérialistes ou à leurs chicanes mesquines. En cet instant, j'entrai de plain-pied dans le monde du doute, de l'intériorité, en franchissant d'un seul pas le pont qui sépare l'enfance de l'âge adulte, évitant les tourments de l'adolescence appréhendée, sauf ceux, constants, du suicide qui me hantait déjà. Il semblait être la solution aux souffrances humaines, à la vie même, quand elle ne méritait plus qu'on l'aime. J'eus l'impression de comprendre bien des choses sur le rôle des De Guise dans cette histoire de mon adoption, mais les événements allaient montrer que j'étais loin du compte. Soudain, mon tuteur se pencha vers moi et me demanda en soufflant dans mon oreille: «Qui vous a donné cette joie qui vous fera tant souffrir?»

Je ne daignai pas lui répondre.

L'enterrement ralliait ceux et celles qui comptaient ou s'estimaient importants dans la destinée de la cité. Anglais protestants, maîtres des usines et des banques; Irlandais catholiques, avares et vertueux; Syriens et musulmans marchands; réfugiés européens perspicaces ayant fui la guerre avant qu'elle ne saccage leur vie; Chinois méfiants et souriants perdus entre deux lessives ou deux baguettes. Au-delà des convictions religieuses et politiques, l'enterrement de G De G faisait consensus. Les descendants déchus des grandes familles de France, les riches bourgeois pour la plupart juifs, les immigrants envoûtés par les promesses du Nouveau Monde, se tenaient coude à coude et s'abreuvaient à la même auge d'argent.

Le soir de l'enterrement, le salon des De Guise était bondé et l'hôte, un peu ivre, déclarait devant ses invités scandalisés qu'il n'y avait pas plus juifs que les habitants de sa ville:

— Ils partagent même complexe d'infériorité, même isolement, même appât du gain; mes concitoyens sont à la capitale et à la métropole ce que la viande est aux tranches de pain dans un sandwich; parfois difficiles à digérer.

Devant les mines déconfites de ses convives, il s'amusait ouvertement et en rajoutait:

— Ils partagent aussi le même souci de l'excellence, la même soif de succès, le même besoin de notoriété, la même soumission atavique envers qui sait faire preuve d'autorité. Israël aurait pu être installé chez nous. J'y vois de belles synagogues et des avantages magnifiques pour notre région avec la diaspora mondiale. La guerre est terminée, une fois pour toutes. La paix sera éternelle aux hommes de bonnes fortunes et puis, ajouta-t-il, le bras levé vers le sommet de la ville, n'avons-nous pas érigé, là-haut, trois tours symboliques? L'une pour Dieu, l'autre pour Allah et la troisième pour Abraham?

Monsieur De Guise avait bu, il est vrai, et ses invités tout autant que lui avaient le rire facile. Mais n'empêche que ce soir-là, malgré l'enterrement tout récent du patriarche de la famille, entre les moments d'euphorie et d'atermoiement, quelles furent le nombre de transactions conclues en catimini entre ces personnages de la haute invités au dîner qui clôtura les trois jours de deuil? Le singe lui-même devait se retourner dans son cercueil, rageant d'avoir été tenu à l'écart des perspectives de profits que ces gens-là escomptaient tirer de son absence éternelle de l'oligarchie des décideurs du bien-être ou du mal-être d'un peuple soumis.

— Viens, sortons, j'ai à te parler, me dit Laurent en tirant la manche de mon veston; ils sont soûls, tu n'as plus rien à apprendre d'eux.

Je suivis Laurent et nous allâmes nous asseoir à l'abri sur une marche humide du perron. Nous écoutâmes en silence le chant de la douce pluie dont la nature se gavait en parfumant l'air.

— Nous irons au séminaire, en septembre, m'annonça-t-il.

— Comment le sais-tu?

— J'ai entendu une conversation entre mon père, le chanoine et le supérieur, après les obsèques. Je n'irai jamais. Et toi?

— Je ne sais pas encore. Je vais attendre qu'on m'en parle. De toute façon, j'ai mon mot à dire et mon tuteur m'a promis qu'il me laisserait le choix. Je préférerais aller finir mes études en France.

— C'est là que mes oncles ont fait les leurs.

— Godefroy aussi?

— Tu parles! il n'en est jamais revenu.

— Peut-être ferai-je comme lui

— Pourquoi?

— Pourquoi pas? Partir sans laisser de traces. Être autre d'un lieu à l'autre.

— Moi, si je pouvais, je prendrais le prochain bateau et je m'en irais.

— Pour aller où?

— Ailleurs.

— Je ne comprends pas ce que tu veux. Tu es privilégié, tu as tout ce que tu désires, pourquoi veux-tu aller chercher ailleurs ce que tu as déjà?

— Précisément, c'est parce que je ne veux pas être privilégié ni avoir tout ce que je désire; je ne veux même pas être un De Guise, encore moins être l'héritier d'un avenir tout tracé d'avance et d'une fortune que je refuse de partager avec mes sœurs.

— Tu n'as pas le choix.

— Si, je le prendrai.

— Qu'as-tu contre elles?

— Rien en soi, mais je crois que les filles devraient être tenues à l'écart des successions.

— Ça ne va pas, non? Tes sœurs ont les mêmes droits que toi. Elles portent le même nom.

— Le nom De Guise se transmet par un De Guise. Mes sœurs se marieront sans doute et...

— ... Jaloux?

— Unique.

— Égoïste alors?

— Tout ou rien.

— Mais, sais-tu vraiment ce que tu veux?

— Je viens de te le dire, je ne veux plus être un De Guise. Rien.

À peine eut-il prononcé le mot rien qu'un voile de haine tomba sur ses yeux. Il cracha au loin comme un délinquant:

— Je veux faire le contraire de ce qui est permis, me vautrer dans tous les interdits, laisser vivre l'animal qui est en moi et qu'on me somme de tuer. Je veux que cette bête-là vive sans cage, sans laisse, en toute liberté et qu'elle ne s'appelle plus De Guise.

Il se leva, me laissa perplexe et partit marcher sous la pluie, d'un pas saccadé. Je l'entendis émettre des sons bizarres, entre le rire bête et les sanglots spasmodiques. Il se jeta dans l'herbe mouillée, s'y roula en tous sens en proie à des convulsions, comme mordu de l'intérieur; il tomba en l'état où j'avais vu De la Commande, l'après-midi de la mort de Gontran De Guise.

Je me précipitai vers lui, m'approchai avec crainte, ne sachant quoi faire, puis je revins sur mes pas à toutes jambes, criant à tue-tête:

— Monsieur De Guise, monsieur De Guise, vite, monsieur De Guise, Laurent est tombé. Venez. Il est là, dans l'herbe mouillée.

Monsieur De Guise accourut escorté par quelques invités titubants.

— Du calme, du calme, m'enjoignit-il. Où est-il?

— Là.

— Venez, docteur, aidez-moi.

Le docteur se détacha du groupe et se pencha sur Laurent, l'examina et conclut:

— Cela a toutes les apparences d'une crise d'épilepsie.

— Il ne manquait plus que ça! s'exclama monsieur De Guise.

Et moi, j'avais plutôt l'impression que mon Laurent était devenu la proie de cette bête qui le rongeait de l'intérieur.

Il faisait nuit. Le temps semblait suspendu. Les gouttes de pluie tombaient sans cesse. La chaleur moite oppressait, comme le destin peut peser, tel un oiseau lourd sur une trop faible branche pour le porter.

Monsieur De Guise se courba sur son fils inconscient, le prit dans ses bras, le souleva de terre et l'emporta dans la maison pour le déposer sur son lit. Il refusa l'aide qu'on lui offrait. Le docteur revint auprès du malade, remettant son diagnostic en question:

— Il s'agit peut-être d'autre chose. Avec les adolescents, il faut être prudent, ils sont souvent sujets à des maux qui échappent aux lois de la médecine.

On m'interrogea. Qu'avais-je à dire? Comment leur expliquer l'ailleurs et la bête? Je n'aurais pas su m'exprimer assez clairement pour qu'on me comprenne.

— De quoi parliez-vous avant la crise de Laurent? me demanda monsieur De Guise.

— De la pluie et du beau temps.

— De rien d'autre?

— Du séminaire.

— Et alors?

— Il disait qu'il n'avait pas hâte à la fin des vacances.

— Vous pouvez vous retirer, m'invita le docteur. Je crois avoir compris, dit-il à l'adresse de monsieur De Guise.

Les invités s'étaient retirés en silence. Madame De Guise et les filles avaient regagné leurs chambres, chacune en son malaise. J'en fis autant. Après m'être lavé, je me glissai entre les draps, mais pour la première fois de ma vie je ne revêtis pas un pyjama. Au contact du coton frais sur ma peau brûlante, je découvris un plaisir sensuel. Cependant, l'idée soudaine d'avoir peut-être à répondre à la porte, au cas où on y frapperait, m'obligea à enfiler le vêtement chaud et encombrant. J'allai à la fenêtre et l'ouvris. La pluie avait cessé, le ciel était dégagé et tapissé d'étoiles. En les regardant, je songeai à Laurent, car le ciel me semblait, lui aussi, habité de bêtes fabuleuses: lion, bélier, taureau et chien se partageaient l'espace astral. Je restai songeur, un long moment, puis au fur et à mesure que la contemplation de la Voie lactée me captivait, montait en moi un enchantement fiévreux. J'entendis des voix me murmurer que le Soleil, demain, vaincrait les envoûtements de l'obscurité:

— Prends garde, Molay, me disait une de ces voix. Il y a toujours alternance. La nuit succède à son contraire; le chaud, le froid, la vie et la mort seront toujours en alternance. Donne-toi tout le mal et le bien que tu peux pour comprendre ce qui se terre entre *A* et *Z*; ce qui se démontre par les nombres et le petit dénominateur qui distingue l'homme de la bête, quoique nous découvrirons un jour que l'instinct est une invention de l'homme pour se distinguer des bêtes, car leur intelligence n'est pas encore de notre entendement.

— Qui me parle?

— Tu te parles.

— Je ne me parle pas.

— Si, tu es double.

— Je suis simple.

— Non, deux.

— Et où se cacherait l'autre quand j'ignore toujours d'où je viens et qui je suis?

— L'autre te le dira le temps venu.

— Quand?

La voix se tut. Quelques étoiles filantes. Un silence. Des gouttes de sueur froides. Une poussée de fièvre. Je me recouchai en souhaitant m'endormir à jamais. Tel un escargot dans sa coquille; dormir.

Il ne fut plus question de la maladie de Laurent. Aucun d'entre nous n'osait aborder ce sujet. Il ne s'agissait peut-être que d'une crise passagère. Quoi qu'il en soit, le jour vint où il fallut partir pour la campagne. Quelques petites courses à faire. Un va-et-vient peu habituel, mais plutôt sans surprise et bien réglé pour les membres de cette famille habitués à ce branle-bas à l'approche des grandes vacances. Mais avant le départ, monsieur De Guise insista pour se rendre, en compagnie de nous tous, à la maison de l'oncle défunt.

De la Commande consentit à nous ouvrir la porte après avoir collé son regard torve sur le vitrail et s'être assuré de notre identité. À peine fûmes-nous introduits dans la demeure que monsieur De Guise donna des ordres:

— Aérez-moi ce zoo, vociférait-il, ouvrant lui-même les fenêtres, levant les toiles, dégageant les tentures et les rideaux encrassés. C'est une soue, ici, ça pue la mort et l'ennui. Ouvrez. Ouvrez tout. Il faut y voir clair. De l'air!

Il allait à travers les pièces empoussiérées et nous le suivions comme s'il se fût agi d'un jeu. De la Commande, lui, rouspétait:

— Mais... Mais...

— Il n'y a pas de mais, trancha monsieur De Guise. Désormais, la maison sera habitée par le premier ministre, qui m'a fait une promesse d'achat et prendra possession de la maison après la lecture du testament.

Au fur et à mesure que la lumière et l'air pur du mois
de mai entraient par les fenêtres grandes ouvertes, je
trouvai que cette maison était bien grande pour un
homme seul servi par un seul domestique; je me disais
qu'elle serait aussi bien grande pour un premier ministre
célibataire. J'en fis la remarque à haute voix.

— Le pouvoir et l'argent exigent de l'espace,
répliqua monsieur De Guise.

Il cessa de parler comme si ce qu'il venait de dire
l'inquiétait. Après une pause, il se frotta le front et
s'exclama:

— Comment peut-on vivre entouré d'objets et de
meubles aussi beaux dans une telle obscurité? La beauté,
sapristi, doit être mise en lumière. Allons, les enfants, on
rentre. De la Commande, tu ne fermes les fenêtres
qu'en cas de pluie. Où es-tu que je te parle?

De la Commande s'approcha à petits pas, souriant,
allégé aurait-on dit par la clarté et le vent qui
envahissaient la demeure.

— Où comptes-tu aller vivre?

— Je ne sais pas.

— Tu y as songé?

— J'y pense.

— Et alors?

— Je ne sais pas.

— As-tu des économies, au moins?

— Un peu.

— Je reviendrai sous peu; nous en reparlerons.
D'ici là, cherche un nouveau logis; de mon côté, je
verrai ce que je peux faire. Il faut bien habiter quelque
part, même un trognon de pomme trouve une poubelle
où pourrir. Je m'excuse, je m'excuse, insista-t-il, en lui
donnant de petites tapes sur l'épaule. Je blaguais.
Laurent? cria-t-il, viens, aide-moi à transporter l'horloge
jusqu'à la voiture.

Il se retourna vers De la Commande:

— C'est le seul objet que je prends. Elle viendra enrichir la collection de Godefroy. Tu n'as rien vu. Et si on te demandait où l'horloge est passée, tu feras comme si elle n'avait jamais existé.

Ils transportèrent la lourde horloge tandis que je leur ouvrais la porte; ils se dirigèrent vers la voiture dont le coffre était heureusement assez spacieux pour accueillir l'objet qui sonna les coups de trois heures:

— Seigneur, s'exclama monsieur De Guise, j'espère bien que le singe ne va pas ressusciter comme vous sur le coup de trois heures! Il ne manquerait plus que ça. Allez, tous en voiture, ordonna-t-il en riant.

Godefroy ne nous attendait pas pour la simple raison qu'il n'attendait jamais personne. Tout lui était surprise. Il fut heureux et étonné de nous voir si nombreux avec nos cornets de crème glacée, dont le sien fondait.

— Merci. C'est gentil. J'adore. Mais vous n'êtes pas venus uniquement pour m'offrir un cornet?

— Oh oui! mais nous t'apportons aussi l'horloge du singe.

Godefroy se précipita vers la voiture. Sa joie était communicative. Confiant son cornet de crème glacée à la main la plus réceptive, il se pencha sur l'horloge, la contempla et la souleva avec précaution pour la transporter dans la maison où elle ne serait plus jamais seule à compter les heures. Il la déposa sur une table et s'empressa d'aller chercher un chiffon et un flacon d'alcool de bois pour la nettoyer des ravages de la fumée des cigares et des poussières qui s'y étaient incrustées. Nous l'observions, fascinés par sa passion, sa patience et sa manière de procéder. Il parlait à l'horloge, comme à une amie très chère:

— Petit temps que j'aime. Seconde du goutte-à-goutte. Instant, mon amour. Tu es la plus belle parce que la dernière. Oh! regardez, les chiffres et les aiguilles sont en or. Ah! que de poussière.

— Godefroy, j'ai autre chose à faire que te regarder bichonner une vieille horloge. On y va, les enfants? Il faut rentrer, trancha monsieur De Guise.

Je ne bougeai pas, captivé par le rituel de Godefroy, et je demandai à monsieur De Guise:

— Puis-je rester?

— Certainement, répondit-il, si Godefroy n'a pas d'objection. Et toi, Laurent, et vous les filles?

Ni Laurent ni ses sœurs ne s'intéressaient aux vieilles horloges.

— Le chauffeur viendra te prendre à six heures!

Et tandis que la voiture s'éloignait, je ne pus m'empêcher de répéter, moqueur:

— Le chauffeur viendra te prendre à six heures!

— Impressionné? demanda Godefroy.

— Pourquoi le serais-je?

— Alors pourquoi t'es-tu moqué?

— Je ne me suis pas moqué. Si oui, c'est sans le vouloir. Je constatais le contraste entre ma vie d'hier et celle d'aujourd'hui. Trois jours passent et vous entendez: «Le chauffeur viendra te prendre à six heures!»

— C'est assez drôle, en effet, constata Godefroy en m'entraînant à sa suite. Au boulot, mon ami, je vais rendre à cette horloge merveilleuse sa beauté originelle.

Penché sur sa nouvelle acquisition, il travailla longtemps, avec minutie et délicatesse, fredonnant une mélodie berbère.

Las de l'observer, je fis le tour du propriétaire et tombai amoureux de cette étrange maison et de cette fascinante collection d'horloges, si différentes les unes des autres, toutes vouées à compter le même temps présent. Je regardai aussi les nombreux portraits jaunis et les vieilles photos qui tapissaient les murs.

— Qui est-ce?

— La famille. Attends. *Je termine dans quelques minutes. Après, je serai à toi.*

Les minutes se firent longues. Les carillons, les cloches, les grelots sonnèrent les cinq heures de l'après-midi et les coucous sortirent de leur cage prendre l'air. Cinq fois coucou. Quelle cacophonie!

Godefroy en avait les larmes aux yeux:

— N'est-ce pas harmonieux toutes ces cloches et ces sonneries qui chantent les heures?

— C'est fou.

— À minuit, c'est fabuleux. Chaque soir, j'attends l'instant où mes horloges me signifieront que j'ai gagné une autre journée.

— Ou perdu.

— Quelle différence? Tu es bien jeune pour être aussi cynique. Il n'y a rien à perdre, sinon son temps et sa vie.

«Et ceux-là?» faillis-je dire, lui montrant les portraits de ses ancêtres. «Ceux-là n'ont-ils pas tout perdu?»

Il m'entraîna devant les portraits accrochés au mur, formant une mosaïque autour d'un énorme écusson. Les yeux des morts semblaient fixés sur nous, comme s'ils avaient été conscients que nous allions parler d'eux.

— Voici le blason. Tu vois, la bande traverse, en diagonale, l'écu, de l'angle dextre du chef à l'angle sénestre de la pointe et, dans cette bande, trois alérions d'argent se suivent et s'envolent vers le lambel en forme de balance qui chapeaute l'écu central autour duquel se greffent d'autres symboles. Au-dessous, écrites en lettres d'or, la devise *CHACUN SON TOUR.* Autrefois, les ducs De Guise illustraient cette devise par un grand *A* enfermé dans un grand *O.*

Godefroy me montra un lutrin en bois d'ébène torsadé sur lequel reposait un livre volumineux relié en cuir bleu. Sur la couverture, la lettre *G*, gravée en or, étincelait encore, malgré les méfaits du temps.

— C'est dans ce livre que commence et se termine notre histoire.

J'ouvris au hasard et je lus:

Godefroy est le premier seigneur De Guise dont on ait connaissance. Il vivait vers l'an 1100. Son petit-fils, Bouchard, vécut en l'an 1155. Puis Ameline De Guise, sa fille et unique héritière, épousa Jacques, seigneur d'Avesnes qui mourut en l'an 1191. Ils eurent un fils, Gauthier II, comte de Blois, et ils laissèrent une fille qui épousa Hugues de Châtillon, comte de Saint-Pol...

— Est-ce que je pourrai lire ce livre, un jour?

— C'est ennuyeux, à la longue. Il ne renferme que des détails généalogiques, tandis que l'histoire est tellement plus intéressante. Tous ces livres que tu vois, là, dans cette bibliothèque, sont fascinants, quoique j'entretienne des doutes sur la véracité de ce que racontent les historiens. Moi, je me suis fait ma version de l'histoire et je l'interprète en ajoutant aux faits réels un petit peu de légendes et de fantaisies. C'est plus amusant!

Il resta pensif à scruter attentivement les portraits.

— Lui, dit-il enfin, pointant un petit tableau encadré de roses en plâtre, c'est François le Balafré, le duc De Guise, le frère de la reine d'Écosse sous le règne de Henri II. Il paraît qu'il encouragea ses hommes à découper en morceaux quantité de protestants et que les conséquences de ces massacres entraînèrent la guerre des religions, puis la guerre civile. Rien de moins. Du De Guise!

— Pourquoi le surnommait-on le Balafré? Il n'a aucune balafre visible, à moins qu'elle ne soit ailleurs...

— Une balafre est toujours sur le visage, se moqua-t-il. Sur ce portrait, voici le fils cadet du duc De Chartres. C'est Jean, duc De Guise. Elle, c'est la princesse Isabelle, la sœur du duc d'Orléans. Entre eux, se tient un enfant, mais ce n'est pas le leur, car ils n'eurent pas d'enfant. Regarde-le attentivement, c'est un De Guise, à n'en pas douter. Un neveu, un cousin, un bâtard? Comment savoir? Peut-être est-ce lui notre véritable aïeul...?

En général, on évitait de prononcer le mot *bâtard* en ma présence, mais sur le ton et à la manière dont il fut dit, en logique avec son énoncé, le mot passa comme les autres, sans plus de sens que *neveu* ou *cousin*. Je regardais attentivement le tableau et je m'étonnais que la princesse ait eu si peu l'air d'une princesse. Les pauses des personnages étaient théâtralement étudiées. Ils étaient sagement assis autour d'une table ronde recouverte d'une nappe lourde brodée des lys de France.

Le jeune homme se tenait au centre, bras croisés, une main apparente prenant appui sur le bras gauche; il regardait avec détermination, les yeux baissés, fixant un hypothétique avenir. Un livre fermé devant lui laissait croire qu'il en avait terminé la lecture. Ou encore écoutait-il le duc qui, en effet, semblait lire à voix haute le livre ouvert devant lui, la tête appuyée sur le coude, un peu en retrait, l'autre main tenant précieusement du bout des doigts la page à tourner. Rien à retenir du visage de cet homme que le nez. Quel nez! Elle, la princesse, avait l'air totalement absente et stupide. Ses cheveux longs retombaient en lourdes boucles sur sa poitrine. Elle feignait d'écouter, attentive, le menton appuyé sur une main lourde et disgracieuse aux doigts potelés. Il n'y avait pas, à mon humble avis, de quoi s'enorgueillir; quoique, pour ce qui était du nez... Je regardai celui de Godefroy. Pas de doute, il était digne de la famille.

— Voilà, me dit Godefroy, tout ce qui reste du passé: des portraits, un blason, des livres et nos ombres. Voilà, voilà, répétait-il, par manie. À l'époque de la Révolution française, Freycinet, le président du Conseil, fit voter une loi qui condamnait à l'exil les chefs de famille et les fils aînés des maisons qui avaient régné sur la France. Ma version fantaisiste de cette période de l'histoire me porte à croire qu'un De Guise partit pour la Belgique, abandonnant ses possessions en France, et que plus tard il acquit un domaine au Maroc, à Larache où il mourut.

— Et vous? Quels De Guise êtes-vous?

— Nous, c'est une autre histoire. Tu demanderas à Galessande. Je suis sûr qu'il sera ravi de te la raconter et que sa version sera différente de la mienne. Il est six heures. Le chauffeur ne devrait pas tarder. Allons. C'est l'heure de l'apéritif. Excuse-moi, veux-tu?

Il disparut dans la cuisine, empressé, dérangé dans ses habitudes.

Les carillons des horloges résonnèrent à la chaîne, avec un petit retard ou une petite avance les unes sur les autres. Il me fut donné d'entendre encore une fois le coucou des oiseaux mécaniques, le concert des horloges et, soudain, rompant le charme, les discordants coups de klaxon de la limousine.

Pendant qu'il bardassait dans la cuisine, j'avais eu le temps de commettre une indiscrétion et de lire ce que Godefroy avait commencé à écrire sur une feuille quadrillée:

Vous avez vu passer, un jour, sans le reconnaître, un amant aveugle ayant perdu sa raison d'être. Vous avez vu. Vous êtes passée, frileuse, en octobre des octobres. Vous dormiez encore, dormante si je ne m'abuse, rêvant à l'amant que vous aviez laissé passer sans le voir. Vous dormiez. Je veillais encore, toujours aveugle. J'attends le jour où, ouvrant votre cœur, enfin, vous me verrez.

Le klaxonneur insista. Le temps de serrer la main de Godefroy, de le remercier, je courais vers la voiture où le chauffeur impatient m'attendait.

— Je suis en retard, dit-il, bourru. Mon bourgeois m'attend.

La portière de la voiture n'était pas encore fermée qu'il démarra en trombe, soulevant un nuage de poussière qui effaça le salut que m'envoyait Godefroy. Nous croisâmes une voiture conduite à vive allure par une femme que j'eus à peine le temps de voir. Elle souriait. Son visage était rond comme la pleine lune. Elle se rendait, en déduisis-je, chez mon nouvel oncle, puisque la route aboutissait chez lui, dans un cul-de-sac.

Peut-être allait-elle lire, elle aussi, en commettant une indiscrétion, l'autre écrit qui traînait sur la table. Ou bien peut-être allait-il lui verser à boire et le lui lire sérieusement.

> Poung achtala minomine ette frêma, dirgue lingue lague vilugine fasmartane goule, birobinatelle poloformée. Ménagoze. (Écrit. Langage non signifiant à l'attention des poètes, des musiciens, des philosophes et vagabonds témoins des tristes vicissitudes de ce monde où la folie est reine.)

Peut-être riraient-ils ensemble en lisant ces lignes. Peut-être seraient-ils tous les deux si désespérés qu'ils en pleureraient. Ou peut-être seraient-ils assis en attente du septième concert des horloges, s'enivrant sans mot dire pour le plaisir d'être ivres et d'ombrager le soleil de leur réalité.

Mes suppositions en restèrent là, car nous étions déjà devant l'entrée de la maison mère des fabriques G. Devant le portail, monsieur De Guise discutait, gesticulant, avec un monsieur miniaturisé qui hochait de la tête et s'éventait constamment avec son chapeau de paille. Un bras se leva, une main se crispa, des doigts se resserrèrent. Un poing se brandit vers le ciel. Un visage angoissé, déçu, amer, tous les traits de la colère. Un cri percutant:

— Non! notaire, jamais, tant que je vivrai. Vous m'avez compris?

Celui qui venait de s'emporter leva le bras, se coiffa et vint vers nous, donna congé au chauffeur qui s'en alla à pied, en maugréant, et nous rentrâmes, monsieur De Guise et moi, chacun à ses pensées. On nous attendait pour souper.

Il accéléra avec fougue, comme si la vitesse pouvait apaiser sa colère, jura contre un ivrogne titubant qui traversait la rue sans regarder, traînant une charrette, freina brusquement pour l'éviter, la manœuvre me projetant violemment sur le tableau de bord, heureusement bien coussiné.

— L'imbécile! J'ai bien failli le tuer! maugréa-t-il, sans pour autant prêter attention à l'homme qui brandissait le poing en nous injuriant. C'est le charretier, précisa-t-il à mon attention, le père des pauvres enfants que tu as vus quêter au manoir. Quand il tire lui-même sa charrette, c'est qu'il a vendu son cheval pour boire.

— Vous le connaissez?

— Tout le monde le connaît. C'est un brave type, analphabète et très intelligent, mais quand la soif le prend, il troquerait ses enfants pour un verre. Heureusement, j'ai pu l'éviter. S'il lui était arrivé un malheur, je me serais senti responsable de sa femme et de ses dix enfants. Lundi prochain, mardi au plus tard, je parie qu'il viendra m'emprunter de l'argent pour s'acheter un autre cheval. Je vais le lui prêter, bien sûr, même s'il ne rembourse pas ses dettes. Après tout, j'ai pour principe de ne prêter que ce que je peux donner.

Il me sembla que cet incident lui avait fait oublier son altercation avec le notaire, mais je me trompais. Pendant le repas, il ne parla que de lui, avec un profond mépris, sans pour autant dévoiler les raisons qui avaient provoqué sa colère.

Après le dessert et le café, il se leva de table sans dire un mot, me laissant seul, prit une petite boîte de cigares sur une table d'appoint, un verre à cognac et une bouteille. Il monta à sa chambre où se terrait madame De Guise; elle s'était encore sentie trop lasse pour partager le repas froid qu'Aimérancienne avait déposé sur la table de la salle à manger et auquel les autres membres de la famille n'avaient pas daigné prendre part. Thérèse, après s'être servie frugalement, s'était volatilisée. Hélène en avait fait autant, se sauvant pour aller manger dans quelque retraite secrète, tandis que Laurent, absorbé par son mécano, s'était contenté de chiper une cuisse de poulet et de retourner dans la salle de jeux où je le rejoignis.

— J'en suis au mécanisme du pont-levis. Regarde-moi ce château, s'exclama-t-il, enjoué, entre une gorgée de vin rouge et une bouchée grugée à la cuisse de poulet qu'il déposa sans égards dans un cendrier propre. Va te chercher un verre si tu veux partager la bouteille.

— Amélie n'est pas là?

— Elle est chez une amie, répondit-il en me faisant un clin d'œil. Vraiment, tu ne veux pas de vin?

Je remontai et allai choisir dans le vaisselier un beau verre lourd et étincelant. Entre les deux escaliers qui se croisaient me parvenait la voix de monsieur De Guise vociférant toujours contre le notaire.

Nous bûmes. L'euphorie vint. Je retrouvais mon Laurent et son amitié volage. Malgré la chaleur étouffante qui régnait dans la pièce, il décida d'allumer un feu dans la cheminée. En sous-vêtements, buvant comme des soûlauds, nous tamisions nos souvenirs communs; nous extrapolions ivrement sur l'avenir et les obstacles que nous devions affronter avec l'assurance idiote de qui croit avoir des longueurs d'avance sur les autres coureurs du marathon de la vie. Nous étions seuls.

Les jours passèrent en coup de vent. Il n'y eut pas plus de dix jours de canicule, comme en février il n'y a pas plus de dix jours de froid extrême. L'été était doux au bord de la mer intérieure. Or, cet été-là, le premier où je n'étais pas dans une colonie de vacances, plusieurs événements devaient succéder aux fréquents orages qui perturbèrent la quiétude du ciel et l'humeur des gens sensibles aux frasques de la nature.

Dans ma mémoire, ces incidents défilent selon une logique mathématique, mais peut-être le hasard obéissait-il à d'autres ordres ou désordres, à moins qu'un mauvais sort eût été jeté sur les De Guise. À vrai dire, les vacances s'écoulaient apparemment dans les délices de la paresse, des siestes, de la lecture, des baignades, jour et nuit, et de la musique qui emplissait l'air à longueur de journée. Parfois, lasse ou éprouvée par des douleurs réelles ou imaginaires, madame De Guise s'impatientait:

— Les enfants, est-ce que je peux avoir droit au silence?

Et le silence se faisait, perturbé seulement par la stridulation des infatigables cigales. Autre musique à entendre: les clapotis de l'eau roucoulant sur la grève; les alouettes, les hirondelles, les canards et le vent. De temps en temps, l'écho répercutait les coups d'un marteau; Hélène s'était mise en tête de construire un élégant petit radeau à voile sur lequel elle projetait de traverser la mer.

Thérèse, quant à elle, marquisait, toujours coquettement vêtue, fuyant le soleil et l'eau, se réfugiant à l'ombre des arbres ou sous une ombrelle; elle lisait très souvent à voix haute, pour le plaisir narcissique de s'entendre déclamer. Laurent? Généralement, on ne le voyait qu'aux repas ou quand il pleuvait, sinon il nous préférait la compagnie des voisins, avec lesquels il semblait trouver son plaisir. Amélie était la seule qui m'accordait un peu d'attention et me tenait compagnie, surtout à l'heure de la baignade ou tard le soir avant d'aller dormir.

Parfois, madame De Guise s'aventurait jusqu'au bord de l'eau pour s'y tremper la pointe des pieds. Elle faisait quelques pas le long de la grève puis retournait s'allonger dans une chaise longue et tricotait un interminable ouvrage ou lisait des magazines en rêvant de ce qu'elle y voyait et ne possédait pas. Monsieur De Guise, quand il était avec nous, si l'on peut dire, consacrait presque tout son temps au jardin potager. J'allais alors lui tenir compagnie, car je me sentais de plus en plus délaissé par Laurent.

Tout en sarclant le sol, il me donnait des leçons de jardinage. Je l'entends encore:

— Le secret de la grosseur, de la couleur, de la fermeté et de la saveur de ces tomates tient au fait qu'elles sont arrosées avec de l'eau de source dans laquelle fermente du fumier de mouton et de poulet. Ici, regarde, au croisement des tiges, il faut enlever les gourmands, ces pousses inutiles qui retardent la croissance des fruits.

Puis il me donnait des ordres de jardinier que j'aimais bien exécuter en l'écoutant chanter à tue-tête, de sa belle voix de basse, des mélodies à la mode, comme «Celle que j'aime éperdument possède un visage charmant, des yeux troublants...»

À la fin d'un après-midi accablant de chaleur, les cigales chantaient sans répit, nous rappelant inlassablement la fable de La Fontaine. La belle madame De Guise apparut au balcon-terrasse de la maison, vêtue d'une légère robe longue plissée. Elle avait coiffé un immense chapeau de paille troué qui laissait filtrer des losanges de soleil dansant sur son visage. Elle était pieds nus et portait un plateau où se trouvaient bretzels, croustilles, olives noires et fromage à la crème assaisonné d'ail et de fines herbes. Pour boire, deux grands verres de Coca-Cola glacé, garnis d'une tranche d'orange et d'une paille en verre opaque rayé de bordures noires.

— Jacques, m'appela-t-elle, vous venez m'aider?

J'abandonnai, sur la grève où j'étais assis, le canif et la branche de cerisier dont j'entaillais l'écorce, courus vers elle qui descendait maladroitement les premières marches de l'escalier et m'empressai de la délester du plateau qui semblait trop lourd pour ses mains de porcelaine:

— Quelle bonne idée, madame. J'avais un petit creux à l'estomac. Où voulez-vous que je le dépose?

— Où vous étiez.

— Mais, il fait très chaud sur la grève.

— Je sais. J'ai un chapeau et j'ai envie de tremper mes pieds.

Je déposai le plateau sur le sable de la grève tandis qu'elle allait tranquillement marcher dans l'eau en relevant le bord de sa robe:

— Que c'est glacé! disait-elle, en poussant des ah! de saisissement. Ce manège dura quelques minutes, puis elle revint vers moi, rafraîchie et souriante. Nous nous assîmes sur le sable, face à face, et j'attendis sagement qu'elle engageât la conversation.

— Qu'est-ce que vous fabriquez?

— Rien de précis. Je me distrais à graver dans l'écorce. Regardez, dis-je, lui tendant la branche.

— Et que signifient ces dessins?

— Rien.

— Mon psychiatre y trouverait sûrement un sens. À la nôtre, dit-elle, en levant son verre. Ne soyez pas aussi gêné en ma présence, Jacques. Il est vrai, je ne vous connais pas encore beaucoup; la maladie me laisse si peu de temps à consacrer aux autres. Aujourd'hui, je me sens mieux. Je vous ai vu de ma fenêtre et me suis souvenu: mon mari avait un rendez-vous important, les filles couraient les magasins et Laurent était chez le dentiste. Voilà, me dis-je, une bonne occasion de vous tenir compagnie.

Elle se mit à rire, dévoilant des dents éclatantes. Ses beaux yeux brillaient, quoique toujours voilés de tristesse. Elle enchaîna, après avoir grignoté un bretzel et siroté la boisson avec la paille:

— Je vous connais quand même un peu. Laurent nous a souvent parlé de vous et votre tuteur, le chanoine, n'a pas manqué de faire votre éloge.

— Votre cousin, corrigeai-je, sans réfléchir.

— Quel cousin?

— Mais le chanoine Carl Von Youvanhoven.

Elle s'esclaffa:

— Mais où êtes-vous allé chercher pareille histoire? Le chanoine n'est pas mon parent.

— Amélie me l'a dit.

— Il ne faut pas croire tout ce que raconte Amélie.
Elle fabule et ne contrôle pas son imagination. Je ne lui
reproche rien, elle me ressemble tellement.

— Je l'ai crue. Comme je l'ai crue, madame! J'ai
même remis en question toutes sortes de...

— ... Remettre en question est un exercice mental
passionnant, mais il faut pour cela posséder une connaissance des questions et des faits qui les sous-ten-
dent. Le chanoine n'étant pas mon cousin...

— ... Donc, Laurent, excusez-moi, madame, son
désir d'avoir un frère?

— Mais oui! Mais oui! Tout cela est vrai.

— Alors, vous qui le connaissez mieux que moi,
comment expliquez-vous que Laurent depuis que je vis
avec vous tous, soit si souvent indifférent à ma présence?

— Laurent est un paradoxe ambulant. Il ne faut pas
s'en faire. Je ne lui reproche rien. Mes enfants me
ressemblent et ils ressemblent à leur père, ce qui est tout
à fait normal. Nous avons pris, mon mari et moi, la
décision de ne jamais les juger, pas plus que nous ne
nous jugeons nous-mêmes.

Je la regardai, conquis par son raisonnement et
par sa beauté. Elle sentit l'indiscrétion de mon regard, car
elle abaissa le rebord de son chapeau. Je remarquai
soudain qu'elle était nue sous sa robe, que ses aisselles
étaient rasées, que ses seins frémissaient, caressés par le
tissu qui obéissait à ses moindres mouvements.

Elle se leva, secoua le sable collé à sa robe et
retourna tremper ses pieds dans l'eau en poussant des
petits cris quand les vagues venaient baigner ses chevilles.

Je me fis insistant:

— Si le chanoine n'est pas votre cousin, pourquoi
monsieur De Guise l'appelle-t-il ainsi?

Elle se retourna vers moi, irritée par ma question, et
répondit sur un ton cassant:

— Je n'ai pas de cousin de ce nom, je vous l'ai déjà dit. Si mon mari l'appelle cousin c'est par pure fantaisie.

Haussant la voix, les yeux exorbités, elle précisa:

— Votre tuteur est lié à notre famille pour des raisons d'intérêts et de politique. Votre tuteur, monsieur Molay, est riche et membre du haut clergé; il exerce une influence certaine dans tous les milieux. Il est l'éminence grise du premier ministre, de monseigneur et de qui d'autre encore. Il a des contacts partout. Personne ne sait d'où il vient, sinon qu'il est né en Allemagne. Enlevez-vous de la tête les questions sans fondement qui vous troublent. Pour votre gouverne, sachez que le chanoine est un bâtard comme vous et qu'il s'en vante quand il a trop bu.

Je restai sidéré par sa repartie. Elle courut vers la maison emportée par l'exaspération ou par une saute d'humeur; elle trébucha bêtement sur une des dernières marches qu'elle avait gravies à toute allure. Elle cria, tenta de s'accrocher à la rampe, perdit l'équilibre et débloua l'escalier, tête première.

Diable! Que faire? Courir vers elle. Vite! Vite! Elle était vraiment mal tombée. Une jambe coincée entre deux marches, l'autre pendait dans le vide; une main s'accrochait à un barreau, l'autre était renversée au bout d'un bras sans ressort. Ses lèvres saignaient. Ses yeux ouverts et renversés ne brillaient plus. Elle respirait encore à en croire les mouvements de sa poitrine. Sa robe avait suivi le mouvement de sa chute et s'était enroulée sur ses épaules, la dénudant. Quel terrible accident! Je vis sa nudité blanche. Que faire?

— Au secours! Au secours! criai-je. Madame est tombée, madame est tombée.

Je ne me souviens plus de ce que j'ai fait tant j'étais troublé. En si peu de temps, lui avoir enfin parlé, l'avoir affectionnée, puis soudain la voir s'indigner de questions primordiales pour moi, futiles pour elle. Sa colère, sa

chute, sa nudité. Allai-je à gauche, à droite, chez le
voisin le plus proche? Je ne sais plus. Tout ce dont je me
souviens c'est que j'allais comme un fou en criant sans
cesse:
— Madame est tombée, madame est tombée.

Quand je repris connaissance, j'étais si fiévreux
que les draps et les oreillers n'absorbaient plus mes
sueurs brûlantes. J'ouvris les yeux. La famille était là, à
l'exception de madame.
— Il ouvre les yeux.
— Il se réveille.
— Merci, Jacques, tu as été formidable.
— Elle repose maintenant à l'hôpital.
— Demain, tout ira pour le mieux.
— Ça va mieux?
La main d'Amélie tenant la mienne. Monsieur De
Guise m'épongeait délicatement le front avec une
serviette froide. Laurent se tenait debout au pied du lit et
me regardait sans comprendre. Hélène marchait en
monologuant. Je l'entendais parler de sa mère:
— Papa, il faut la faire soigner. Il faut toujours la
faire soigner même si elle n'est pas malade. C'est une
hypocondriaque.
— Tais-toi, Hélène, je t'en prie. C'est ta mère,
c'est ma femme.
Thérèse s'évanouit. Elle savait s'y prendre pour
attirer l'attention.
Et moi, je croyais me noyer dans les sueurs de ma
fièvre. Je crus voir monsieur De Guise arborant le
sceptre du roi de France, métamorphosé sous un
déguisement d'époque. La marquise costumée s'éventait
comme une Espagnole. Hélène avait revêtu l'armure
de Jeanne d'Arc. Laurent, couvert d'une grande cape
blanche brodée d'une croix rouge, s'apprêtait à

reprendre la guerre des croisades. Amélie, belle Amélie, s'en allait se cloîtrer au couvent.

— Quelle fièvre! Je téléphone au docteur, disait monsieur De Guise.

Voilà ce dont je me souviens, sans oublier ces questions et ces voix qui martelaient ma tête:

— Qui est mon père? Qui est ma mère? D'où suis-je? Pourquoi mon nom est-il Molay? Pape Clément? Pape Clément?

— Il appelle le pape. Il délire.

Délire, lire, ire... Ces mots m'hypnotisèrent et je m'endormis en ayant l'impression d'être le corps d'une autre âme.

En ces temps-là, les pauvres avaient des causes. Les riches avaient leurs pauvres qui venaient tous les lundis prendre les restes de table, les vêtements usés ou démodés, et tant d'autres choses. Il y avait la fille aînée du pauvre accompagnée de ses deux sœurs vêtues par les De Guise. Elles étaient toutes trois jolies et leurs pauvres yeux brillaient d'intelligence. Ce fut mon premier contact avec la vraie pauvreté. Je n'aimai pas. Elles remercièrent et s'en allèrent avec leurs paquets. Elles avaient de la dignité, ce qui les différenciait des maudits pauvres comme elle différencie les vrais riches des maudits riches.

Ma deuxième confrontation avec la pauvreté fut totalement différente. Il pleuvait doucement, mais les gouttes qui tombaient étaient denses et lourdes comme du mercure. Nous étions à l'abri dans la maison de campagne et j'ignore qui faisait quoi, sauf que j'étais à la fenêtre, la plus grande, celle à carreaux qui avale le paysage et la mer. Là, soudain, la silhouette d'un homme courbé se protégeant de la pluie, son imperméable relevé sur la tête. Un pantalon de velours vert, des bottes brunes, un chandail bleu sous un veston plus bleu et des yeux bleus. Voici l'homme qui frappe à la porte: toc, toc, toc.

— Mais entrez, monsieur, ne restez pas sous la pluie, dit monsieur De Guise, en ouvrant la porte, après que je l'eus prévenu de la venue de l'inconnu.

Tout le monde se méfiait de tout le monde. Avant d'ouvrir, l'usage voulait qu'on y regarde à deux fois. Mais monsieur De Guise échappait à cette règle comme à bien d'autres, tant il était habitué aux étrangers.

L'homme entra, se redressa en secouant son imperméable et releva la tête en faisant valser sa crinière. Un sourire d'enfant éclaira son visage. Les rides autour des yeux se contractèrent pour encercler un regard de feu. Il tendit la main, se présenta:

— Victor Vassiliévitch, apatride de origine slave venant directement de Yougoslavie avant de être revenu d'ailleurs.

Il se mit à rire. Son accent était fascinant. L avait de l'allure. Monsieur De Guise le reçut chez lui comme un «vieux ami». L'homme venait demander la charité. Monsieur De Guise l'écoutait avec attention raconter son histoire, ne lui posait pas de question, lui souriait et semblait au comble du bonheur.

Comme s'il se fût agi d'un visiteur attendu, monsieur De Guise lui offrit à boire avant de l'inviter à passer à table. L'étranger mangeait comme un affamé. Nous nous gavions de son récit fabuleux. Il racontait qu'il avait été immensément riche, heureux comme dans les contes, avec une femme belle, des enfants merveilleux, mais aussi qu'il avait été très très malheureux. Victime de la guerre, un revenant humilié cherchant dans le sillon du malheur un je ne sais quoi à espérer.

Je m'en souviens comme si c'était hier. Monsieur De Guise s'est levé de table en posant sa main sur l'épaule de l'homme pour l'inviter à rester assis, à attendre. Il revint après quelques instants, le sourire aux lèvres. Il reprit sa place, tira sur son cigare, le déposa dans le cendrier et demanda:

— Monsieur Vassiliévitch, vous m'affirmez être recommandé par monseigneur et par le bureau du premier ministre. Je vous crois. J'ai pour principe de ne prêter que ce que je peux donner. Quand on me remet mon dû, j'en suis ravi et mon débiteur bénéficie immédiatement de mes bonnes grâces. Connaissez-vous l'histoire du prêteur naïf? Laissez-moi vous la résumer. L'emprunteur demande un petit prêt, offre des garanties. L'échéance venue, il rembourse, malgré le taux élevé des intérêts. Le temps passe. Il revient à la charge. Vous faites confiance ainsi deux ou trois fois et vous lui prêtez toujours puisqu'il a vraiment conquis votre confiance et il revient encore, avec des prétextes toujours plausibles et crédibles. Puis un jour, comme la somme est de plus en plus élevée, l'emprunteur se volatilise avec la somme prêtée. Le prêteur, vous l'aurez deviné, c'est moi. Voilà comment j'ai appris à ne prêter que ce que je peux donner. Combien vous faut-il pour cette petite ferme?

— Je ignore, répondit l'homme. Je pas savoir le prix encore. Je ignore.

Monsieur De Guise fronça les sourcils, prit sa plume et écrivit.

L'homme prit le chèque précautionneusement, sans précipitation, il le glissa dans sa poche, s'essuya la main et la tendit à monsieur De Guise. S'étant levé, il salua en courbant la tête respectueusement.

Des années plus tard, il revint rendre son dû. Il était redevenu riche et monsieur De Guise, lui, avait bien besoin d'argent.

Ainsi, de faits divers en divers événements, je découvris cette famille et les couleurs de son arc-en-ciel. Mais, après que madame De Guise se fut rétablie des suites de sa triste dégringolade dans l'escalier et qu'elle put à

peine reprendre le rythme normal de la vie quotidienne,
le malheur frappa sans crier gare.

Hélène s'était noyée en voguant sur son foutu
radeau qu'un navire marchand, semblait-il, n'avait pu
éviter. Hélène, la petite mécanicienne. Le corps perdu,
introuvable malgré les recherches dans le ventre de la
mer. Un deuil encore. Silence! Elle croyait en la vie.
Pauvre Hélène. Sans Dieu. Sans diable. Une voilure
déchirée. L'eau pour linceul.

Attention! une tempête s'annonce sur la mer
intérieure. Des éclairs déchirent le ciel. Le miroir de
l'eau les réfléchit.

Un gros orage pleura la mort de mademoiselle De
Guise. Tout le monde pleura, surtout monsieur. Les
funérailles furent simples. Elle était vierge, n'avait de
pouvoir ni sur l'Église ni sur l'État. Alors, faire simplement. Seule la famille devant un cercueil blanc et vide.

— Je suis une éponge, Amélie, une éponge...

Où étiez-vous au moment de l'accident? demanda l'inspecteur chargé de l'enquête.

J'observais attentivement le va-et-vient de l'homme trapu qui posait des questions, les mains derrière le dos, la tête haute, le regard perdu au-dessus de nous tous qui étions assis dans la grande salle de séjour.

— J'étais à mon bureau, comme d'habitude, répondit monsieur De Guise. Pourquoi ces questions?

— Excusez-moi, monsieur. Malgré les circonstances, je dois faire mon travail. Il y a eu mort. Et vous, madame?

— Ma femme, répondit monsieur De Guise, est malade et elle doit garder le lit. Elle devait donc dormir ou se reposer dans sa chambre.

— Et vous, mademoiselle?

— Moi, répondit Amélie, ce jour-là, si j'ai bonne mémoire, je dessinais ici même, là, vous voyez, sur cette table.

— Et vous?

Thérèse se mit à bafouiller en disant qu'elle avait passé l'après-midi dans la baie, à lire.

— Jeune homme?

— Moi?

— Vous.

— Je nageais, dit Laurent, je crois, comme tous les jours.

— Vous n'avez rien vu?

— J'ai vu le radeau emporté par le vent se hisser sur les vagues.

— Avez-vous vu le navire?

— Quel navire?

— Celui qui aurait heurté le radeau.

— Non.

— Et vous? Quel est votre nom?

— C'est Jacques, répondit monsieur De Guise.

— Où étiez-vous?

— Je ne m'en souviens plus.

— Vous étiez bien quelque part?

— En effet, je devais bien être quelque part, mais où?

— Jacques est souvent distrait, monsieur, et sujet à de fréquentes crises de fièvre. Alors, peut-être que ce jour-là...

— Je me souviens, j'étais couché sur la grève en attendant le retour de Laurent.

— Et vous n'avez rien vu?

— Rien.

— C'est tout, conclut le détective. Je m'excuse, mais je dois faire mon travail.

Monsieur De Guise le reconduisit jusqu'à sa voiture. Je les entendis rire. N'empêche que je me posai plusieurs questions tandis que dans ma tête revenait sans cesse: «Ma femme dormait, j'étais au bureau, je dessinais, j'étais à la baie, je nageais, je ne me souviens plus.»

Allons, Godefroy, pourquoi t'obstiner? La noblesse n'existe plus. Enfin, si peu, si impuissante. Elle n'a plus de pouvoir. Les titres ne flattent que la vanité. Tout au plus, y a-t-il encore, en France, quoique j'en doute, trois mille familles qui ont pu hériter des vestiges des anciens privilèges inhérents à l'ancien régime, à l'empire ou à la monarchie. Aujourd'hui, à peine quelques familles ont-elles, grâce à leur réussite matérielle, conservé un semblant de noblesse dont il ne reste à mes yeux que l'art de perpétuer un certain humanisme de façade. Ici, même, dès que tu prononces le mot *noblesse*, tu te rends ridicule. Noblesse? Comment veux-tu que des ignares et des analphabètes comprennent? De quelques seigneurs, ça, oui, ils ont conservé une vague idée, mais les sentiments sont partagés entre ceux qui bénéficiaient de la seigneurie, ceux qui la peuplaient et la faisaient vivre, et tous les autres minables qui l'exploitaient. Aujourd'hui, mieux vaut vivre au présent. L'histoire? Quelle histoire? Il était une fois...

— Tu le regrettes!

— Mais non! j'ai toujours et j'aurai toujours ma dignité. Que nous descendions de la côte d'Adam ou de celle d'un duc me laisse complètement froid. Qu'est-ce qu'une côte? Un os? Une pente à descendre ou à monter? Je suis de mon temps, je suis moderne.

— Moi, je me considérerai toujours comme le descendant légitime d'une noble famille. C'est ainsi. Oublie les titres; ce n'est pas ce que je déplore, Bon Dieu. Je te parle de la vraie noblesse, cette noblesse qui se perd, car on la laisse se perdre puisqu'elle ne rapporte plus.

Ils causèrent ainsi longuement, monsieur De Guise et son jeune frère Godefroy. Nous écoutions. Le feu de camp irradiait et faisait l'envie des voisins qui n'osaient se joindre à nous. Le vent nous effleurait à peine. Comme nous étions bien ensemble au cours de cette soirée intime où Godefroy et sa jolie lune étaient venus dîner avec nous.

Laurent alla se baigner. Thérèse monta à sa chambre. Les amoureux s'éclipsèrent. Madame De Guise avait été absente, sans doute assise dans sa chambre, lisant ou se délectant de ses angoisses à se découvrir une nouvelle maladie qui lui ferait rencontrer un autre médecin et lui redonnerait une nouvelle occasion de raconter sa vie. Madame De Guise, née Müller, belle comme une image. J'avais vu sa nudité comme celle de la statue qui nichait dans l'alcôve de l'escalier du manoir. Tel fut l'autre détraquement.

Où était Amélie, encore là un instant à peine?

Les braises se consument. Laurent nage toujours, non loin, éclairé par la pleine lune qui poursuit son ascension céleste en tournant autour de la Terre qui tourne autour du Soleil qui doit tourner, lui aussi, ne fût-ce que sur lui-même, nous entraînant dans une rotation infinie autour d'un autre soleil, plus gros, tournant lui-même, qui sait, autour de la question?

— Alors, Jacques, vous vous plaisez parmi nous?

— Oh! oui monsieur De Guise. Je ne voudrais pas, cependant, vous causer d'ennuis par mes fréquentes crises de fièvre.

— Tss, tss... Regardez ce tison, il a pris la forme d'une ville enflammée. Là, cette maison miniature, ici, l'hôpital, la caserne des pompiers, le poste des douanes, l'église. J'imagine voir dans ce tison l'incendie qui détruisit la ville, il y a de cela des années, et j'imagine aussi l'incendie qui rasa le château de nos ancêtres.

— Godefroy m'en a parlé et m'a révélé qu'après la mort du roi Louis XVI...

Laurent sortit de l'eau, se secoua en riant, s'amusant à nous éclabousser. Il s'empara du verre de cognac que son père avait déposé sur le large accoudoir du fauteuil dans lequel il était assis, le vida d'un trait et le remit là où il l'avait pris sans que monsieur De Guise paraisse le moindrement contrarié et, s'approchant du feu de camp, il dit, sur un ton dégagé:

— En nageant, j'ai décidé que je n'irais pas au séminaire. J'aime mieux être ignorant que d'aller à l'école où je n'apprendrais que des idées préconçues et arbitraires. Je voudrais que tu fasses des démarches auprès de tes amis, tes capitaines. J'aimerais m'en aller en bateau. Papa, est-ce que tu m'écoutes? est-ce que tu m'entends?

Il se sécha et attendit une réponse.

La scène était déchirante. Laurent pleurait. Monsieur De Guise se contenait et j'étais ému de les voir pleurer.

Désarroi. Peine perdue. Inutile tristesse. Le fils veut s'en aller. Le fils refuse de succéder. Le père se déchire le cœur. Et le feu continue de brûler.

— Donne-moi le temps de te perdre. La perte d'Hélène, Laurent, c'est déjà trop de perte. Laisse-moi réfléchir. Tu es trop jeune pour être vieux.

— J'ignore quelle est la différence et je veux l'ignorer toute ma vie. Je refuse d'avoir un âge précis. Peu m'importe l'heure, le jour ou le mois, peu m'importe ce qu'il en coûte et depuis combien de temps le temps s'est fait temps. Puis, tu ne vas pas me perdre. Je ne vais pas mourir à voyager, bien au contraire.

— Je vais y penser.

— J'étais si bien dans l'eau que j'y passerais ma vie.

— Entre naviguer et se baigner il y a toute une différence.

Il y eut un grand moment de silence. Laurent prit congé de nous, prétextant la fatigue, et m'invita à le suivre.

— Je préfère attendre que le feu s'éteigne.

— Tu ne m'embrasses pas? demanda monsieur De Guise.

Laurent revint sur ses pas, posa un baiser sur le front de son père en disant:

— Je ne suis pas vieux, j'ai l'âge.

— Et moi? Sais-tu quel âge j'ai?

— L'âge de mon père.

Laurent s'en alla. Nous restâmes. Le feu s'éteignit lentement. Un vent doux vint nous caresser et ranima les braises. De petites vagues se cassèrent sur la grève en chantant.

Monsieur De Guise alluma un cigare, se servit une rasade de cognac. Le descendant prétendu d'un roi de France étendit les jambes, offrant la plante de ses pieds nus à la chaleur bienfaisante du feu. Une chauve-souris nous frôla. Les ondes changèrent. Il n'y avait plus de chagrin dans l'air, que des étoiles dans le ciel et dans les braises.

— Vous avez vu l'étoile filante, monsieur De Guise?

— Non.

— Elle était éblouissante, je n'en ai jamais vu une aussi étincelante parcourir un trajet aussi long, de là à là, dis-je, le bras levé, le doigt pointé traçant la ligne invisible du nord au sud où l'étoile s'était éteinte à mes yeux. Dommage que vous ne l'ayez pas vue!

— Dommage, en effet. Je regardais par terre. Nous regardons trop souvent par terre. Nous sommes en voie d'être si totalement absorbés par le devant soi, la courte vue, l'individualisme et l'égoïsme que nous n'aurons plus le temps de regarder les étoiles. À la ville, nous ne les voyons déjà plus.

Nous contemplâmes la Voie lactée.

Un tison éclate. Une grosse vague vient s'échouer. Un engoulevent crie, en montant, invisible, vers le ciel. Frou, frou, font soudain ses ailes déployées au moment précis où le bec, plein d'insectes happés en chute libre, avale ses proies et repart aussitôt en chasse en poussant d'autres cris perçants. À ce moment précis, je demandai à monsieur De Guise:

— Le château incendié, avez-vous dit tout à l'heure, j'aimerais savoir...

— Pourquoi, quand mes propres enfants se fichent éperdument de l'histoire?

— Parce que je cherche la mienne. Si vous saviez, monsieur De Guise, comme...

— ... comme je vous comprends.

Des «Ah! Ah!» enrobés dans la fumée de son cigare s'échappèrent de sa bouche:

— Je vous comprends parce que j'imagine.

— Ce que vous imaginez est loin de la réalité.

Il ramena ses pieds vers lui, se pencha, cigare aux lèvres, prit ses chaussettes blanches qu'il avait enfouies dans ses souliers de tennis et les remit un à un, disant:

— La réalité est une perception fallacieuse du temps. Le temps réel tient dans une évanescente seconde. L'instant même où je vous parle est déjà passé. Tout est dans le passé, dans la mémoire, dans les souvenirs. La réalité! Quelle réalité?

Il se leva, ce disant, et demanda:

— Vous n'êtes pas fatigué?

— Non.

— Dans ce cas, pourquoi n'attisez-vous pas le feu?

Nous le fîmes en silence. Puis, ayant repris nos places, nous attendîmes que les bûches s'enflamment. Monsieur De Guise versa à boire. À mon grand étonnement, il me tendit son verre. Sans doute parce que Laurent buvait devais-je jouir du même privilège? J'acceptai, disant:

— C'est la première fois...

— Buvez, buvez sans question, insista-t-il. Le cognac a le pouvoir magique et fantastique de huiler les coulisses des milliers de petits tiroirs que nous avons dans la cervelle, vous savez, ces tiroirs dans lesquels nous rangeons ce que nous avons acquis au fur et à mesure que nous avançons en âge, sans compter tout ce qui y était déjà dès la naissance. Qu'un seul ne s'ouvre plus et c'est la catastrophe.

Je bus prudemment. Il m'observait. Je fis comme je l'avais vu faire. Le liquide roula dans ma bouche, viola mes papilles et j'avalai sans m'étouffer. La bouche brûla un instant. L'œsophage se contracta au passage de l'alcool. Les effets se firent sentir: le goût à la fois âcre et sucré, la sensation de chaleur, la griserie soudaine.

— Et alors?

— Est-ce qu'il existe un tiroir pour la famille?

— Évidemment.

— C'est la catastrophe! Le mien ne s'ouvre pas.

Il s'esclaffa:

— Jeune homme, cessez donc de vous tourmenter. Peu importe d'où vient la vie, vous l'avez. Vivez-la donc à l'instant même. Cessez de vous poser des questions quand vous savez qu'elles sont sans réponse et que même le doute en est exclu.

Il m'offrit une autre gorgée que j'acceptai avec plaisir:

— Merci! Peut-être qu'en buvant le tiroir s'ouvrira.

— Chez vous, le tiroir n'existe pas. C'est simple. Faites-en votre deuil. Et puisque vous êtes maintenant de ma famille, qu'attendez-vous pour la faire vôtre?

— J'essaie, monsieur De Guise.

— Bravo! elle en vaut bien d'autres et, sauf exception, vous n'aurez pas à en rougir.

Tard, la nuit, nous rentrâmes à la maison, ivres, chacun de son ivresse. Il était épuisé par cette veillée au cours de laquelle il m'avait raconté l'histoire du château incendié.

— Bonne nuit, monsieur De Guise.

J'entendis, le voyant lever le bras droit qui retomba mollement sous le poids de la fatigue:

— Désormais...

Une fois couché, ayant fermé les paupières, je fus pris de vertige. Je plongeais dans un cercle sans fin et je roulais sur moi-même, tête première, de plus en plus rapidement, si rapidement que je crus prendre la forme d'une boule qui allait sans cesse se rapetissant, si petite qu'il me sembla être une poussière dans le lit. Une multitude de nombres hanta mon cerveau. Le chiffre *quatorze* s'imposa parmi les autres. Quatorze. Molay! Quatorze ans, l'âge de raison, l'âge de moi, l'âge des hérétiques.

À ce nombre qui se multipliait par lui-même, succéda la vision d'un vieillard barbu, accablé, mais digne, portant sur ses épaules voûtées une majestueuse cape blanche.

Il se présente en marchant lentement parmi une foule muette qui se bouscule pour lui laisser le passage. Il avance. Il avance. Plus il avance, plus la foule s'écarte, et il se retrouve devant deux rangées de tables et de chaises occupées par des hommes vêtus de soutanes.

Face à eux, il s'immobilise, les bras ballants le long de son corps épuisé par les tortures.

— Vous me demandez encore, dit-il, d'une voix d'outre-tombe, ce qu'est le Temple? Le Temple est le centre de l'ordre et son trésor, le A du commencement dans le O de l'oméga. De Castille, de Portugal, de Majorque, d'Allemagne, d'Angleterre, d'Écosse ou d'Irlande, nous sommes tous *FRIERI DEL TEMPLIO*. Je suis le Grand Maître d'une croisade permanente et éternelle. Je suis le témoin et le juge de mes propres causes. Je ne dois donc qu'à moi-même, si je dois. Je le répète devant vous tous, ecclésiastiques de ce tribunal injuste, nous subsisterons *ad vitam aeternam* au nom de la plus saine raison. Templiers ou non, nous subsisterons, au moins comme tradition, dans les règles et les enseignements d'une foule de sociétés secrètes. Si l'Église est la maison du Christ, le Temple est celle de l'Esprit.

Il parlait tout en marchant. De temps à autre, il essayait de lever son bras meurtri, déployant un pan de sa cape:

— Sachez, messieurs, que toute chute est grave et que nous ne tombons que par terre, d'aussi haut que nous soyons montés dans les sphères de l'Esprit. De l'Esprit à la terre, de la terre à l'Esprit. Quand Dieu n'existe plus, il n'y a plus qu'à s'adorer soi-même. Moi, Jacques de Molay, je suis venu comparaître devant vous, de bonne foi. Je proclame mon innocence et celle de tous mes frères.

Je m'endormis enveloppé dans les sueurs froides de ma fièvre. Un ange de la maison est venu essuyer mon front avec une serviette imbibée d'eau froide. Lequel?

Au lever du jour, quand le soleil du matin veut se parer des éclats du soleil couchant auquel il veut ressembler, mais en vain, je me réveille dans l'étonnement, le malaise et le doux plaisir chaud de sentir à mon côté quelqu'un qui dort blotti contre moi. C'est Amélie.

Que faire de mes mains? Que faire de mon corps? Attendre simplement qu'elle se réveille, mais surtout ne pas la réveiller, car si elle est venue, elle saura quoi faire au moment de repartir.

Le roulement du tambour. Le sang dans l'écluse. L'étau sur les tempes. La merveilleuse et pénible naissance de sensations jusqu'alors inconnues.

Elle s'est réveillée, m'a regardé. Elle a dit, en quittant le lit: «Je me demande comment il se fait que je sois ici? J'ai dû vivre en rêve!»

Elle ouvrit la porte de la chambre, me gratifia d'un innocent sourire et disparut sans ajouter un mot.

J'allai me laver.

Était-ce tel jour ou tel autre? Quel mois? Ils étaient tous pareils, mais si distants, sachant bien qu'ils auraient frileusement à se serrer les uns contre les autres, la longue et pénible saison froide venue.

Aujourd'hui, il fait chaud. Rien ne bouge. Je crois que nous sommes à la fin du mois d'août. Oui. Il y a une telle humidité qu'elle forme un voile qui emprisonne l'horizon. La mer est grise du ciel qui s'y confond. La Packard du chanoine fonce à vive allure sur la route de terre en soulevant un nuage de poussière. Il conduit comme un fou. La vitesse le grise. Il se gare, en un éclair, à côté de la limousine de monsieur De Guise. Le nuage de poussière retombé, salissant tout sur son passage, le chanoine descend de son superbe cabriolet. Il ne porte pas sa soutane et ses accessoires violets, mais un complet blanc, une chemise bleue à col chinois et un chapeau de paille antillais, blanc lui aussi, ceinturé d'un ruban rayé vert et noir, ses couleurs fétiches.

Il avance à grands pas solides, sûr de lui; une éminence grise si bien avec elle-même qu'elle se sourit, comme si elle marchait en se regardant dans un miroir porté à bout de bras.

Le voyant venir, je courus au jardin prévenir monsieur De Guise qui parlait à ses plants de tomates.

— Je sais, il est attendu.

— Je ne savais pas.

— Il a téléphoné hier.

— Ah!

— Au sujet de tes études.

— J'avais deviné.

Tu, vous, selon ses humeurs. Pour moi, le vouvoiement était de rigueur.

Il se dirigea vers un grand tonneau de bois placé sous une pompe à eau manuelle, actionna le manche et l'eau, s'étant mise à couler, il en but quelques gorgées et se lava les mains qu'il essuya sur son pantalon de travail, puis il vint à la rencontre du chanoine qui appelait:

— Il y a quelqu'un?

Les deux hommes allèrent l'un vers l'autre, mais c'est monsieur De Guise qui en imposait, tandis que le chanoine avait l'allure d'un subordonné.

Thérèse et Amélie apparurent sur le seuil de la porte et s'assirent, en jasant, sur les larges marches du perron. L'une était vêtue de blanc, l'autre de rose. Madame était encore recluse dans sa chambre, en guerre contre la maladie. Aimérancienne, revenue de ses vacances auprès de sa famille, préparait le déjeuner, et Laurent, comme tous les jours, revenait de l'une de ses longues et nombreuses baignades quotidiennes.

Cette scène était grise et gris le déjeuner à la terrasse, malgré les délicieux plats servis par

Aimérancienne: anguille fumée, dorés cuits à la vapeur, selon les méthodes apprises par les exportateurs chinois, donc nappés de sauce aux fèves noires, agrémentés de gingembre et de ciboules, le tout arrosé d'alcool de riz parfumé à la sauce soya. Un sorbet aux mûres. Une salade d'endives et de radis. Des fromages, d'Oka et de France, et le dessert, un gâteau renversé aux bleuets sauvages nappé de crème fraîche.

Bien sûr, nous parlâmes de tout, sauf de religion, de politique et de mœurs. C'est dire que la musique, les lettres et les arts meublèrent nos conversations.

Madame De Guise, descendue de sa chambre en la circonstance, tranchait en faveur des impressionnistes, répétant ce qu'en disait Godefroy, à savoir qu'ils étaient les plus grands innovateurs et créateurs du vingtième siècle.

Le chanoine n'en démordait pas des Italiens: «Les maîtres». Monsieur De Guise partageait les goûts de sa femme et ne jurerait que la main posée sur une toile de Modigliani. Thérèse se réfugiait chez les abstraits, comme elle. Amélie confessait son indifférence et Laurent se fichait de nous tous en disant: «Moi, j'achèterais tous les tableaux, toutes les œuvres d'art qui s'inspirent de la mer.»

Je me taisais, inquiet de la conversation sérieuse à venir après le déjeuner.

Qui de Mozart, de Bach, de Sibelius? Qui? Madame aimait tellement Sibelius... et Mahler...

Et les écrivains? Ce Malraux, ce Cocteau, ce jeune Camus?

— Vous devriez vous en référer aux anciens, dit le chanoine. Il n'y a pas de culture possible sans l'essentielle référence à l'histoire, peu importe le siècle.

— Allez, les enfants, dit monsieur De Guise, en allumant un cigare, laissez-nous, nous avons à parler, Jacques, le chanoine et moi-même.

— Et moi? demanda Laurent.

— Si cela t'intéresse, répondit son père, en autant que nous soyons tous d'accord.

Il y eut hochement de têtes. Laurent prit la parole, ayant deviné le sujet de cette rencontre:

— Je le répète, papa, j'ai décidé que je n'irais jamais au séminaire.

— Je sais, je sais, répondit calmement monsieur De Guise. J'ai déjà tout prévu. Tu partiras, en septembre, sur un navire de la marine marchande. Je t'expliquerai en temps et lieu ce que tu devras faire en Espagne, la première escale d'un périple qui démontrera s'il est vrai que les voyages forment la jeunesse.

— Et vous, monsieur le comte, avez-vous pris la peine de penser à votre avenir au cours des dernières semaines? me demanda mon tuteur.

— Oui, répondis-je. Il y a un problème de taille. C'est que je pourrais être médecin, notaire, avocat, boulanger, ébéniste, peintre, artiste, n'importe quoi, pourvu que je le veuille, mais je ne veux rien. Je n'ai ni ambition ni vocation. Je sais, cependant, monsieur Von Youvanhoven, que je veux tout comprendre, tout savoir, tout connaître, tout vivre.

Monsieur De Guise hocha positivement la tête et décréta que l'ambition était une maladie, un virus aussi terrible que l'insécurité, et que la vocation était un aveu d'impuissance, la renonciation à soi.

— Nonobstant vos blasphèmes, monsieur De Guise, répliqua mon tuteur, il faut que Jacques complète ses études. Il doit devenir quelqu'un. Dans la vie, une formation et une culture générale...

Il monologua, comme d'habitude, enchanté par sa propre voix.

Laurent, satisfait, sortit de table et s'en alla se baigner malgré l'interdiction d'y aller après un repas. Les demoiselles avaient quitté la table à la suite de madame

De Guise, discrètement informée du but de ce déjeuner; elle ne me regardait plus, ni ne me parlait, depuis son fâcheux accident.

— Vous m'écoutez, Molay?

Je regardai monsieur De Guise, puis mon tuteur, et je répétai mot à mot ce que Godefroy m'avait dit:

— Ceux qui prétendront t'apprendre seront souvent des prétentieux. Il n'y a de grandes écoles, de grandes universités qu'en France si tu veux t'imprégner de culture française. Ici, l'Église et l'État briment et réduisent l'intelligence des citoyens à des fins serviles.

— Ne me parlez pas de la France, trancha le chanoine, vexé. J'ai la France à mes pieds, ici même, à quelques centaines de kilomètres. Là-bas, actuellement, il n'est question que de règlements de comptes. Résistants et collaborateurs sont les proies des délateurs de tout acabit. Ce n'est donc pas le moment d'aller s'y instruire, vous n'apprendriez que l'art de la délation. Les faucons seront toujours des faucons et vous êtes encore une proie vulnérable. Le lycée Marc-Aurèle, enchaîna-t-il, est l'endroit idéal dans les circonstances. Voilà où vous irez apprendre ce que doit.

— Je ne connais pas ce lycée.

— Vous le connaîtrez. J'arrangerai tout. Ne vous inquiétez pas. Vous y serez traité royalement, mieux encore que chez les Filles de l'enfance.

— Je ne comprends plus.

— Que voulez-vous comprendre?

— Il y a quelques mois, j'étais au Pensionnat, aujourd'hui je suis ici, demain j'irai au lycée, après-demain pourquoi ne pas partir avec Laurent? Ne suis-je pas son frère?

— Taisez-vous. L'heure n'est pas encore venue où vous aurez droit à la parole. À votre majorité, vous irez où le cœur vous en dit. D'ici là, je suis et je resterai votre bouée.

— Le lycée Marc-Aurèle est réputé, s'empressa d'ajouter monsieur De Guise, en fin médiateur. Il est reconnu comme l'entonnoir des marginaux. Vous y serez chez vous. Nous y mettrons le prix. De plus, depuis la mort de mon oncle, ajouta-t-il en s'adressant au chanoine, beaucoup d'événements bouleversent ma vie. Aimérancienne nous quitte. Ma femme est minée par une grave maladie. Mes affaires exigent une extrême vigilance, et j'en passe. Jacques, vous serez heureux là-bas. Vous nous reviendrez aux vacances.

— Les vacances! s'exclama le chanoine. Elles sont synonymes de péché. Preuve en est des confessions entendues au retour des vacances. Vous, Jacques, vous êtes-vous confessé dernièrement?

— Non.

— Et pourquoi donc?

— J'ai perdu la notion du péché.

— Quelle belle perte! s'exclama monsieur De Guise. Si vous avez perdu la notion du péché, vous avez également perdu celle de la culpabilité?

— Monsieur De Guise, s'indigna mon tuteur, je croyais que vous aviez au moins le sens de la morale.

— Moi, la morale, vous savez ce que j'en pense. Si nous parlions plutôt d'éthique.

— Ce n'est pas le moment.

Le chanoine fit semblant de n'avoir rien entendu de cet aparté et reprit son propos:

— Revenons à nos moutons; nous parlions de vacances. Vous en aurez à Pâques, à Noël et tous les mois d'été. Vous serez, au lycée, en vacances perpé-tuelles, car il ne se compare à aucun autre. Vous irez à l'érablière, vous travaillerez à la ferme si cela vous chante de vous occuper des vaches, des cochons et des chevaux. Il n'en tiendra qu'à vous. La reliure vous intéresse, l'écriture, l'ébénisterie? Là, tout est à la portée de ceux qui veulent s'instruire. Vous aurez le choix et la choisir, ce qui n'est pas donné à tout le monde par les temps qui courent.

Voilà que le chanoine s'essuie la bouche avec sa serviette, qu'il la chiffonne et la jette sur la table en se levant:

— Veuillez m'excuser, messieurs, j'ai rendez-vous avec monseigneur l'archevêque. Merci pour l'excellent déjeuner. Invitez-moi encore, je sais apprécier les bonnes choses.

Nous nous levâmes de table, monsieur De Guise et moi, et l'accompagnâmes jusqu'à sa voiture. Après avoir fait ses adieux et transmis ses salutations à la famille, il repartit comme il était venu, à une vitesse folle.

Comme par enchantement, les nuages s'espacèrent, laissant place à d'immenses taches bleues dévoilant le soleil.

— Je me demande... dit monsieur De Guise en regardant le chanoine s'en aller.

Il ne termina pas sa phrase, captif de ses pensées.

— Vous vous demandez quoi?

— Rien, répondit-il en posant affectueusement sa main sur mon épaule. Rien. L'homme m'intrigue.

— Moi, je me demande...

— Ne vous demandez rien. Donnez-vous ce que vous pouvez; c'est réaliste et apaisant.

Amélie vint, en sautillant, se joindre à nous et s'accrocha au bras de son père.

Je les aimais tous les deux. Que je les aimais!

Donc, j'irais au lycée Marc-Aurèle. Laurent partirait en bateau traverser les mers du monde. Amélie et Thérèse, lasses des Ursulines, traverseraient la frontière pour y terminer leurs études. Aimérancienne lèverait l'ancre de sa solitude pour mieux s'ancrer à celle de

l'amour d'un homme sans port d'attache, Gilles, le frère
de monsieur De Guise, le mouton noir de la famille. Tel
était le destin prévisible, mais le hasard se tenait dans
l'ombre, tout plein de surprises.

Plusieurs jours s'écoulèrent lentement, mais un
après-midi brûlant, les limousines du premier ministre et
de monseigneur l'archevêque vinrent se garer à côté
de celle de monsieur De Guise. Un instant plus tard, les
trois hommes marchaient sur la grève, chacun laissant
dans le sable l'empreinte éphémère de son pouvoir. Le
premier ministre portait des chaussures anglaises; le
monseigneur, des souliers vernis piqués d'une boucle en
argent, et monsieur De Guise des mocassins de toile
blanche.

Ils riaient quand ils firent demi-tour au bout de la
grève et revinrent s'asseoir à la table d'où je les observais.
Monsieur De Guise me présenta:

— Jacques Molay, mon nouveau fils.

— Alors, demanda le premier ministre, qu'est-ce
que vous comptez faire dans la vie, jeune homme?

— Vivre, répondis-je spontanément.

— Vivre quoi? Vivre de quoi?

— Vivre la vie; vivre de la vie.

— Et après? demanda la monseigneur, amusé.

— Mourir de vivre.

— Je vous trouve bien jeune pour parler sur ce
ton. Rappelez-moi votre nom, demanda le monseigneur.

— Jacques Molay, répondis-je, mais ce n'était pas
ma voix, c'était celle de quelqu'un d'autre, une voix
trop forte et trop grave pour moi, sortant de je ne sais où
et dont la dernière syllabe, ce *lay*, fut répété par l'écho
de la mer intérieure. Lay... lay...ay...

Il me sembla déjà revivre du vécu et revoir du déjà
vu. Un frisson me secoua. Ma tête fut comme com-
pressée. Tout s'embrouilla et tout se désembrouilla, me
laissant l'impression fulgurante que j'étais un mort

vivant, possédé par des pouvoirs extraordinaires. Je me dédoublais. Je me transformais en un autre, comme si j'avais possédé une mémoire centenaire, comme si je vivais au même instant dans le temps et hors de lui.

— Jacques Molay, répéta le monseigneur. Ce nom me dit quelque chose!

— L'Ordre des Templiers, précisa monsieur De Guise.

— L'Ordre... en effet...

Le premier ministre tira une chaise, s'y laissa choir:

— Puisque nous parlons d'ordre, il ne faudrait pas oublier que sans ordre c'est le désordre, et que suit le chaos. Monseigneur et vous, monsieur De Guise, il nous faut nous entendre puisque nous n'avons pas d'autres choix.

Aimérancienne apporta un plateau chargé de bouteilles. Monsieur De Guise servit du gin au premier ministre, une larme de porto à monseigneur et il remplit son verre de cognac. Ils levèrent et entrechoquèrent leurs verres, l'un disant:

— À l'Église!

L'autre:

— Au pouvoir!

Et monsieur De Guise, de préciser:

— L'argent donne le pouvoir et se dispense des églises.

— Nous connaissons vos opinions, monsieur De Guise, rétorqua le monseigneur, mais sans nous vous pourriez rencontrer quelques difficultés si, par exemple, au cours du sermon du dimanche, tous les prêtres du diocèse soulevaient les fidèles contre vous...

— Contre moi? s'indigna monsieur De Guise. Mais vous faites du chantage, monseigneur. Religion ou pas, les gens ont besoin de manger pour survivre et, s'ils ne survivent pas, c'en est terminé de vos privilèges, sauf celui d'enterrer.

Le premier ministre riait de bon cœur, mais le monseigneur le prenait de haut et, d'une voix fluette, affirma que seule l'Église détenait le vrai pouvoir.

— Votre pouvoir est verbal, monseigneur, renchérit monsieur De Guise, le mien est réel même s'il est temporel et éphémère, comme celui du premier ministre d'ailleurs. Un jour viendra, croyez-moi, où vous aurez les mains vides. Votre anneau ne signifiera plus rien. Personne ne s'agenouillera ni ne se courbera pour le baiser. Même vos soutanes n'impressionneront plus, au point que vous serez obligé de vous déguiser en laïc pour exercer votre ministère.

— J'ai besoin de vous, vous avez besoin de moi, se contenta de répondre le monseigneur, outré.

— Mon oncle Gontran est mort. J'ignore les dispositions du testament et, dans les circonstances, vous frappez inutilement à ma porte. Ce que mon oncle vous donnait deux fois par année, ou parfois plus en des temps difficiles, rien ne dit que je le donnerai ou que je sois tenu de le donner. Donner, c'est gratuit.

— Il ne vous a donc pas confié une enveloppe avant de mourir?

— Une enveloppe?

— Vous-même me la remettiez en main propre.

— C'était son enveloppe, pas la mienne.

— Si je comprends bien, remarqua le premier ministre jusque-là muet, mon parti n'en aura pas. Pas d'enveloppe, cela signifie qu'il faudra que je cherche ailleurs les fonds dont j'ai besoin pour financer ma prochaine campagne électorale.

— Sollicitez d'autres compagnies, monsieur le premier ministre, la mienne, c'est-à-dire celle de mon oncle, est au neutre depuis son décès. Comme je viens de vous le dire, je ne peux rien faire tant que le testament n'aura pas été lu. Le notaire tient tout dans ses mains. Adressez-vous à lui, peut-être compte-t-il parmi ses

clients certains qui sont assez riches pour vous donner,
en attente de retombées éventuelles?

— Il n'y a pas de retombées dans mon parti.

— Allons, allons, connaissez-vous un seul
gouvernement qui ne renvoie pas l'ascenseur à ses
bailleurs de fonds?

— Vous-même, votre famille, votre oncle, je veux
dire...

— Vous ne dites rien que je ne sache déjà. Nous
n'avons rien reçu. Jamais. Nous avons donné, à vous
comme aux œuvres, à fonds perdus, sans autre but que
de donner, en vertu de règles qui ne sont connues que
des nôtres.

J'écoutais attentivement. Je savais où avaient été
cachées les enveloppes. Je me taisais donc, admirant la
façon dont monsieur De Guise menait la discussion,
sûr de lui, devant ces deux notables mendiants.

— Après lecture du testament, nous aviserons, dit-
il, se levant pour remplir les verres.

Le premier ministre se mit tout à coup à le tutoyer:

— Galessande, tu sais, ta famille s'est toujours
montrée généreuse envers mon parti. Nous nous
connaissons tous les deux depuis très longtemps. Boxe
ton notaire. Fais en sorte qu'il active les choses afin que
je sache à quoi m'en tenir. Les élections se tiendront sous
peu. Il me faut un minimum de cent mille billets. Une
élection, excusez-moi monseigneur, ne se gagne pas
avec des prières. Nous ne sommes plus en 1936, alors
qu'un maigre vingt mille billets faisait l'affaire, indulgences comprises. Qu'est-ce que vous en dites, monseigneur? Des indulgences? Vous connaissez? Vous en
avez vendues.

— Vous avez beaucoup d'humour, monsieur le
premier ministre.

— Et la banque? de demander monsieur De Guise.
Le banquier est à vos pieds. Votre ministre des Finances

détient de par son frère un énorme pouvoir puisqu'il en est le directeur général; son neveu et son cousin, et qui encore dans cette famille, magouillent sans scrupule dans la haute finance...

— Attention à ce que tu vas dire Galessande.

— Je n'ai encore rien dit, répliqua monsieur De Guise, vidant son verre d'un trait, se levant de table et s'excusant:

— Messieurs, la nature a ses exigences; je dois vider mon enveloppe.

Tous se mirent à rire tandis que l'hôte alla se soulager. Monseigneur et le premier ministre, qui se servit une rasade, discutèrent comme deux larrons en foire.

— Monsieur le premier ministre, avez-vous mûrement réfléchi à la proposition que je vous ai faite la semaine dernière?

— C'est tout réfléchi, mais j'ai peur que vous ne me trahissiez.

— L'histoire n'est qu'une suite de trahisons, j'en conviens, mais l'Église ne trahit jamais ceux qui la servent.

— Vous connaissez mal l'histoire, monseigneur; l'humble catholique pratiquant que je suis est mieux informé que vous ne l'estimez. Faudrait-il que je vous prête quelques livres de ma riche bibliothèque?

— Les nôtres, que je sache, sont largement garnies. Répondez donc à ma proposition.

— En un sens, je suis d'accord avec l'idée que vos prêtres si bien informés collaborent avec ma police. Dans un autre sens, je m'inquiète du prix qu'il faudra payer.

— De grâce, laissez-nous d'abord vous aider à gagner votre réélection.

— Donnant donnant?

— Vous me comblez, n'en doutez pas.

Monseigneur se pencha vers le premier ministre et lui fit, à voix basse, quelques confidences. Des hochements de tête, une tape sur le genou de monseigneur, des éclats de rire vulgaires.

Plus loin, en retrait, les deux chauffeurs continuaient de faire les cent pas dans le gravier du chemin tout en échangeant, eux aussi, des confidences de chauffeurs auxquels se confiaient leurs respectables patrons.

Un voilier filait sur la mer, toutes voiles au vent. Monsieur De Guise revint, souriant. Il reprit son fauteuil et la conversation continua comme si je n'avais jamais été présent. Ils parlèrent de syndicalisme. Le premier ministre considérait que c'était un moindre mal, monseigneur trouvait que c'était un mal nécessaire et monsieur De Guise trancha:

— Dans mes fabriques, il n'y a pas de syndicat et les employés savent qu'il sont chez eux. Je les respecte. Ce sont ceux qui méprisent les humains qui les exploitent et c'est contre l'exploitation que les syndicats existent.

Il fut aussi question de communisme, de Juifs, d'Anglais, d'Américains, mais je ne prêtais plus attention à ce qu'ils disaient, saturé, la tête pleine de projets de lois privées pour consolider les emprises internationales, et que sais-je encore, si ma mémoire est bonne, de l'exemple à suivre des Allemands qui avaient donné au monde une leçon de discipline. Les mots *corporatisme, marxisme, internationalisme* revenaient constamment sur leurs lèvres. J'étais trop distrait par l'arrivée d'Amélie, en maillot de bain, s'avançant lentement dans les eaux pures et froides, pour prêter plus d'attention à ces hommes qui discutaient en buvant assis autour d'une grande table circulaire. Je me levai, saluai poliment ces messieurs et me dirigeai vers la maison avec l'intention de troquer mes vêtements contre un maillot et de partager les ébats aquatiques de ma nouvelle sœur, mon premier amour.

À peine avais-je franchi, en courant, le seuil de la porte que des sanglots attirèrent mon attention et ralentirent ma course, me distrayant ainsi de mon projet initial. Je prêtai l'oreille, faisant du surplace, cherchant l'endroit précis d'où venait l'expression d'une telle douleur. De la cuisine, à n'en pas douter. Aimérancienne pleurait à faire pleurer. Avec la discrétion qui s'imposait, j'allai sur la pointe des pieds vers la cuisine et je l'aperçus, la malheureuse, accroupie dans un coin, recroquevillée sur elle-même, les genoux au menton, le visage enfoui dans les bras. Comment faire? Mon cœur me dit d'aller vers elle. J'y allai. Je posai ma main sur son épaule, en fermant les yeux, en me concentrant, en aspirant son chagrin, et je lui dis:

— Mademoiselle Aimérancienne, ne pleurez pas, je vous aime.

Quelques minutes s'écoulèrent. J'entendis les cris d'Amélie et de Laurent qui folâtraient avec les vagues. L'épaule d'Aimérancienne ne fut plus secouée de spasmes. Elle se détendit. Son bras se leva. Sa main se ranima. Je la sentis, froide comme marbre, s'accrocher à mon short, frôlant ma cuisse brûlante de si près que mon sexe en tressaillit. Ainsi agrippée, mon short lui servant de levier, elle se leva lentement, comme défroissant son chagrin et, debout, elle m'entoura de ses grands bras de paysanne et me serra contre elle en versant deux ou trois larmes sur mon front. Des baisers fusèrent. Que de baisers! Elle m'entraîna vers sa chambre, je me laissai guider par envoûtement, affecté par son chagrin, soit, mais attiré par ce qui émanait d'elle; je découvrais enfin cette soif de l'autre, mais ressentie par nul autre que moi-même. J'avais l'impression qu'elle avait plusieurs mains, plusieurs lèvres, et la certitude que mon cœur battait plus fort que tous mes muscles, en un même élan, se concentrant vers un seul but. Je perdis le nord de la tempête de mes sens éveillés et je fis ce qu'elle m'apprit à faire. Nous étions en feu, hors du temps, en chute libre, ailleurs, et je crus mourir en elle qui assourdissait ses cris en mordant dans un oreiller. Je n'étais pas mort. Je respirais. Mon cœur ne battait plus la chamade.

Je me retirai d'elle, comme si elle-même me rejetait. J'étais à la fois ému et reconnaissant, troublé par cet inoubliable détraquement. Elle me combla d'excuses inutiles. Je me disais que la jouissance qu'elle m'avait procurée ne lui était pas destinée et j'en ressentais une immense peine pour l'autre à qui j'avais pensé. Je ne l'aimais pas, même si je le lui avais dit pour la consoler, au paroxysme de sa tempête. La tempête? Chacun la sienne. Gilles De Guise, oui, le frère de Galessande, oui, le bohème, l'instable, le farfelu, l'irresponsable, l'inconséquent, le fou, le drôle, le bouffon, le charmeur, le bandit. Qu'entendis-je? Oh? ce qu'Aimérancienne en avait sur le cœur! Elle était enceinte de lui. Elle n'avait pas d'autre choix que de l'épouser.

Monsieur De Guise avait fait le nécessaire pour sauver l'honneur de la famille et sortir son frère d'une situation embarrassante. L'avortement existait, soit, mais à quels risques et à quel prix, le prix n'étant même pas à la hauteur du risque. Surtout, éviter le scandale. Donc unir Gilles à Aimérancienne, dût-elle souffrir toute sa vie pour avoir cédé, la naïve, une nuit de fête, aux avances mirobolantes d'un Gilles soûl ayant perdu, comme d'habitude, le contrôle de sa raison.

— Il est violent. Il dilapide tout ce qu'il gagne. Il
vient puis disparaît selon ses humeurs, sans jamais me
prévenir. Je vais être malheureuse toute ma vie. J'ai peur.
Je ne veux pas de cet enfant.

Pauvre Aimérancienne perdue. Tantôt elle disait
l'aimer, tantôt elle s'en défendait. Soudain, Gilles était
bon comme monsieur De Guise, puis, l'instant d'après,
il était tout le contraire.

— Nous venons de commettre un péché mortel,
geignit-elle, prise de remords, et elle fondit en larmes.

— Non, Aimérancienne, nous n'avons pas commis
de péché mortel. Nous ne sommes pas morts, que je
sache, bien au contraire. Nous avons partagé un état de
grâce.

Rien à faire. Elle pleurait.

— Regardez-moi. Regardez-moi dans les yeux, dis-
je, en lui relevant le menton.

Elle me regarda, éperdue.

— Vous devez dormir, maintenant. Vous allez
dormir profondément jusqu'à demain matin. Ne fermez
pas les yeux. Regardez-moi et répétez après moi: «Je vais
dormir jusqu'à demain et j'aurai oublié mon péché.»

— Je vais dormir, répéta-t-elle, jusqu'à demain...

Sans terminer sa phrase, elle tomba aussitôt endormie en se recroquevillant sur elle-même. Je la re-
couvris d'une couverture, fermai les tentures, et je
montai à ma chambre enfiler un maillot de bain.

Amélie sortait de l'eau quand j'allais y entrer.

— Où étais-tu?

— Je consolais Aimérancienne.

— Elle pleure constamment depuis quelques
semaines. Il faudrait la consoler tous les jours. C'est
une vraie braillarde. Tu aurais mieux fait de te baigner
avec nous.

— Tu viens avec moi?

— J'ai froid. Vas-y avec Laurent. Je vais me chauffer au soleil.

J'entrai dans l'eau, sans frissonner, puis, voyant au loin Laurent qui plongeait dans un vague avec l'agilité d'un poisson, je plongeai à mon tour et nageai lentement vers lui pour partager ses ébats, mais, en nageant, l'eau qui caressait ma peau me rappela l'extraordinaire sensation éprouvée dans les bras d'Aimérancienne. Je fermai les yeux, me remémorai l'instant où j'avais perdu mon corps et nageai vers Laurent dans un état second, prenant conscience du changement qui s'opérait en moi, comme en métamorphose, et réalisant que je possédais un pouvoir.

— Comme tu sembles heureux, s'exclama Laurent.

— Vite, prenons cette vague avant qu'elle ne se casse sur nous.

Et nous plongeâmes et replongeâmes jusqu'à épuisement, ayant peine à marcher au sortir de l'eau.

A mélie nous apporta des serviettes qu'elle jeta sur nos épaules:

— Vous êtes fous. Je vous ai observés, vous abusez de vos forces.

— C'était merveilleux, crois-moi.

— Formidable, renchérit Laurent. Nous étions «heureux comme des poissons dans l'eau», chanta-t-il. Et si nous buvions et mangions quelque chose?

Il alluma une cigarette qu'il dénicha parmi d'autres objets dont il s'était délesté avant la baignade en les déposant sur une pierre plate.

— J'y vais, offrit Amélie.

— Aimérancienne n'est pas là? demanda Laurent.

— Je reviens de sa chambre. Elle dort si profondément, dit Amélie, que je n'ai pas réussi, même après l'avoir secouée plusieurs fois, à lui soutirer le moindre petit signe d'éveil.

— Laissons-la dormir, elle a tellement pleuré ces derniers jours.

— Et qui va préparer le dîner? s'inquiéta Laurent, se souvenant que ses parents avaient été invités chez des amis syriens avec lesquels monsieur De Guise commerçait.

— Nous tous! Ce n'est pas la première fois ni la dernière qu'Amélie fait la soupe, dit-elle, en se précipitant vers la maison d'où elle ressortit aussitôt avec deux verres de limonade qu'elle faillit renverser en sautillant comme une gazelle. Et devinez ce que nous allons manger?

— Ce qui nous tombera sous la dent, se réjouit Laurent. Chacun sa bouffe.

— Vous me décevez. Je vous aurais préparé un de ces petit plats. Tant pis pour vous. J'en cuisinerai un pour moi seule. Ah! ce que vous allez en baver.

Elle s'en alla comme elle était venue. Laurent dédaigna sa limonade et nous montâmes à nos chambres nous changer. Laurent fut plus lent que moi. J'en profitai pour jeter un coup d'œil dans la chambre d'Aimérancienne. Elle dormait profondément dans la même pose où elle s'était endormie. Je lui aurais dit: «Réveillez-vous, Aimérancienne» qu'elle se serait réveillée en ayant oublié son péché mortel. Je me tus, refermai la porte de sa chambre et descendis à la cuisine, où Amélie faisait cuire un homard, en chantant à tue-tête: «Oui, je suis à ta rencontre, en retard et j'en ai honte, mais il faut que je te raconte ce qui vient de m'arriver. Je passais aux Tuileries, quand dans une allée fleurie, une voix s'est élevée...» enterrant la merveilleuse voix d'Yvonne Printemps que diffusait la radio locale.

Chacun mangea son plat, confortablement assis, dehors, autour de la table à pique-nique. Amélie dégustait son homard, Laurent buvait plus de vin rouge qu'il ne mangeait de fromage, et je me régalais d'une salade de tomates à l'huile d'olive assaisonnée de menthe, d'ail, de ciboule et de persil, ainsi que d'une cuisse de poulet froid.

Oui, nul doute, je m'en souviens très bien maintenant. Nous avions parlé de la mort. Amélie soutenait qu'elle était une feinte, une sorte de comédie et que nous faisions semblant de mourir, le temps d'aller ailleurs chercher le corps de quelqu'un d'autre. Mais elle avait peur de vivre ce moment et de faire un mauvais choix. Si elle allait renaître dans un chat, une folle, un serpent, un oiseau de proie, ou encore dans un bonne sœur, oh! quelle horreur!

— Je ne veux pas mourir sans avoir l'assurance que je renaîtrai telle que je suis.

Elle riait, nous jouant déjà la comédie, s'affalant sur la table, comme morte.

Laurent ne craignait pas la mort:

— Un poisson a-t-il peur de l'eau? Un oiseau craint-il le vent?

— Seule la mort peut craindre la mort. Elle seule sait, moi j'ignore. Et, jusqu'à ce jour, personne encore n'est ressuscité pour en témoigner, dis-je.

— Le Christ, trancha Laurent.

— Faux, répliquai-je, si le Christ est ressuscité c'est pour monter au ciel et il n'est jamais redescendu pour nous dévoiler quoi que ce soit ni nous donner la clé du mystère.

— Oh! là! là! s'amusa Amélie, le Christ s'est réincarné dans un agneau.

Elle chanta:

— «Le voici l'agneau si doux, le reflet des anges, il descend du ciel pour nous, adorons-le tous.»

Elle était si drôle que nous étions morts de rire.

Voilà comment nous vivions tous les trois, certains jours, en harmonie, complices. Il m'avait fallu quelques mois à peine pour me lier à eux. Thérèse n'était jamais de la fête et ce soir-là aucun de nous trois ne s'était soucié de son absence. Elle était si souvent absente.

Et tandis qu'Aimérancienne dormait à poings fermés, Laurent assemblait un immense puzzle représentant un voilier à trois mâts et s'écriait, chaque fois qu'il trouvait le bon morceau:

— Sacré beau bateau! je l'aurai avec le temps.

Une gorgée de vin, un morceau de fromage, «sacré beau bateau» alternaient selon la cadence de ses trouvailles. Amélie dessinait des oiseaux puis les peignait à l'aquarelle en fredonnant les mélodies que diffusait la radio. Assis en retrait dans un fauteuil enveloppant,

lové dans des coussins de duvet, les jambes croisées,
pieds nus, je lisais, fasciné, *Le Comte de Monte-Cristo*.
J'étais heureux. Je me sentais en famille. Tout concor-
dait: le calme, la présence de Laurent et d'Amélie, le doux
bruit de la pluie, car il s'était mis à pleuvoir, et le féerique
éclatement des tisons dans la cheminée.

— Papa et maman reviennent, dit Amélie. Je viens
de les entendre rire.

Ils revenaient en effet. Dès qu'ils apparurent sur le
seuil de la porte, nous nous retournâmes vers eux,
étonnés de les voir légèrement ivres dans les bras l'un de
l'autre, se donnant en exemple tant ils étaient beaux et
rayonnants d'amour.

— Mes chéris, s'écria monsieur De Guise, vous
n'êtes pas encore au lit?

— Nous vous attendions, répondit Amélie.

— À la bonne heure, se réjouit monsieur De Guise.
Continuons la fête.

— Je suis trop fatiguée, s'objecta madame De
Guise. Où est Aimérancienne? J'aimerais qu'elle me
prépare une tisane.

— Je m'en charge, maman, s'empressa de dire
Amélie. Aimérancienne dort comme une souche depuis
la fin de l'après-midi. Ce qu'elle a pleuré, n'est-ce pas
Laurent?

— C'est compréhensible, les enfants. La pauvre
Aimérancienne vit des moments très difficiles. Pensez-y
un peu. Il y a déjà plus de six ans qu'elle vit avec nous.
Elle est presque de la famille. Et voilà qu'elle doit nous
quitter.

— Elle sera avec Gilles. C'est du pareil au même,
non? remarqua Laurent.

— Tu ne connais pas ton oncle, mon pauvre
Laurent. Il n'a des De Guise que le nom et la gueule.
Quant au reste, il ne se fait pas plus belle copie de
notre mère et ceux de sa race, les Ogden.

Devant le regard courroucé que madame De Guise lui lança, monsieur De Guise changea de sujet:

— Qu'est-ce que tu bois, Laurent? demanda-t-il en soulevant la bouteille de vin à moitié vide déposée entre des morceaux de puzzle. Tu ne te gênes pas! Mes meilleures bouteilles! Donne-moi un verre. Tu ne vas pas déguster ce Château Latour sans moi.

— J'en boirais bien un verre, moi aussi, dis-je. Et voyant Laurent allumer une cigarette, le goût me prit de fumer. Je demandai la permission à monsieur De Guise, qui me l'accorda:

— Pas n'importe quoi, Jacques. Donnez-moi un instant, je t'apporte une authentique cigarette turque. Que ta première soit ta meilleure!

Monsieur De Guise partit fouiller dans des tiroirs. Je déposai mon roman et j'allai chercher trois verres, car Amélie voulait boire du vin elle aussi. Nous écoutions madame De Guise qui, tout en dégustant sa tisane, racontait en détail les plats exotiques et merveilleux qu'on avait servis au dîner des Syriens.

Soudain, en un éclair, madame De Guise se fige sur place; monsieur De Guise semble paralysé, une cigarette turque à la main; Laurent reste là, immobile, bras levé, un morceau de puzzle au bout des doigts; Amélie est clouée sur place. Ainsi les vis-je tous, une fraction de seconde. Dans ma vision, la marquise était absente.

— Attention, me prévint monsieur De Guise en m'offrant la cigarette. La première fois, tu risques de t'étouffer. Il se peut également que tu te sentes étourdi, aussi...

— Je monte me coucher, déclara madame De Guise, l'interrompant. Je suis vraiment trop fatiguée pour veiller avec vous.

Elle vint nous embrasser à tour de rôle, mais avec lassitude.

Monsieur De Guise me tendit la cigarette et, prenant sa femme par la taille, il l'entraîna vers l'escalier. Madame De Guise demanda alors:

— Comment se fait-il que Thérèse ne soit pas avec vous?

— Je l'ignore, répondit Amélie. Je ne l'ai pas vue depuis qu'elle est partie avec son ombrelle, son petit panier et ses livres vers la baie où elle a l'habitude de se réfugier. Elle doit être de retour dans sa chambre depuis longtemps.

— Nous lui souhaiterons bonne nuit en passant, si elle n'est pas déjà endormie, rassura monsieur De Guise. Attention à la marche, maman, la prévint-il, tu ne vas pas nous refaire le coup de la chute?

— Jamais, au grand jamais, répondit madame De Guise. J'ai trop souffert.

Je me rappelle avoir rougi de la tête aux pieds comme si je m'étais senti coupable de cet accident.

— Attendez-moi, les enfants, je couche ma belle et je reviens veiller avec vous.

Il réapparut aussitôt au sommet de l'escalier, l'air inquiet:

— Thérèse n'est pas dans sa chambre!

— Elle doit sûrement être chez son amie Marguerite, répliqua Amélie, haussant les épaules et faisant la moue. Elle couche très souvent chez elle.

— Téléphone, Amélie. Ta mère s'inquiète.

Amélie avoua sa gêne de téléphoner chez les gens à pareille heure.

— Allez, va, ce n'est pas le moment des politesses. Tu t'excuseras, voilà tout.

Amélie téléphona chez les parents des amies que Thérèse fréquentait. Elle n'y avait pas été vue de la journée.

— Elle doit bien être quelque part, s'impatienta monsieur De Guise.

— Évidemment, répliqua Amélie, mais où? J'ai beau réfléchir, passer en revue le nom de toutes ses amies, je ne vois vraiment pas où elle a pu aller. Peut-être a-t-elle, à notre insu, un petit ami qu'elle nous cache?

— Tu es folle? remarqua Laurent. Thérèse chez un petit ami! Elle a peur de son ombre. Encore plus des garçons.

— Ça suffit, les enfants! Ce n'est pas le moment de rire. Il faut la trouver.

Quoique, dans ma vision, la marquise était absente et que j'y avais vu ce que je ne voulais pas voir, je suggérai à Laurent d'allumer un fanal tandis que je m'emparais d'une lampe de poche, et je lui demandai de me suivre:

— Viens, nous allons aller voir dans la baie.

— Je viens avec vous, attendez-moi, dit monsieur De Guise en descendant l'escalier à vive allure. Et toi, Amélie, va tenir compagnie à ta mère.

Nous partîmes à la file indienne après avoir revêtu des imperméables de pêcheurs, Laurent ouvrant la marche, moi la fermant, éclairant le sol d'un faisceau lumineux là où monsieur De Guise posait le pied. Après une marche silencieuse de quelques minutes à peine, nous arrivâmes aux abords de la baie déserte.

— Je ne vois rien, dit Laurent. Il y a trop de brouillard. Il fait trop noir.

— Un instant, je vais chercher avec ma lampe de poche.

Le faisceau tranchait à peine la brume blanche.

— Là! regardez! l'ombrelle, le panier; ici, ses livres, là, sa robe!

Tandis que monsieur De Guise s'approchait des objets faiblement éclairés par le fanal de Laurent qui suivait mes découvertes, je dirigeai lentement le faisceau de ma lampe le long de la grève, là même où dans ma vision j'avais vu la marquise, à plat ventre dans l'eau, échouée sur la grève, les bras allongés devant elle, une main s'agrippant à une pierre inutile. Cloué sur place, j'hésitai un moment avant de m'approcher de la silhouette et d'en annoncer la découverte:

— Elle est ici, monsieur De Guise.

Il courut vers moi suivi de Laurent:

— Où?

— Là. Regardez, dis-je, braquant la lumière sur le frêle corps.

— Ce n'est pas vrai! C'est impossible! C'est trop bête! s'exclama monsieur De Guise, prenant le corps mouillé de sa fille, le retirant de l'eau froide et le serrant dans ses bras.

Et tandis qu'il pleurait, monologuant, ivre de malheur et de colère contre Dieu qu'il injuriait, je priai Laurent de lui tenir compagnie et je partis au pas de course vers la maison pour annoncer discrètement le drame à Amélie et la prier de n'en rien dire à sa mère tout de suite. Puis je me précipitai sur le téléphone pour appeler le docteur et la police.

Il pleuvait, certes. Il pleuvait jusque dans nos os. De l'eau partout, que de l'eau, des jours et des jours durant. Et puis, parfois, cette lune en forme de point, puis de virgule. Le temps filait.

C omment oublier ces jours que la mort avait
enveloppés de noir, sans mise en garde, sans
prévenir, sans avoir pris la peine de frapper à la porte:
— Qui est là?
— C'est moi! Tire la chevillette et tu verras.

Même pas le temps de tirer la chevillette, d'ouvrir la
porte. La mort n'était déjà plus là. Seule la trace de son
passage. Que la résultante: Thérèse qui désirait si vite
vieillir, la petite fardée de rose, à jamais inerte, vêtue
d'une robe de soie blanche, couchée dans un cercueil en
bois tapissé de volants, recouvert d'un tissu imitant le
velours des anémones mauves.

Le médecin, l'inspecteur, les policiers envahirent le
domaine. Madame De Guise était si accablée qu'il fallait
lui administrer des tranquillisants. Monsieur De Guise,
hébété, se demandait constamment:
— Pourquoi? Pourquoi? Pourquoi moi? Qu'ai-je
fait? Mon oncle, mes deux filles, emportés en si peu de
temps!

Il buvait cognac sur cognac, divaguait, montait à
l'étage, en descendait, ne sachant plus que faire de lui-
même.

Quand, enfin, tout rentra dans l'ordre, que monsieur
De Guise, épuisé, eut regagné sa chambre, que Laurent
en eut fait autant, il ne restait plus qu'Amélie et moi assis
sur le divan, dans un état second, enveloppés de malheur.
Oh! nous jeter dans les bras l'un de l'autre, quelle solution facile, trop facile. Ou rester là à manger du silence,

rongeant jusqu'à l'os notre impuissance à redonner vie à la marquise.

— Regarde-moi, Amélie, regarde-moi dans le fond des yeux.

Elle me regarda, les yeux voilés.

— Tu as lu *Alice au pays des merveilles*?

— Évidemment.

— Fixe mes yeux.

— Pourquoi?

— Ne pose pas de question, fixe-moi. Cette nuit, tu seras Alice au pays des merveilles. Ne ris pas. Répète après moi: «Cette nuit, je serai Alice au pays des merveilles.»

Elle répéta.

Elle accepta que mon bras enveloppe son épaule et je la conduisis, marche à marche, jusqu'à sa chambre où je la couchai, comme une poupée, inerte Amélie, la couchai, petite frileuse endormie, mon Alice en sommeil au pays des merveilles. Et moi, seul, si seul, l'ayant bordée avec amour après l'avoir étendue sur son lit sans la dévêtir, je descendis au salon, j'y vidai la bouteille de vin que ni Laurent ni son père n'avaient eu le temps de boire et j'allumai enfin la cigarette turque que monsieur De Guise m'avait offerte.

J'aurais aussi bien pu être un papillon, un oiseau-mouche ou une libellule tant je me sentais léger. J'aurais pu également être n'importe qui, n'importe quoi, mais je n'étais que moi, malgré les effets éphémères et grisants du tabac. Étais-je grand ou petit, fort ou faible? Le silence de la maison pesait des tonnes. Les cœurs qui vibraient, là-haut dans les chambres, battaient si fort que je les entendais tous, comme les horloges de Godefroy. Mais pas un seul coucou d'émerveillement. Et le vent. Quel vent! Fou. Et la pluie, si drue, qui harcelait le toit. Le feu s'éteignait.

Je fixai la bouteille vide, qui se déplaça comme je le désirais jusqu'au bord de la table. Je regardai le verre de vin et commandai au liquide de bouillir. Je pris une grande respiration et avant d'expirer je commandai à toutes les fenêtres de respirer avec moi. Toutes les vitres se gonflèrent comme des ballons soufflés. Pris à mon propre jeu, je ne savais plus quoi inventer pour vérifier les pouvoirs que je découvrais au fur et à mesure que je les provoquais. Je regardais un tiroir, il s'ouvrait. Je fixais le bouchon de la bouteille, il retournait d'où il avait été sorti. Puis, j'eus peur, très peur, peur de moi. Hélas! je n'avais aucun pouvoir sur la mort, car j'eus beau me concentrer, tenter l'impossible, appeler toutes les forces vives, rien à faire, j'étais inapte à réanimer la marquise.

Je sortis. Rien à voir que de la brume et des ombres. Je fis les cent pas sur la grève, sous la pluie, à l'écoute des moindres bruits, mais je n'entendis que les battements de mon cœur résonner dans mes tempes, puis, de loin, de très loin, sans doute était-ce chez un voisin somnambule et mélomane, me parvinrent les délires symphoniques de Ludwig Van Beethoven, non, plutôt ceux de Mozart. Je sentis un frôlement et un souffle sur ma nuque. Puis une main se posa sur mon épaule et je sursautai.

— Restez calme, ce n'est que moi, l'inspecteur chargé de l'enquête.

— Je ne vous avais pas entendu.

— Forcément, quand on marche sur le sable d'une grève...

— Pourquoi êtes-vous ici?

— Et vous? Vous avez l'habitude de vous promener, cigarette au bec et verre à la main, dehors par une telle nuit?

— Cela m'arrive parfois, la cigarette ou le verre en moins.

— Je suppose que tout le monde dort.

— En effet.

— Pourquoi ne faites-vous pas comme eux?

— Parce que je ne m'endors pas.

— Et pourquoi?

— C'est comme ça.

— Fréquent?

— Souvent.

— Vous avez donc le temps de rêver, de songer...

— Qu'est-ce que vous me voulez exactement? Venez-en aux faits. Vous n'avez même pas répondu à ma question, pourquoi êtes-vous ici?

— J'ai plusieurs raisons, mais surtout celle de la mort de Thérèse. Il y aura, comme vous le savez sans doute, une autopsie et les nombreuses fractures montreront bien que la défunte est morte à la suite d'une chute au bas de la falaise qui surplombe la baie. De une, la jeune fille n'est pas morte noyée; de deux, ou elle est tombée accidentellement ou quelqu'un l'a aidée; de trois, deux morts de suite laissent peser de lourds soupçons, ne croyez-vous pas?

— C'est à monsieur De Guise, il me semble, que vous devriez parler.

— C'est déjà fait. Maintenant, c'est à vous que je parle. Je vous demande ce que vous pensez de tout cela.

— Rien. Les choses sont comme elles sont et le malheur présent m'interdit de jouer au détective.

— Vous n'avez rien remarqué? Rien vu? Vous n'entretenez aucun soupçon? Ne soulevez aucune hypothèse? Ne vous posez aucune question?

— Non, mentis-je. Et croyez bien que si c'était le cas, je me tairais par discrétion et par respect pour ma famille adoptive. Puis-je aller mon chemin en toute tranquillité?

— Je ne vous retiens pas.

— Alors, cessez de me suivre.

— Je ne vous suivais pas, je vous ai rencontré.

L'homme fit demi-tour, me souhaita bonne nuit, et il s'engagea dans son ombre que la lune voilée projetait sur la grève. Il laissait derrière lui un doute.

À peine avait-on enterré Thérèse qu'il fallut marier Aimérancienne. Il va sans dire que les De Guise n'avaient pas été nombreux à assister à cet événement. De l'enterrement, je ne me souviens que de l'étau de tristesse profonde qui paralysait toutes les gorges. Cérémonie très simple, rien de plus qu'il ne fallait. Le chant de l'orgue. Le chanoine officiait, assisté d'un enfant de chœur. Quelques badauds se recueillaient dans la pénombre de la chapelle attenante à la cathédrale. Au cimetière, avant la mise en terre, le chanoine prononça quelques mots. Il dit, je crois, que Thérèse était la fiancée de l'Éternel, si épris d'elle qu'Il avait envoyé Ses anges la chercher pour l'avoir toujours près de Lui et en faire la reine de Son royaume.

Amélie avait murmuré:

— Ce qu'il peut être simpliste, celui-là, quand il s'y met!

— Chut... entendit-on.

Étaient présents et présentes, outre Amélie, Laurent, Aimérancienne, le chauffeur, moi et monsieur De Guise, son frère Gustave et sa femme Judith; Gilles qui, ayant évidemment beaucoup bu, pleurait comme un chien perdu; Gabrielle, la sœur de Godefroy, de Galesande et des autres, donc la huitième des vingt enfants du deuxième lit, celui de Catherine Ogden et de Gustave De Guise, dont huit étaient morts. Il n'en restait que douze. Mais où étaient-ils tous? Aussi, il y avait Godefroy. Madame De Guise n'avait pu nous accompagner, son état de santé s'aggravant de jour en jour. Quelques autres personnes attachées à la famille. Voilà tout. Il y eut, dès après, la traditionnelle réunion de ces gens chez monsieur De Guise, l'affligé devant être entouré, consolé et soutenu dans cette épreuve; mais c'est encore lui, je le revois, qui ravalait ses larmes dans un sourire, entourait, consolait et soutenait les moins éprouvés.

— Les voyeurs de morts, les renifleurs de cadavres — je crois que c'est Amélie qui avait dit cela à la fin de la soirée — profitaient de l'occasion pour boire et s'empiffrer, indifférents, jamais diminués par la mort des autres.

— Entre nous, je n'ai plus de sœur, déclara Amélie plus tard, quand nous fûmes enfin seuls. Est-ce que tu comprends?

Laurent haussa les épaules:

— Comment veux-tu que Jacques comprenne?

— Je comprends, Laurent, répliquai-je, offusqué. Tu m'étonnes. Avoir des sœurs et ne plus en avoir. Avoir un père et ne pas le connaître. Avoir une mère... Avoir, avoir... Et toi, quand tu n'auras plus rien ni personne? Bonne nuit, Laurent, bonne nuit Amélie, dis-je, blessé, et je regagnai ma chambre sous prétexte que le lendemain je devais accompagner le chanoine et m'inscrire au lycée.

Des murmures. Des bruits de portes et d'eau qui coule des robinets. Les chasses d'eau. Enfin le silence de la nuit perturbé au loin par le croassement des grenouilles qui tenaient leur dernière assemblée nocturne de l'été.

À peine avais-je eu le temps de pénétrer dans ma chambre et de refermer la porte derrière moi que je figeai sur place. Un vieillard s'était approprié mon lit et s'y était étendu. Sa tête était enveloppée d'un couvre-chef étrange constitué d'une calotte ronde en hermine encerclée d'un voile transparent. Il était vêtu d'une tunique taillée dans une riche étoffe de lin et de soie. À ses pieds reposait une grande cape en laine blanche sur laquelle apparaissait une grande croix rouge. Un gros chien dormait enroulé sur lui-même, sans doute trop vieux pour déceler ma présence car il n'aboya pas. Un halo bleuté flottait autour d'eux, irradiant le lit.

— N'aie pas peur, dit le vieillard, d'une voix douce mais caverneuse, en fixant le plafond du regard. N'aie pas peur. Ce que tu vois à l'instant n'est pas une illusion, mais la réalité, celle qui défie les temps immémoriaux.

L'homme leva un bras et me tendit la main.

— Je n'ai pas peur, répondis-je, lui prenant la main. Je vous ai déjà vu une fois, un soir de pleine lune.

— Je sais.

— Qui êtes-vous?

— Jacques de Molay.

— Mon homonyme? m'exclamai-je, croyant rêver.

— Plus que cela encore, je suis le souffle de l'Esprit qui doit t'atteindre pour que se perpétue et subsiste la tradition du *A* du commencement dans le *O* de l'Oméga. Voici venue l'heure. Je viens te mettre en garde. Là où il y a Molay, il y a toujours un Nogaret.

— Qui est Nogaret?

— Ton ennemi. Dès que tu l'auras repéré, tue-le avant qu'il ne te tue, car il le fera d'une façon cruelle et implacable.

— Qui est Nogaret?

— Ton ennemi juré. Peu importe où, quand, sous quelle figure et quelle forme il se présentera, tue-le.

— Mais comment le reconnaîtrai-je?

— Dans le *O* de l'Oméga?

— Dans le *O* de l'Oméga? répétai-je, intrigué; je ne comprends pas ce langage énigmatique et ésotérique.

— Le temps viendra où tu comprendras, où tout te sera révélé. Ferme les yeux, ordonna l'homme, toujours étendu sur mon lit. Ferme les yeux et compte à rebours de cent onze jusqu'à six.

Je m'exécutai. Cent onze, cent dix, cent neuf, et je descendis, barreau après barreau, l'échelle des nombres en songeant à mère Saint-Jude qui m'avait appris que... le carré de six appelé le Sceau du Soleil... dont les sommes donnent cent onze... six cent soixante-six... l'Apocalypse... la sagesse même qui parle...

Au nombre *six*, j'ouvris les yeux.

Mon homonyme et son chien avaient disparu, mais le halo bleu était encore là intact et, sans prendre la peine de me dévêtir, attiré par le mystère, j'allai me coucher à la place même que le vieillard avait occupée dans mon lit.

Et voilà! Les mots *chaud* et *froid* ne suffiraient pas à décrire ce que je ressentis. Les mots *léger* et *lourd* n'avaient plus de sens, pas plus d'ailleurs que les mots *vie*, *mort*, *ciel*, *enfer*, *blanc*, *noir*. Seul le bleu aurait pu décrire, insuffisamment, l'état où se noyaient mon corps et mon esprit.

Je m'endormis en rêvant que je livrais un combat fantastique et implacable, dans un désert de galets glacés, par une nuit étoilée, contre un mauvais ange dénommé Nogaret. J'étais vêtu comme le vieux Molay. Je tenais devant moi, le bras tendu, une épée dont la poignée représentait la croix rouge du Temple. Soudain, venant de toutes parts, d'est en ouest, du nord au sud, m'encerclèrent douze dromadaires précédés de douze nains nus, lesquels portaient sur leur épaule gauche un sapajou à l'allure vindicative. Sur chacun des dromadaires se tenaient des silhouettes inquiétantes d'hommes aussi nus que les nains, mais velus comme des singes. À peine pouvais-je différencier leur visage tant leur morphologie se ressemblait. Pieds nus sur les galets glacés, j'attendais calmement, l'âme sûre, en force de frappe. Les dromadaires m'encerclèrent et chacune des silhouettes qui les montaient se présenta, mais leurs voix étaient des voix de femmes: Bélial, Leviéthan,

Satan, Astarte, Lucifer, Baalbérith, Belzébuth, Astaroth, Thamuz, Baal, Hécate, Moloch. Leurs voix se perdirent dans les étoiles. Que j'avais froid! Oh! mes pauvres os de cristal. Les dromadaires s'écartèrent lentement, obéissant aux ordres de leurs cavaliers, et c'est alors que surgit au galop la monture de mon ennemi, fendant l'air, le sabre pointé vers mon cœur.

«Halte-là», ordonna-t-il à son cheval noir harnaché de cuir blanc clouté d'or et de diamants. «Halte-là!» Le cheval dansa un instant avant de s'immobiliser, hennissant, puis mon Nogaret mit pied à terre tandis que les voix féminines des silhouettes juchées sur les dromadaires entonnaient un hymne dont les paroles hermétiques auraient ravi les oreilles poétiques de mon nouvel oncle Godefroy De Guise: «*Eïtche, Eïtchia vigua varagorva déliridiremme, estarmane nanouvavé. Eïtche, Eïtchia, zazorva vo, va, Eïtchia.*»

Et Nogaret, descendu de cheval, m'affronte. Il est gros, petit et laid. Comme il est vulgaire! Il me répugne. Il lève son sabre, ne me dit mot, m'attaque sans que je connaisse le pourquoi, me blesse à la gorge, me frappe au sein gauche et me fend le front. L'éponge que je suis saigne. Entre la mort de la marquise et les noces d'Aïmérancienne, entre le jour où je fus et l'instant où je suis, entre le passé indéfini et l'avenir à venir, je le tuai d'un coup d'épée, lui tranchant la tête. Elle roula aux pieds d'un nain qui la ramassa par les cheveux et la promena d'un dromadaire à l'autre. Quand chaque silhouette l'eut regardée, indifférente au sang qui s'écoulait d'elle, les dromadaires s'en retournèrent, avec de grands cris, comme ils étaient venus, d'est et d'ouest, du nord au sud, tandis que leurs cavaliers chantaient. Et l'écho répétait, se perdant dans la Voie lactée: «Zarzova vo, va, Eïtchia.»

Quelle nuit de fièvre et de rêve sur des galets de glace, en présence du corps décapité de Nogaret que le feu des étoiles carbonisait lentement.

J'écrivis, il m'en souvient, une lettre à ma Mère supérieure, pour qu'elle sache.

Ah! pauvreté maudite! Je l'ai cotoyée aux noces campagnardes d'Aimérancienne, quelque part à l'est de la ville, dans un coin perdu le long du fleuve; les paysans de cette région désolée parvenaient à survivre en vendant comme bois de chauffage des billots échoués sur les berges. Le reste de leur maigre subsistance provenait de la chasse ou de la pêche, selon les saisons. Une vache laitière, quelques agneaux chétifs, des poules, un tout petit jardin potager, une cabane de bois érigée sur le sol battu, un bâtiment délabré qui servait d'étable, de poulailler et de porcherie, voilà ce que j'ai retenu de cette misère. Le lot d'Aimérancienne.

Monsieur De Guise avait tout prévu, fait repeindre la chaumière, transplanté des fleurs pour donner à l'ensemble une apparence de faste, hélas bien éphémère. La petite chapelle n'avait pas échappé aux coups de pinceaux. Par principe, quand un De Guise se mariait, il mariait l'amour et tout ce qui le signifiait. Or, les noces devaient être à l'image que les De Guise projetaient d'eux: riches et propres.

Gilles De Guise arriva en retard, ayant peine à se tenir sur ses jambes tant il avait festoyé la veille. Des marques de rouge à lèvres trahissaient des baisers reçus tout au long de sa débauche. Madame De Guise s'approcha de lui, l'embrassa et, prenant un petit mouchoir en dentelle, l'essuya en s'excusant comme si c'était elle qui l'avait taché. L'honneur était ainsi sauvé. Bien sûr, Aimérancienne pleurait, à son habitude. Elle était toute en larmes. De peine ou de joie? nul ne sut.

Elle était bien vêtue, finement, car madame De Guise y avait veillé. Le satin blanc moiré. La voilette entourant le faux diadème. Le bouquet de corsage. Les souliers blancs à talons hauts. Aimérancienne enfermée dans un cocon blanc, une chenille enceinte au bras d'un inconséquent qui cria: «Je la veux!» en réponse au prêtre qui lui demandait: «Voulez-vous prendre Aimérancienne Lebègue pour épouse?»

Les fous rires. Les têtes qui se tournent et les regards qui se consultent. L'euphorie générale, irrévérencieuse, dans cette petite chapelle des humbles où s'étaient entassés des parents, quelques amis et les voisins attirés par la fête, rare en ce coin désolé où des visiteurs ne venaient que pour des raisons de stricte nécessité. Le village comptait tout au plus une vingtaine de maisons semblables alignées le long de la route nationale qui longeait le fleuve. Bien sûr, outre la chapelle, il y avait un magasin général où l'on pouvait acheter aussi bien de la viande, de la farine, des épices et des conserves que des vêtements ou encore des outils de nécessité courante. En cas de besoin, il fallait aller plus loin dans un grand village pour avoir droit aux services d'un médecin, d'un notaire ou d'un autre professionnel. L'école n'existait pas. C'est dire à quel point le contraste était violent entre ces gens, presque tous analphabètes et pauvres, et les De Guise vêtus de leurs plus beaux atours. Mais l'atmosphère était joyeuse, non seulement à cause des noces, aussi parce que le premier ministre, en campagne électorale, avait fait la promesse d'électrifier toutes les régions rurales, sans exception. Avec l'électricité s'annonçait la fin de la grande noirceur et l'entrée de plain-pied dans l'ère industrielle.

Au sortir de la chapelle, il y eut le traditionnel rassemblement pour la photo des nouveaux époux et des invités. «Vive la mariée! Vive la mariée!» criait-on. Allons voir les cadeaux de noces au son des harmonicas, des accordéons, des guitares, des violons qui malmènent d'anciens airs de folklore. On danse, on boit, on s'embrasse, on se dispute; c'est la fête.

L'eau du fleuve coulait devant la chaumière, là où Aimérancienne avait vécu son enfance et là où elle devait vivre jusqu'à la fin de sa vie, dans la maison voisine qu'avait achetée Gilles.

Le clapotis des vagues. Le fleuve et ses tourments. Le vol des mouettes. L'ivresse générale. L'inconsolable Aimérancienne. Et dire que cela s'appelait une noce. J'observais selon mon habitude, puis, dégoûté, je descendis vers la grève, à deux pas, où Aimérancienne, comme une petite fille sage, pieds nus, ayant relevé sa robe longue, marchait sur la plage tandis que les rires gras de Gilles percutaient les montagnes environnantes et faisaient écho. Je la rejoignis. Mais où était passée Amélie? Où était Laurent? Que faisais-je dans cette assemblée où je me sentais de trop, mal à l'aise?

Aimérancienne me donna la main. Nous marchâmes sur le bord de l'eau, en retrait des noceurs. Puis nous nous sommes assis sur une pierre. Elle me raconta son enfance en ces lieux sauvages:

— Je me levais très tôt et après avoir déjeuné de pain de campagne trempé dans la mélasse et bu du thé noir réchauffé, je suivais mon père en compagnie de mes frères et sœurs et nous allions en silence, pour ne pas déranger la nature, chercher les poissons piégés dans les grandes cages calées dans les eaux du fleuve que la marée basse mettait à découvert dans un sol boueux. Mille petites bêtes pudiques, paniquées, s'acharnaient à s'enfouir et s'enfuir dans le ventre rassurant de la vase qui les avalait avec un petit bruit de succion. Alors, j'entrais dans une des cages et j'attendais que les eaux du fleuve reviennent. Au loin, il n'y avait rien d'autre que cet amas d'eau et, plus loin encore, de l'eau sur laquelle, parfois, un bateau gagnait la mer. Et je m'accroupissais dans la cage avec les poissons à demi morts.

Elle pleurait sur son passé aussi pauvre que son présent. Venait-elle d'épouser un De Guise, le Gilles qui criait:

— Aimérancienne? Aimérancienne? Où es-tu? Nous partons. Ce sera bientôt l'heure de la nuit de noces. Viens. Nous allons dans la métropole. Des amis nous attendent.

Elle se leva, regarda là-haut la silhouette de son mari chancelant et répondit dans le sens du vent:

— Je viens!

— Adieu, Aimérancienne, lui dis-je, en l'embrassant sur la joue et en posant délicatement la main sur son gros ventre. Adieu.

Je ne la revis jamais plus. J'appris, trois mois plus tard, qu'elle n'avait pas mené sa grossesse à terme et qu'elle s'était réfugiée, au comble du malheur, dans une cage-piège à poissons, les deux pieds ancrés dans la vase, recroquevillée sur elle-même, le menton appuyé sur les genoux, les mains crispées, en attente du retour violent et implacable de la marée.

Comme prévu, après les noces tristes d'Aimérancienne, je devais accompagner mon tuteur pour qu'il m'inscrive au lycée Marc-Aurèle. Mais le bateau de Laurent, amarré au quai parmi d'autres bateaux qui crachaient la fumée et dont les sirènes hurlaient, s'impatientait de lever l'ancre. Quelle joie pour Laurent! Quelle tristesse pour ceux qui ne partaient pas! Tant de bateaux en partance, pleins de papier, de bois, de fer, de titane, de céréales; tant de bateaux petits et gros qui allaient épouser la mer et laisser sur le quai des orphelins d'amour.

Laurent, contrairement à ses manières, me prit dans ses bras, gauchement il est vrai, puis me dit:
— Jacques, mon ami, attention à mon père.
Amélie se rongeait les ongles. Monsieur De Guise souriait pour cacher cette déchirure. Et moi, le frère si vite abandonné, je me demandais, en regardant dans le fond des yeux de Laurent et y voyant ce que je ne voulais pas voir, si ce n'était pas lui mon Nogaret.

— Jacques Molay, entendis-je alors.
Une voix chuchotait dans le secret de mon oreille:
— Molay, préparez-vous au pire. Ressaisissez-vous. Jeune homme, vous n'en êtes qu'aux premiers balbutiements des malheurs. Gardez-vous de la tentation de la misanthropie.
Le Grand Maître me parlait.

Bateaux, levez l'ancre, Laurent s'en va. Amélie pleure. Monsieur De Guise se retient. Je suis troublé. Les goélands s'énervent. Le chauffeur, en retrait près de la voiture, fait impatiemment le pied de grue. Puis monsieur De Guise embrasse son fils et lui remet une enveloppe en lui donnant des directives:
— À Malaga, n'oublie pas le señor Miguel Rodriguez Del Lagrada. Tu lui diras, pour les arachides, les olives et l'huile, que la commande est ferme. Tu verras, il est très gentil, c'est un seigneur, une main ferme. Attention à toi et méfie-toi. La vie est dangereuse et tu es encore bien jeune pour prendre des risques d'homme.
Sur le pont, le capitaine nous faisait les derniers signes d'adieu et lançait des ordres. Amélie me tenait la main, la tête appuyée sur l'épaule de son père. Le

bateau partit, lentement tiré par des remorqueurs haletants et toussotants.

Pourquoi faut-il qu'il y ait tant de tristesse et si peu de bouées? Si peu de bateaux sur tant d'eau? Une seule vie, une seule âme parmi tant d'âmes si seules de par le monde en quête, en perpétuelle quête. Qui étais-je alors? Qui suis-je aujourd'hui? Je me le demande encore en passant une main devenue tremblante dans mes cheveux clairsemés et blancs!

Quand le paquebot fut au milieu du fleuve, ses moteurs se mirent en marche et soulevèrent derrière eux un grand tourbillon d'eau blanchâtre. Les remorqueurs retrouvèrent leur souffle et revinrent librement vers la rive. La sirène du bateau trois fois lança ses adieux. Nous restâmes un long moment en silence. Monsieur De Guise annonça qu'il avait pris la décision de ne pas retourner au travail.

— Qu'est-ce que vous diriez d'une visite aux entrepôts et aux fabriques? suggéra-t-il. Il y a longtemps que je n'y ai pas mis les pieds.

— Moi, papa, je préférerais rentrer.

— Et vous, Jacques?

— Je vous accompagne. J'ai hâte, j'ai très hâte de tout voir.

— Dans ce cas, décida monsieur De Guise en se frottant les mains, nous allons satisfaire tout le monde. Il donna ordre au chauffeur de nous déposer à ses fabriques où il reviendrait nous reprendre plus tard, puis de reconduire Amélie à la maison où madame De Guise devait se sentir bien seule.

— Je préfère marcher, dit Amélie. Maman doit dormir. Elle ne peut donc se sentir seule.

— Amélie!

— Je n'ai rien dit, papa. N'oublie pas ma bise.

— Ma rose, répondit monsieur De Guise en l'embrassant, ce que tu peux être épineuse parfois.

L'entrepôt et les fabriques étaient situés en périphérie de la ville, non loin d'un vieux quartier où les maisons petites et trapues, coiffées de leur toit en papier goudronné, se serraient les unes contre les autres, toutes ou presque en déclin de bois peint blanc avec, parfois, quelques rares taches de vert ou de rouge, mais plus souvent de noir, sur les persiennes ou le cadre des fenêtres et des portes. La vue d'ensemble était plutôt triste, le gazon disparaissait sous les pissenlits. De-ci delà, une chaumière se distinguait des autres par ses boîtes à fleurs.

Devant d'autres maisons, là où le gazon était entretenu, un vieux pneu de camion, peint en blanc, était fleuri de pétunias multicolores; des flamants roses en plastique du plus mauvais goût déparaient le parterre, quand ce n'étaient pas des petits nègres taillés dans des feuilles de contre-plaqué et peints de couleurs criardes tenant à la main une canne à pêche où se perchaient les moineaux.

La limousine traversa le faubourg à vitesse réduite pour éviter les enfants, pieds nus et mal vêtus, qui jouaient dans la rue, ce qui me donna le temps de voir les cordes à linge et leur trésor battre au vent. Sur les balcons étroits, des gens assis dans des berceuses, sur des bancs d'autobus ou des sièges d'auto récupérés au dépôt municipal des véhicules abandonnés suivaient d'un regard vide et indifférent le passage des voitures. De maigres chiens errants jappaient après nous.

— Chaque fois que je passe ici, j'en ai mal au ventre, soupira monsieur De Guise. Je me demande ce que je pourrais faire pour améliorer le sort de ces braves gens. Eh! Jacques, regardez, là-haut, sur la butte. C'est le couvent des Carmélites. Elles prient jour et nuit, depuis des siècles, pour les pauvres. Il faut croire que Dieu est sourd.

— Monsieur De Guise, mère Saint-Jude répétait souvent que lorsque Dieu créa l'Univers, le septième jour, il se reposa si bien qu'il devint aveugle et sourd pour ne plus voir ni entendre ce qu'il avait fait. Il devint aussi muet pour n'avoir pas à répondre à ceux qui oseraient lui demander des comptes. Elle disait, en joignant les mains, qu'il fallait aimer Dieu comme on aime un aveugle, un sourd et un muet.

— Sacrée mère Saint-Jude! s'étonna monsieur De Guise. Comment peut-elle être encore au couvent?

Le chauffeur immobilisa la voiture devant une série de bâtiments de deux étages, en bois gris, séparés les uns des autres par une plate-bande garnie de fleurs, d'arbres et de bancs de fer forgé, peints en bleu. Le sol était couvert de poussière de pierre bien tassée par les pluies et le temps. Des passerelles fenêtrées reliaient, au deuxième étage, les bâtiments. Quelques voitures étaient stationnées parmi des centaines de bicyclettes cadenassées à leurs supports. Un homme courut vers nous et ouvrit les portières en disant:

— Bonjour, monsieur, quelle surprise!

— Bonjour, Hanz, répondit monsieur de De Guise. Tout va?

— Tout va très bien. Puis-je faire quelque chose pour vous?

— Merci. Je suis venu avec mon fils adoptif. Jacques Molay, nous présenta-t-il, monsieur Hanz Falkenhausen, le surveillant général.

— Enchanté, jeune homme, dit le surveillant, enjoué, en me tendant une main énorme et ferme que je serrai en l'assurant que j'étais ravi de faire sa connaissance. Je vous accompagne? offrit-il.

— Inutile, je connais très bien le chemin, répondit monsieur De Guise en m'invitant à le suivre tandis que Hanz s'empressait de nous ouvrir les portes d'un premier bâtiment.

Aussitôt, une bouffée de parfums sans pareils s'échappa en même temps que cette chaleur qui collait à tout sur son passage. L'endroit était vaste, éclairé par des lampes dont certaines étaient grillées, toutes recouvertes d'abat-jour de verre dépoli. D'énormes caisses empilées formaient des allées assez larges pour qu'un chariot électrique et les manutentionnaires y circulent à l'aise.

— Quand on entre ici, me prévint monsieur De Guise, c'est comme si on faisait, sur place, le tour du monde. Suis-moi.

Je découvris le thé, en provenance du Japon, emballé dans des jolies boîtes de bois tapissées de papier peint représentant des scènes champêtres au pied du Fuji-Yama enneigé où des Japonaises, en costume traditionnel, récoltaient les feuilles qu'elles déposaient dans d'immenses paniers à dos. Sur chaque boîte apparaissait la lettre *G* encadrée entre les mots *IMPORT*, au haut, et *EXPORT*, au bas, puis, en plus petit, *MADE IN JAPAN*. Monsieur De Guise en ouvrit une, fièrement. Elle contenait une autre boîte, en étain, et une autre encore, en celluloïd, pour conserver la fraîcheur du produit.

— N'est-ce pas magnifique? Quel fin travail! Si tous les exportateurs expédiaient leur marchandise comme eux, ce ne serait pas un entrepôt ici, ce serait un musée, dit monsieur De Guise qui m'entraînait à sa suite, aussi grisé que moi par les parfums exotiques.

Ici, des cacahuètes, des noix du Brésil, des amandes d'Espagne; là, des contenants pleins de cannelle, de clous de girofle, de noix de muscade, de thym, de menthe, de cari, de romarin, de safran, de coriandre; là encore, du poivre et du café, des poches de sucre, des barils de mélasse et d'huile d'olive. Nous faisions, en effet, un voyage extraordinaire en marchant d'un contenant à l'autre: la Chine, le Japon, la Barbade, le

Brésil, la France, l'Italie, la Grèce, l'Espagne, les Indes, toutes les saveurs de ces pays s'harmonisaient à merveille dans l'entrepôt de monsieur De Guise.

J' ai vu la manufacture de confiseries. J'ai vu de
pleins bacs de caramels, une fiesta de rubans de
bonbons transparents défiler sur de grandes plaques de
marbre que des couteaux mécaniques découpaient
finement, et là, que de la réglisse sous toutes les formes:
cigares au bout desquels, imitant le feu, se greffaient de
petites perles de sucre rouge; des pipes, des fouets et
encore de la réglisse de toutes les couleurs, puis, dans un
autre atelier, les sucres d'orge qu'on moulait adroitement
et qui, en bout de chaîne, sortaient, au tintamarre des
moteurs et des ventilateurs, sous forme de girafes,
d'ours, de canards, d'éléphants, de chameaux et de
poissons aux couleurs diverses.

— Vas-y, tu n'as qu'à tendre la main, m'invitait
monsieur De Guise.

J'étais intimidé, je n'osai pas. J'avais passé l'âge des
sucettes, me disais-je.

D'une passerelle à l'autre, j'ai pu observer comment
se fabriquaient les biscuits et les chocolats. Aussi, j'ai vu
les employés nous sourire et nous saluer. Il était évident
que monsieur De Guise était aimé, respecté et craint tout
à la fois. Je suis sorti de là grisé, comme soûl, et je
compris pourquoi Laurent avait la maladie des voyages.
Comment pouvait-il en être autrement?

— Alors, me demanda monsieur De Guise, cette
visite vous a plu?

— Comment donc! Je suis si abasourdi que j'en ai
la fièvre.

— Mais vous avez toujours la fièvre, mon pauvre Jacques! Ça vous passera.

— Puissiez-vous dire vrai.

Monsieur Falkenhausen nous attendait. Il nous salua au départ, s'empressant d'ouvrir la portière de la voiture.

— Tout s'est bien passé, monsieur De Guise?

— Parfaitement bien. Vous faites un travail excellent. Pas de problème avec les employés?

— Presque pas, un ou deux cas isolés, mais sans importance; le petit Mongrain en est à son deuxième avertissement, mais au troisième, il sait que le chômage l'attend. Il est d'une telle instabilité.

— Changez-le de secteur tous les mois. Étourdissez-le de travail. Vous verrez, il se calmera.

— C'est déjà fait. Il n'a aucun esprit d'équipe. Il est toujours en retard. Il s'absente trop souvent et, de plus, il boit.

— Peu me chaut qu'il boive, pourvu qu'il donne un rendement. Punissez-le. Si nécessaire, faites des retenues à son salaire. Tenez-le par le ventre et veillez au grain, cher Hanz.

Nous montâmes dans la voiture. Monsieur De Guise demanda au chauffeur de s'arrêter à son bureau, qu'il voulait me faire visiter par la même occasion.

— Ce monsieur Falkenhausen serait-il un autre de vos cousins? lui demandai-je, moqueur.

— Un lointain cousin de ma femme. Il a fui l'Allemagne nazie en 1938, lors d'une tournée de concerts en Amérique. Puis, ayant appris l'existence de Müller, ici, il a pris le risque de venir sonner à notre porte. Il est musicien. Nous l'avons hébergé quelques semaines, puis je l'ai finalement embauché à l'usine. Il semble heureux comme un enfant. Tu devrais le voir jouer du tuba dans l'orchestre philharmonique. Nous y voilà. C'est ici. Viens.

Je le suivis dans son bureau aux murs lambrissés d'acajou. Le bureau, les fauteuils, les classeurs, même la corbeille à papier, étaient fabriqués du même bois. Une moquette vert agave couvrait le sol. Sur les murs, les portraits de son père et de ses oncles, l'un à côté de l'autre et, derrière son fauteuil, un tableau représentant le grand-père fondateur. On aurait dit, en plus âgé, le sosie de monsieur De Guise. Sur son bureau, dans une assiette d'argent martelé, était déposé un œuf assez volumineux de forme parfaite, entouré de six autres œufs plus petits, taillés dans des marbres de teintes variées. Le gros œuf, lisse et dur, d'un subtil bleu de cobalt, était uniformément modelé dans un ovale parfait, tandis que l'opacité des autres œufs rangés tout autour dans une contexture de clairs-obscurs, en rehaussaient la transparence outre-marine. Celle-ci, singulièrement azurée, concentrait la lumière du jour en un faisceau lumineux qui jaillissait en éclats, d'une façon presque irréelle. Au centre de l'œuf, une faille, à peine perceptible à l'œil nu, avait pris forme, un cristal de quartz, étincelle infinitésimale, brisait la quintessence de la forme et créait le prisme incandescent.

— Qu'est-ce? demandai-je.

— Mon fétiche, répondit monsieur De Guise, mon graal.

— Il y a six autres œufs. Que représentent-ils?

— La perfection.

— Le six représente aussi le ciel, l'eau, la terre, les végétaux, les animaux et l'homme. Mais le septième? votre fétiche.

— Les sept jours de la semaine et les planètes, Saturne, la Lune, Jupiter, Mercure, Mars, le Soleil et Vénus.

Je lui avouai que j'avais un magnifique livre sur les nombres.

— Je vous en prêterai d'autres, si cela vous intéresse. Vous savez, Jacques, qu'on ne peut être un homme d'affaires, un financier, et jouer avec les chiffres sans en connaître la symbolique. L'homme inculte ou ignorant s'appauvrit lui-même et appauvrit ses semblables. Lisez tout ce qui vous tombera sous la main. Plus vous apprendrez, plus vous serez riche, mais hélas, plus vous serez seul, comme Godefroy peut-être, qui ne trouve plus d'interlocuteur. C'est la vie. Regarde un peu ça, me dit-il, en déroulant des plans. C'est mon prochain grand projet. La réalisation de mon rêve de toujours: la Cité de l'Oméga.

Monsieur De Guise, le visage illuminé, les yeux pétillants, décrivait son projet avec passion:

— Oméga parce que tous les immeubles en ont la forme et s'imbriquent les uns aux autres. Il y aura donc six immeubles entourant un septième, plus imposant celui-là. Au centre, une fontaine immense d'où de grands jets d'eau jailliront à plus de trente mètres des six amphores que tiendront des statues représentant des muses; les jets retomberont au milieu du bassin dans une coquille en forme d'œuf, de marbre noir. Ici, ce sera la garderie; là, l'hôpital, les ateliers de menuiserie, de ferblanterie, de soudure, de fonte...

Les plans défilaient, page après page. Les descriptions n'en finissaient plus. La Cité de l'Oméga était idéale, elle se suffirait à elle-même, elle s'autogérerait, elle appartiendrait à tous ceux qui y vivraient, filles et garçons y auraient droit aux mêmes privilèges, aux mêmes enseignements, sans discrimination de sexe; tous ceux qui vivraient dans la Cité jouiraient d'un logis pourvu de toutes les commodités modernes.

— Ce sera un familistère, comme celui de...

Il n'acheva pas sa phrase, enroulant les plans avec précaution, soudain soucieux ou peut-être embarrassé de s'être laissé emporter par l'euphorie de son rêve.

Pauvre monsieur De Guise, il était loin de prévoir à quel point les opposants à son projet allaient se liguer contre lui avant même que la première pelletée de terre ne soit levée.

Sur le chemin du retour, monsieur De Guise demanda au chauffeur de s'arrêter à la buanderie de monsieur Lee. Le chauffeur s'offrit de descendre, mais monsieur De Guise insista:

— J'ai quelques mots à lui dire.

Il m'apprit alors que monsieur Lee lui servait d'interprète dans ses échanges avec ses fournisseurs chinois et lui rendait d'honorables services. Je le regardai descendre de la limousine. Il marchait droit, la tête haute, les mains croisées dans le dos. Quand il franchit le seuil de la porte, une clochette sonna et on accourut vers lui, monsieur Lee, des femmes et des enfants. Il eut droit à plusieurs courbettes, il serra des mains et les femmes et les enfants disparurent comme par enchantement tandis que les deux hommes échangeaient quelques mots, inaudibles de là où j'étais. Des billets de banque passèrent d'une main à l'autre ainsi qu'une feuille remplie de caractères chinois que monsieur Lee s'empressa de traduire, puis monsieur De Guise posa amicalement la main sur l'épaule du petit homme qui jouait avec sa longue tresse de cheveux noirs, s'empara d'un paquet de chemises et sortit, tout souriant.

J'ignore pourquoi cette visite s'est gravée dans ma mémoire.

Nous étions enfin rentrés à la maison. L'été tirait à sa fin. La mer intérieure était très agitée et de grosses vagues brunâtres et écumantes se brisaient bruyamment sur la grève déserte. Amélie dessinait en compagnie de tante Gabrielle, la sœur de monsieur De Guise, revenue d'un long voyage, qui désormais allait habiter avec nous.

Elle ressemblait à son frère comme une jumelle, quoique plus petite. Elle était gaie, enjouée, drôle même.

Je découvris, ce soir-là, qu'elle était célibataire et sans ressources, donc à la charge de son frère Galessande.

Le dîner fut agréable et savoureux. Madame De Guise, se sentant mieux, s'était jointe à nous. Elle était présente et spirituelle, toujours aussi belle. Monsieur De Guise riait pour un rien, buvant verre de vin sur verre de vin, mangeant à peine.

Je racontai en détail les impressions de ma journée, imitant l'employé qui trempait un doigt dans le baril de glucose et le portait à sa bouche; l'autre qui raclait les cuves à l'aide d'une spatule et qui remplissait ses poches de brisures de chocolat.

— Je ne comprends pas, dis-je, comment des gens peuvent passer leur vie à faire ce travail routinier, toujours le même, comme des robots, toute leur vie.

— C'est la vie! répondit tante Gabrielle en faisant la moue. C'est pareil chez les fourmis et chez les abeilles. Il n'y a toujours qu'une reine. Il faut des soldats, n'est-ce pas, pour faire une armée et il y a bien peu de colonels.

— Et combien de prêtres pour faire un chanoine? demanda Amélie en se moquant.

— Soyons réalistes, ajouta monsieur De Guise, pas d'usines, pas de travail. Et entre nous, par les temps qui courent, les ouvriers ne sont pas à plaindre. Ils sont payés équitablement, ils bénéficient d'avantages divers, toutes les fins de semaine sont à eux et l'été chacun a droit à deux semaines de vacances. Il n'y a pas beaucoup de compagnies qui traitent aussi bien les employés. Ils peuvent même participer aux bénéfices, s'ils le désirent. Alors, qui dit mieux? Comparativement à ce qui existe ailleurs, ils sont, chez nous, au paradis.

Je redevins sérieux. Je venais d'entendre la réponse de mon tuteur à qui j'avais demandé où j'étais avant de venir au Pensionnat de l'enfance. Je ressentis un malaise que je cachai en regardant la table. Les assiettes de porcelaine de Limoges et ce qui y restait, le grand plat de service et le squelette du saumon, les verres en cristal dont les parois diamantées réfléchissaient les rayons dansants de la flamme des bougies, les miettes de pain, les fromages qui fondaient, les serviettes de table chiffonnées et, posées sur la nappe en dentelle de Bruges, les longues et belles mains de madame De Guise dont les doigts aux ongles vernis pianotaient d'impatience: c'est tout cela que mon regard captait.

Amélie me ramena sur terre en racontant, sans ambages et sans scrupule, son horreur des religieuses, de la religion et des sacrements:

— Quand je vais communier, parce qu'il faut que je fasse comme tout le monde, eh bien! je n'avale pas l'hostie, je la crache dans ma main, la jette par terre et je la piétine.

— Amélie! cria monsieur De Guise, en s'éjectant de table, renversant son fauteuil. Ce sont des choses qui ne se font pas. Ne va plus communier. Garde ta dignité. Sois noble. Mieux vaut affronter les conséquences de ton abstention que de mépriser, que dis-je, de profaner ce que d'autres vénèrent et sacralisent. Le respect, nom de Dieu! Amélie, serais-tu tombée sur la tête? Ta révolte m'étonne.

— Ce n'est pas ma faute, papa, c'est la leur. Les bonnes sœurs ont lavé mon intelligence. Je croyais naïvement tout ce qu'elles disaient, mais ce n'étaient que des mensonges, des semblants de vérités, des idioties. Je les déteste, cria-t-elle à son tour, se levant de table et lançant sa serviette de table.

Monsieur De Guise, ayant repris son calme, supplia:

— Tss, tss, Amélie, tu es trop intelligente pour être victime de tes déceptions ou de ton orgueil. Une De Guise, ma rose, se doit d'être au-dessus des valeurs superficielles communes aux autres, sans les mépriser. De la dignité, Amélie, de la tolérance, du respect, de la grandeur d'âme et, s'il le faut, de l'indifférence.

Amélie n'ajouta pas un mot et se retira dans sa chambre en reniflant.

— Quelle fille! je ne sais vraiment pas comment la prendre, déplora madame De Guise qui s'éventait avec sa serviette de table. Quel caractère!

— Elle a de qui tenir, trancha monsieur De Guise.

— En effet, une vraie De Guise. Elle n'a rien d'une Müller.

— Allons, les enfants, renchérit la tante Gabrielle, vous n'allez pas croire ce que la petite raconte. Elle vous fait marcher. Elle invente tout ça pour se rendre intéressante.

— N'en parlons plus, conclut monsieur De Guise.

— J'arrangerai tout cela avec elle. Faites-moi confiance, dit tante Gabrielle, se levant de table et se dirigeant vers le salon. Je la suivis, emportant mon verre de vin que je déposai sur le piano, et je demandai à mon ami Chopin de changer les humeurs de la maison où venait de passer une forte odeur de soufre. J'étais étonné du fait que, pendant ce dîner, aucune mention ne fut faite de Laurent qui pourtant s'était embarqué le matin même. De plus, l'absence de Thérèse et d'Hélène, récemment disparues, ne suscita aucun commentaire de tante Gabrielle.

Beaucoup plus tard, l'heure étant venue de me retirer, j'embrassai madame De Guise et tante Gabrielle, quand monsieur De Guise, me voyant faire, porta l'index à son front, riant, m'invitant à ne pas l'oublier. Et j'embrassai son front. Puis je sortis marcher sur la grève. La mer ne se calmait pas, se déchaînant de vague en vague, dans un bruit assourdissant. La nuit était tombée. Il faisait froid. Je grillai une cigarette en passant en revue les événements de la journée, puis, avant de monter à ma chambre, je me mis à courir sur la grève, à courir à toutes jambes, comme mû par un besoin d'épuiser toutes mes énergies. Comme je courais! Une biche folle, un chat poursuivant des visions fantomatiques, un fou à bout de souffle, le cœur battant, épuisé mais calmé. Il me sembla voir, regardant la mer, la silhouette de Laurent plonger dans le désordre affolant des vagues gigantesques et endiablées.

À sept heures quarante-cinq, aux derniers jours du beau mois d'août, quand la nature signifie par mille détails que l'été tire à sa fin, que la position de la Terre en sa rotation perpétuelle modifie les ombres, j'étais seul assis sur les marches de la maison d'été, observant la nature, en attendant l'arrivée du chancine. Aussi précis qu'un métronome, il arriva sans retard, à huit heures comme convenu, à folle allure selon son habitude, sa voiture soulevant derrière elle une traînée de poussière et de petits cailloux. Je me levai et me dirigeai vers lui qui se pencha vers la portière pour l'ouvrir de l'intérieur. J'eus à peine le temps de lui dire bonjour qu'il dit:

— Grand Dieu! mais vous êtes habillé comme un prince en vacances.

— C'est madame De Guise qui a choisi ces vêtements.

— Vous lui transmettrez mes compliments. Quel goût!

Je montai dans le cabriolet et, selon mon caractère, je retins ma langue, étonné de voir mon tuteur, pour la première fois de ma vie, vêtu d'un costume militaire, portant médailles, galons et autres décorations, la badine posée sur les cuisses.

— C'est une surprise, n'est-ce pas? Vous ne me reconnaissez plus?

— Je vous reconnais, mais vous m'intriguez.

— Il n'y a pas de quoi. C'est simple, je suis non seulement chanoine, en principe au service de monseigneur dans la hiérarchie de l'Église, mais aussi, en quelque sorte, une autre sorte de chanoine en tant que colonel des aumôniers militaires des forces armées. Vous verrez, avec l'âge, que l'organisation de la société est souvent entre les mains de ceux qui œuvrent dans l'ombre, peu importe le costume.

Il avait déjà engagé sa voiture sur la route qui conduisait vers la banlieue de la capitale où se trouvait le lycée Marc-Aurèle. Il conduisait si vite sur cette route très sinueuse que j'avais peur et me cramponnais à mon siège. Il parlait, il parlait sans cesse, et je l'écoutais distraitement, trop occupé à observer le paysage que je découvrais, car c'était ma première sortie hors de la ville à l'exception des allers et retours à la maison d'été et, cette autre fois, à la campagne, pour les noces d'Aimérancienne. Là, nous roulions vraiment en pleine campagne; il se trompait souvent de chemin, de sorte qu'il fallait entrer dans la cour d'une ferme pour faire demi-tour. Les gens pointaient le nez à la fenêtre, se croyant invisibles derrière les rideaux; parfois un chien, sur ses gardes, la queue raide, aboyait férocement, exprimant l'état d'esprit de ses maîtres méfiants face à des étrangers pénétrant sur leur lopin de terre. Un militaire, devaient-ils se dire, cachons-nous, c'est la guerre qui recommence. Le chanoine filait à toute vitesse, vociférant contre lui-même, puis réorienté se mettait à fredonner des chansons grivoises, exprès pour provoquer mes réactions qui demeuraient discrètes. Je me disais: Il est bien vrai que l'habit fait le moine, quoi qu'on dise, et modifie le caractère de celui qui le porte. Prenez un quidam, habillez-le en prisonnier, changez son costume pour celui d'un moine, ou mieux, revêtez-le d'un smoking et assoyez-le devant un piano à queue, le même homme deviendra caméléon et poussera l'audace jusqu'à poser ses mains sur le clavier, à donner une bénédiction ou à chercher une lime pour user les barreaux qui l'emprisonnent.

— C'est la java, la bitte à papa, les couilles à Julot. Gauche, droite, gauche, droite, renverse la nana baise son anneau... chantait le chanoine, freinant brusquement au croisement d'une route, s'étant encore trompé.

Le chanoine jurait contre son bolide plus vulgairement qu'un charretier analphabète.

Avant même d'avoir atteint le fameux lycée, où je ne vins que des années plus tard et par pure curiosité, j'en connaissais déjà, grâce au chanoine, tous les détails architecturaux, les us et coutumes, les règlements ainsi que les noms et la nationalité de ses dirigeants et enseignants, car il y avait été titulaire avant la guerre.

Le voilà qui conduit d'une seule main, le coude appuyé au rebord de la vitre abaissée. Je le regarde attentivement. Il est vraiment beau. Il siffle maintenant quelques notes tristes. L'officier militaire s'efface et redevient le chanoine:

— Je me souviens très bien. Vous aimerez ce lieu champêtre, l'ambiance, l'intimité, l'atmosphère générale, mystique, poétique et musicale. Je ne connais aucun autre endroit où l'on voue un si grand culte aux idées terrestres. En est-il d'autres? Enfin! Passons. Vous ferez la connaissance de nombreux déracinés, d'êtres originaux. Il y a parmi eux de nombreux ressortissants de toutes nationalités. Il y a même un Danois qui se dit prince et prétend avoir renoncé à ses biens au profit de l'ordre de Marc-Aurèle. Vous vous entendrez certainement à merveille avec lui, j'en suis convaincu. C'est un homme stylé et d'une telle tolérance qu'à peine osera-t-il se permettre une seule remarque, d'ailleurs devenue célèbre au lycée: «*But what ever happens, don't sit on the altar...*» Un grand fumeur. Quand il ne peut allumer une cigarette, il se caresse la lèvre supérieure pour humer ses doigts jaunis de nicotine. Il fume tellement que ses yeux sont couleur de cendre. Il se nomme, quoique danois, Van den Branden Bush. Il vous enseignera la langue de Shakespeare, avec l'accent, s'il vous plaît! Je vous intéresse?

— Je vous écoute.

— Un homme averti en vaut deux. Ainsi, quand vous mettrez les pieds au lycée, vous saurez déjà à qui vous aurez affaire. Je crois que vous aurez pour titulaire Alphonse Wasserlauf, un disciple de Jean-Sébastien Bach, un grand musicien que vous aurez l'occasion d'entendre à l'orgue. Que je vous raconte un incident qui avait fait scandale à l'époque. Il s'agit de celui que nous surnommions Petit Père. Il prétendait s'entretenir, la nuit venue, avec le spectre de Franco qu'il admirait. C'est dire! Selon lui, les médecins, les chimistes, les biologistes, tous juifs, s'étaient ligués contre le monde pour le détruire par une nouvelle peste chimique, un empoisonnement planétaire génétique; bref avec l'accord de Franco, il prédisait rien de moins que la fin de l'homme. Alors qu'il tenait ces propos, debout, le poing levé, le doigt menaçant, vociférant devant un petit groupe d'élèves, ses confrères s'emparèrent de lui, malgré sa résistance, l'empoignèrent de force et l'entraînèrent hors de vue dans une aile du lycée qui leur était réservée. Cris inutiles, discours névrotique, coups de pieds dans le vide et puis le silence soudain pour tous les témoins, dont j'étais. Nous ne le revîmes jamais. Malade, le Petit Père était malade, et il fit un voyage sans retour en Tunisie d'où il venait.

— Pourquoi me racontez-vous cela? Je n'y vois pas d'intérêt puisque le personnage n'est plus au lycée.

— Je vous trouve insolent.

— Je pourrais l'être davantage.

— Osez donc!

— Ce serait trop facile.

— Dites-vous.

— Je risquerais de vous blesser.

— Ne vous gênez pas.

— Êtes-vous mon père?

Le chanoine serra les mâchoires, se cramponna au volant et accéléra, fou de rage:

— Vous êtes un imbécile! me lança-t-il, la voix chargée de colère.

Je n'eus pas le temps de crier attention qu'il rata la courbe, dérapa. Le pare-brise éclata. Des pièces de clôture volèrent de toutes parts et, en une fraction de seconde, dans un fracas terrible, les arbres, pourtant immobiles, semblèrent se précipiter sur nous et nous enlacer de leurs branches tentaculaires.

Je repris connaissance après plusieurs jours de coma, couché sur un lit d'hôpital, une jambe dans le plâtre, suspendue à une poulie d'où pendaient des poids. Au plafond, un lustre de verre opaque diffusait une lumière anémique. Sur le mur d'en face, un Christ ensanglanté, cloué à une croix de bois, d'un hyperréalisme dégoûtant, regardait vers la fenêtre un invisible larron d'un air suppliant en faisant une moue désapprobatrice. Quelle maigreur! Anorexie divine!

Sur ma gauche, je vis la fenêtre habillée de rideaux blancs devant laquelle une table de métal et un fauteuil chromé recouvert de plastique bilieux avaient été placés à l'usage des visiteurs éventuels. Toujours sur ma gauche, il y avait une table de chevet où se trouvaient une douzaine de roses blanches, un pot pour le thermomètre et un petit contenant de pilules. Sur ma droite, la porte d'un placard et une chaise droite semblable au fauteuil.

Je regardai ma jambe et essayai en vain de la remuer dans son armure, mais je ressentis une douleur féroce et vive; je détendis aussitôt mes muscles, mais le genou m'élançait violemment au même rythme que mon cœur. Je bougeai l'autre jambe, qui obéit docilement. Mes bras semblaient intacts. Je passai les mains sur mon visage, puis sur ma tête, et je sentis l'enveloppe des pansements.

Je revis la forêt, les arbres fonçant sur nous, et j'entendis cette courte phrase:

— Vous êtes vraiment insolent.

Un mois s'écoula, vécu dans l'impuissance; j'étais humilié de ne pouvoir me laver moi-même et de demander, selon le besoin, cette horrible bassine glacée que des mains étrangères glissaient sous mes fesses chaudes. Et que dire de cette attente pour que les deux matières s'accordent à une bonne température et que la nature suive son cours. Que j'avais hâte de retrouver ma dignité:

— Ça vient, monsieur Molay?

— Je vous en prie, laissez-moi. Je vous sonnerai le moment venu.

— Vous ne désirez rien d'autre?

— Pourrais-je déféquer dans la plus stricte intimité, garde? Laissez-moi seul. Je viens de vous le dire. Je sonnerai le moment venu.

— Ne vous mettez pas dans cet état. Je voulais simplement vous être utile, monsieur Molay.

— Garde, criai-je, quand comprendrez-vous qu'entre la naissance et la mort il y a des moments où la plus totale solitude est de règle?

Elle revint, l'idiote, quelques minutes plus tard et osa me passer des commentaires sur la nature, la texture et la couleur de mes déchets, selon ses connaissances et ses critères de diplômée en scatologie médicale. Ah! ne plus avoir de corps, que les informes et inodores fientes de l'esprit.

Heureusement, monsieur De Guise venait tous les jours après son travail, apportait quelques nouvelles, des livres et des chocolats. Amélie me visitait brièvement, car elle abhorrait tout autant les hôpitaux que les couvents ou les églises, là où elle sentait l'odeur pestilentielle des gestionnaires de la compassion; mais elle venait selon ses fantaisies et sa disponibilité, me

récitant des chapelets de «je t'aime» en égrenant les
jointures de mes doigts. Madame De Guise m'envoyait
ses meilleurs vœux de rétablissement et le chanoine
me visitait une fois la semaine pour me répéter ses
excuses inutiles, car c'en était fait de ma jambe droite. Je
devrais, en quittant l'hôpital, marcher à l'aide d'une
canne, probablement jusqu'à la fin de mes jours. Tel était
le verdict du médecin.

— J'ai une sainte horreur des infirmes, monsieur le
chanoine. Par votre faute, toute ma vie, je dépendrai
d'une prothèse pour me tenir debout et marcher.

— Vous disposerez d'une arme, monsieur le comte.
Je vous offrirai la verge d'Aaron.

— Je n'apprécie guère votre humour, excusez-
moi.

— Et mon amour?

— Vous m'aimez donc?

— Comme une mère.

— C'est vous qui devenez insolent.

— Ne soyez pas amer.

— Je le suis un peu.

— Consolez-vous à l'idée que vous me succéderez
l'heure venue.

— On succède donc à son tuteur?

— Pour le moment, dans l'état où vous êtes, vous
auriez intérêt à vous succéder à vous-même et à aiguiser
votre sens de l'humour. Je ne vous embrasse pas, j'en
suis indigne, mais permettez que je vous tende une
main affectueuse.

Il me prit la main et l'embrassa en riant aux éclats.

À ma grande surprise, Godefroy délaissa ses
horloges et me rendit visite. Il s'était mis sur son trente
et un, portant une chemise blanche rayée de mauve et
une lavallière de même ton qui retombait sur son
chandail blanc. Il portait un complet de tweed café au lait
et ses pieds étaient chaussés de souliers anglais

recouverts de guêtres de feutre gris. Il frappa avant d'entrer, timidement, gauche, tenant un paquet enveloppé de papier si bleu que ses mains n'en paraissaient que plus blanches.

— Je ne te dérange pas?

— Mais non, au contraire! Quelle belle surprise! Je suis ravi, vraiment, mais ne restez pas là, approchez-vous, assoyez-vous là, tout près, dans ce fauteuil.

Il s'approcha sans faire de bruit, fantomatique, serra la main que je lui tendais, m'offrit le présent et me passa une main affectueuse dans les cheveux.

— Ça va mieux?

— Oh, oui! Dans quelques jours, tout au plus une semaine encore, on m'accordera mon congé. Je marche maintenant. Regardez, lui dis-je, en me levant péniblement, mais ça ira avec le temps, le docteur me l'a affirmé. Au début, je marcherai à l'aide de béquilles, mais dans peu de temps une canne fera l'affaire.

— Je te l'offrirai.

— Mais non, ce serait trop.

— Nullement. Je tiens à t'en faire cadeau. J'en ai de magnifiques.

— Vous collectionnez donc les cannes aussi?

— Non. Je les ai reçues en cadeau. Tu auras le choix. Il y en a en ébène, en hêtre, en chêne; certaines ont des pommeaux splendides: tête de chien, de canard, d'éléphant. Tu auras un beau et grand choix.

— Je crois que je prendrai celle qui a un pommeau à tête de chien.

Il se mit à raconter ce qu'il savait sur les chiens et la place qu'ils tenaient dans toutes les mythologies. Je l'écoutai avec grand intérêt, mais il resta un peu sidéré quand je lui avouai que je n'aimais pas ces bêtes.

— Mais alors, pourquoi, demanda-t-il, pourquoi choisir un pommeau à tête de chien?

— Pour exorciser, si possible, la peur que m'inspirent ces bêtes.

Je m'étais mis à développer le paquet bleu, y découvrant un beau livre, et tandis que je lisais le titre, Godefroy précisait:

— J'ai déniché ce livre dans une librairie de la métropole où je suis allé la semaine dernière. J'ai cru qu'il t'intéresserait.

Le Grand Maître des Templiers tel était le titre imprimé en rouge sur la jaquette blanche et, en dessous, en caractères plus petits et noirs: *L'Histoire de Jacques de Molay*. La croix rouge des templiers, en relief, illuminait la couverture entoilée. J'en fus tellement ému que je balbutiai des remerciements confus.

Le médecin passa au même moment dans la tournée quotidienne de ses patients. Il était excentrique, petit homme tout de blanc vêtu, sautillant, disant joyeusement:

— Alors, mon lapin, ça va, aujourd'hui? Tout est bien? On agonise? On agonise?

Il riait.

— Ça vous fait une belle jambe, n'est-ce pas? Dans quelques jours nous vous enlèverons votre armature. Vous claudiquerez, j'en suis peiné, mais il y aura des snobs qui vous envieront. Ils associent la canne à la noblesse. Au revoir, à demain, et n'essayez pas de vous envoler.

— Il y a des fous en liberté, dit Godefroy.

— Il n'est pas fou. Ce docteur Grégoire est, j'en suis sûr, un excellent médecin. Il fait le pitre, voilà tout, et je préfère ça aux figures tristes.

Godefroy haussa les épaules, me tendit la main et s'excusa de devoir partir:

— Il est déjà cinq heures, je dois rentrer pour le concert de six heures.

Et l'apéro, songeai-je, en souriant.

— Au revoir et merci pour tout, la visite, le livre et la canne. N'oubliez pas de saluer vos coucous.

— Tu me rendras visite quand tu seras sur pied.

— J'irai, avec la permission de monsieur De Guise.

— Elle te sera accordée, foi de Godefroy.

Il s'en alla, le dos courbé, en scrutant les dalles du plancher.

Main blanche sur la poignée de la porte, un sourire esquissé, et le beau ténébreux me laissa seul avec un livre sur lequel je me jetai aussitôt que j'eus avalé le repas tiède et fade qu'on m'avait apporté. Puis une infirmière vint me frictionner avec de l'alcool, relevant ma jaquette au-dessus de ma tête sans égard à ma pudeur; ses mains de soie m'effleuraient avec douceur et rafraîchissaient mon corps brûlant. Chaque fois qu'elle venait, je pensais à Amélie. Je me revoyais aussi dans les bras d'Aimérancienne et j'imaginais, à mon plus grand bonheur, que je n'avais plus de corps et que je n'étais qu'un pur esprit. L'infirmière rabaissa ma jaquette, me borda, ayant pris soin de replacer les oreillers dans mon dos, et, ainsi que ma Mère supérieure le faisait, de m'embrasser sur le front et de me souhaiter de beaux rêves.

Quand elle fut partie, je pus enfin ouvrir le livre et lire tout mon soûl:

> Il n'est de Temple que la Voie lactée. L'Univers lui-même est le Temple de l'homme et l'âme humaine est le Temple de l'Esprit. HIRAM, cet artisan de génie, est le Maître de l'Esprit et de la franc-maçonnerie. Son histoire est révélatrice de l'envie qui dévore les hommes. Un jour, le roi Salomon fit venir HIRAM de Tyr, un spécialiste du moulage en bronze, et lui confia tous ses travaux. Quand ses chefs-d'œuvre furent achevés, HIRAM reprit ses outils et s'en retourna à Tyr d'où il était venu, laissant derrière lui, non seulement une œuvre géniale, mais une spiritualité surnaturelle. Il parlait

aux Dieux, aux Esprits, à l'Invisible, mais ses
disciples-artisans, n'ayant pas tous 'intelligence
de l'âme pour le suivre et comprendre les
merveilleux secrets du Maître, demeuraient donc
non initiés; trois de ses compagnons de travail se
mirent en tête de lui arracher ses secrets et ses
pouvoirs. Chacun se posta à l'une des trois portes
du Temple et l'attendit pour le sommer de livrer ses
secrets. HIRAM répondit, d'une porte à l'autre,
qu'il ne fallait pas le harceler, que nulle menace ne
le ferait parler, et il les enjoignit à la patience leur
disant que le temps viendrait quand chacun aurait
appris à mourir à soi-même des trois morts
libératrices: la mort sentimentale, la mort mentale et
la mort physique qui préluderaient à leur renaissance.

— En ce jour, leur dit-il, tels que vous êtes,
compagnons, je vous vois embourbés dans l'ignorance, la barbarie, l'hypocrisie, le fanatisme, l'ambition et l'envie. Vous êtes à l'opposé de l'Esprit
même, source du savoir, de la tolérance, du
détachement et de la générosité.

C'est alors que les trois compagnons le frappèrent,
confirmant ce qu'il venait de dire. L'un, avec sa
règle, lui trancha la gorge d'où gicla un jet de sang.
L'autre lui assena un coup fatal au cœur avec son
équerre de fer et le troisième l'acheva d'un coup de
maillet sur le front.

La légende raconte que les trois compagnons furent
si désespérés de leur crime inutile qu'ils ensevelirent
le corps d'HIRAM, par une nuit de pleine lune,
quelque part dans les bois, et qu'ils plantèrent, en
lieu et place d'une croix, une branche d'acacia.

Je vivais ce que je lisais avec une telle intensité, une telle ferveur que j'en tremblais. Je me désolais, compatissant à la mort de l'Esprit incarné sous les traits d'un humble et génial mouleur de bronze. J'étais surtout intrigué par le fait que je portais le même nom que ce Grand Maître. Qui en avait décidé? C'est une question que je me promis d'aborder avec le chanoine.

Je déposai le livre, bus un grand verre de jus d'ananas, allumai une cigarette turque, cadeau de monsieur De Guise, et remis la suite de ma lecture au lendemain.

A ucune douleur. La délivrance. La repossession de soi. Une nouvelle liberté, sans pour autant retrouver l'agilité d'avant, quand je courais sur la grève à en perdre haleine. Toucher à la jambe blessée. Reprendre assurance, se dire: «Ça ira, ça ira», le temps de retrouver une autre forme de souplesse. Surtout, reprendre le livre et continuer la lecture, en quête:

> La franc-maçonnerie se réfère à HIRAM et au Temple, considéré comme le symbole même de l'homme et du monde. Le Temple est le chemin de la lune qui mène de l'Occident à l'Orient, donc vers la lumière. Sa longueur va du septentrion au midi et sa hauteur débute au nadir et s'élève jusqu'au zénith. Les dimensions du Temple ne peuvent être définies, elles sont à l'égal du Cosmos, ce pourquoi la représentation du Temple ne peut montrer le ciel nocturne parsemé de millions d'étoiles parmi lesquelles apparaît, dans un triangle d'or, l'œil sacré de l'Être invisible qui représente l'essence même de l'Esprit.

Je restais sceptique, guidé par ma méfiance d'iconoclaste; je déposai le livre sur le lit, me levai à l'aide de mes béquilles et me dirigeai vers la salle de bains pour faire un brin de toilette. Cela fait, j'allai à la fenêtre vérifier si vraiment le monde ne s'était pas refermé sur moi, me confinant à cette chambre laide et froide. Le jour tombait, la terre dérivait vers l'hiver. C'était beau encore, les arbres éclataient des couleurs de l'automne et le sol était un immense tapis de feuilles mortes multicolores. Je me recouchai, envahi par un profond sentiment de lassitude. Je regardai le crucifix suspendu au mur et je revis celui que le chanoine avait fait tomber et se fracasser en claquant la porte du parloir du Pensionnat de l'enfance.

Si j'essayais, me dis-je soudain, fixant intensément l'horrible crucifix. Je fermai les yeux, me concentrai et, comme je le souhaitais, le Christ en plâtre, tout sanguinolant, se fracassa, en un bruit sec, sur les dalles du plancher.

Un infirmier accourut, attiré par ce bruit suspect à cette heure du soir où tous les malades s'apprêtaient à dormir.

— Qu'est-ce? demanda-t-il, surexcité. Est-ce d'ici que viennent ces bruits?

— Là, regardez, par terre.

— Oh! fit l'homme, comme si ce qu'il venait de voir était une catastrophe.

— Le crucifix est tombé. Il s'est détaché de son clou, expliquai-je.

— C'est étrange, rétorqua l'infirmier. Voyez, dit-il, en pointant le mur, le clou est encore en place. Avez-vous perçu une vibration?

— Aucune.

— Je ne comprends pas.

— Dites-moi, lorsque le Christ a été descendu de la croix, est-ce que les clous sont restés enfoncés dans le bois ou les avait-il encore dans les mains et les pieds?

— Quelle question!

— Elle mérite qu'on s'y attarde.

— Quelle importance?

— Toute l'importance du monde. Imaginez la richesse que détiendraient ceux qui posséderaient ces clous sacrés, sans compter sa couronne d'épines et le linge qui lui cachait le sexe.

L'infirmier me regarda comme si j'étais un fou et il quitta la pièce en coup de vent:

— Je reviens dans un instant ramasser les dégâts.

Il réapparut avec un balai et un porte-poussière, visiblement nerveux et troublé. Il ramassa les miettes, prit un morceau du visage et me le montra:

— Regardez, c'est tout ce qui reste de Sa Sainte Face et cette main ensanglantée rivée à son clou! Je vais la garder en souvenir.

Il enfouit la main du Christ dans la poche de son sarrau.

Je fus pris de fou rire, mais tentai de contrôler mon hilarité jusqu'au départ de l'infirmier.

Trêve de rire. Passons aux choses sérieuses. À moi ce De Molay, que j'en découvre les mystères. Lisons encore. Décryptons ces lignes.

Je me passionnais, captif d'une histoire où les noms de Philippe IV le Bel, Benoît XI, Clément et Boniface, et la belle Brunissande Talleyrand-Périgord, la putain de luxe royale, se disputaient les pages brûlantes qui racontaient la ruine des Juifs, tous biens saisis, puis la chute des chrétiens instiguée par les papes et les rois insatiables. Que dire des villes? C'était comme si j'y avais habité: Poitiers, Navarre, Lille, Nevers, Narbonne et tant d'autres s'illustraient au fur et à mesure que je lisais. Je sentais vivement, peu importait de qui j'étais le fruit, comme l'encombrement des chairs et des rêves de ceux qui m'avaient engendré, non pas mes géniteurs immédiats et inconnus mais, bien au-delà, toute la longue et obscure généalogie qui, au cours des siècles, avait tissé la trame et l'alchimie des atomes qui constituaient mon corps et mon esprit.

Et le vent d'automne entrait par la fenêtre grande ouverte, faisait valser les rideaux et feuilletait les pages du livre ouvert déposé sur la table de chevet. Je m'endormis, convaincu que j'allais être transporté au Moyen Âge ou m'y réveiller. Mais, saisi d'un malaise et de tremblements, je fus enveloppé de sueurs. Je nageais dans les eaux matricielles. Je m'entendis appeler avec tristesse et désespoir, ou d'espérance peut-être, à la porte du délire:

— Mon père, ma mère, pourquoi m'avez-vous abandonné?

Plusieurs jours s'écoulèrent au cours desquels je terminai la lecture de l'histoire fantastique des croisades et la triste fin du Grand Maître des templiers. Au fur et à mesure de ma lecture, je me convainquais que je ne portais le même nom que par pure coïncidence. Dès lors que je savais, je devais donc poursuivre mes recherches et ma quête ailleurs et dans d'autres perspectives.

J'écrivis de nouveau à ma Mère supérieure.

Muni de béquilles, je quittai enfin l'hôpital, soutenu par monsieur De Guise et Amélie. Nous rentrâmes au manoir en état d'euphorie. Retrouver ma chambre marine, prendre un bain bouillant, manger des plats raffinés, boire du bon vin, fumer des cigarettes turques, converser avec monsieur De Guise, m'amuser avec Amélie qui ne cessait de m'étonner tant elle était imaginative, fantaisiste et imprévisible. Et la tante Gabrielle, toujours souriante et d'un dévouement exceptionnel. Une ombre au tableau: la maladie étrange, peut-être psychosomatique mais néanmoins réelle, de madame De Guise, cloîtrée dans sa chambre plus souvent qu'autrement; parfois, elle daignait se joindre à nous pour le dîner. Sa pâleur, ses yeux troublants, son sourire figé, la grâce de ses gestes, cette présence éthérée nous comblaient de bonheur, particulièrement monsieur De Guise qui l'adorait comme une déesse. Une autre ombre au tableau, et de taille: l'absence éternelle des noyées et celle de Laurent; mais lui, aussi loin qu'il fût, donnait parfois signe de vie par des cartes postales aux messages sibyllins.

Quand j'eus troqué mes béquilles contre la canne que m'avait offerte Godefroy, j'accompagnai madame De Guise, à sa demande, dans la métropole, où je pourrais flâner librement pendant qu'elle consulterait son psychiatre. Nous nous retrouverions à midi trente au *Petit Crillon* qui, maintenait-elle, était une réplique de l'original, à Paris, là où ils descendaient, son mari et elle, lors de voyages d'affaires.

Cette escapade en ville m'amusait, je batifolai de-ci de-là, dans tous les quartiers, claudiquant, la main cramponnée au pommeau de la canne, observant tout, le nez au vent, constatant l'énorme différence qui existait entre les habitants de cette grande cité et ceux de notre petite ville. Le jour et la nuit. D'un côté, la désinvolture, l'air de posséder le monde, l'indifférence, le chacun pour soi, le je-m'en-foutisme; de l'autre, la soumission, la peur de son ombre et du qu'en-dira-t-on, la méfiance, la xénophobie, tant et si bien que les jeunes ne parlaient entre eux que d'exil vers la métropole ou la capitale. Je découvris plus tard, ayant dépassé le stade des apparences, que de la métropole, de la capitale ou de ma ville, les têtes étaient fondamentalement semblables, coulées dans le même moule. Les gens tous prêts à jouer du coude pour monter dans le train de l'après-guerre et bouffer leur part du grand rêve américain.

Je m'arrêtai dans une immense librairie, *La Table de chevet*, où je bouquinai à mon aise, n'achetant rien toutefois, n'ayant pas encore lu tous ces livres qui garnissaient les bibliothèques de monsieur De Guise et de Godefroy et qui constituaient à mes yeux une somme incroyable de connaissances. Et, puisque leurs livres avaient tous été méticuleusement choisis et sélectionnés selon leurs goûts, leur inassouvissable curiosité, cela devait m'éviter de perdre mon temps à lire les élucubrations de nombreux auteurs qui avaient troqué leur âme contre la technique. Dostoïevski, Tolstoï, Stendhal, Flaubert et combien d'autres me comblaient. J'avais mieux à faire que de découvrir le dernier auteur à la mode, se fût-il converti à quatre pattes sur le parvis de Notre-Dame de Paris en caressant un soulier de satin.

Je flânai aussi dans un grand magasin d'instruments de musique où une gentille dame me fit un brin de causette et m'invita même à toucher les pianos. Il me sembla que pas un seul ne sonnait aussi bien que celui de monsieur De Guise.

Après, je m'attardai chez un marchand de tabac et de journaux, sans rien acheter, simplement pour consulter l'annuaire du téléphone à la lettre M, dans le seul but de vérifier s'il y avait des abonnés au nom de Molay. Molaison, Moléon, puis soudain une Florabelle Molay-Rinho et un Rodolphe Molay. Je demandai la permission de téléphoner, ce qui était inutile puisqu'il n'y avait qu'à insérer une pièce de monnaie dans l'appareil. Sur ce Rodolphe Molay, une voix hostile m'apprit qu'il n'habitait pas à cet endroit où je croyais l'atteindre, qu'il était mort et que le numéro que j'avais composé n'était plus le sien.

— Pardon, excusez-moi de vous avoir dérangé...

Florabelle Molay-Rinho accepta de me recevoir. Elle habitait à quelques rues. Au magasin de tabac, un garçon m'indiqua le chemin à suivre:

— Deux rues plus loin, droit devant vous; là, à gauche, vous verrez, la rue Des Saules, mais vous n'y verrez pas un seul arbre, ajouta-t-il sur un ton sarcastique. C'est une toute petite rue, presque une ruelle, vous ne pourrez pas la rater.

Une naine à la mine chétive, n'ayant que la peau et les os, vint ouvrir; je remarquai que deux poignées de porte se superposaient, l'une à hauteur normale, l'autre à sa hauteur. Elle leva la tête pour me regarder. Elle avait des yeux presque sans pupille, tout blancs, et une forte odeur d'alcool emplissait la maison.

— Je vous ai téléphoné il y a un instant, madame, dis-je, décontenancé. Je suis Jacques Molay.

— Moi, c'est Molay-Rinho, avec un trait d'union.

— Je suis venu pour Molay, madame, pas pour le trait d'union.

Elle se mit à rire et je dus mettre la main devant ma bouche tant son haleine était fétide.

— Excusez-moi, madame, je me suis trompé, voilà tout. Vous me voyez confus.

Je fermai la porte sans attendre sa réplique et m'enfuis aussi vite que je le pus, me traitant d'idiot de m'être imaginé que, sonnant à cette porte, une charmante personne serait venue m'ouvrir, m'aurait invité à entrer, puis à m'asseoir au salon, et m'aurait raconté des choses que j'espérais entendre.

L'être le plus seul au monde, voilà comment je me sentais, sans famille, apatride, nomade de l'intérieur, n'ayant pour unique bagage que des prétentions fugaces à un passé imaginaire, sans lien tangible.

J e rentrai à l'hôtel à l'heure convenue. Je me sentais très fatigué par cette promenade; ma jambe, non encore habituée à tant d'efforts, donnait de douloureux signes d'épuisement. Malgré la température douce de l'automne, j'étais en sueur, cette sueur désagréable, presque constante. Oui, une émotion, une angoisse et voici que mes vêtements me collent à la peau et que des sueurs froides glissent sur mon front. Une halte à la salle de bains. Une ablution d'eau froide. Un coup de peigne. Resserrons ce nœud de cravate. Remonter là-haut, à midi trente, dans la salle à manger, où madame De Guise m'attend, assise à une table, en retrait près d'une fenêtre aux rideaux de dentelle. Le maître d'hôtel vint vers moi. Je lui dis que ce n'était pas la peine de m'accompagner, que j'étais attendu à la table de madame, là; rien n'y fit, il me précéda:

— Voici votre invité, madame De Guise, ce jeune homme désirerait...

— Apportez-moi un Campari soda avec beaucoup de glaçons. J'ai une soif de chameau.

Madame De Guise approuva d'un signe de tête et d'un superbe sourire.

Le maître d'hôtel tira un fauteuil et je lui confiai ma canne en prenant appui sur un des accoudoirs recouverts de velours.

— Où dois-je la déposer? demanda-t-il, tenant la canne à bout de bras comme si elle était maléfique.

— Le plus près de moi possible, là, sur cette chaise inoccupée.

Il la suspendit par le pommeau. Tandis que la tête du chien oscillait, il se retira en léchant le tapis de ses semelles épaisses. À peine avais-je commencé à raconter à madame qui me les demandait les impressions de mon batifolage que le directeur de l'hôtel vint vers nous, m'interrompit avec mille excuses et regretta de ne pouvoir me servir la boisson commandée:

— Vous comprenez, madame, les lois sont sévères et nous sommes surveillés.

— Je n'ai que faire de ces lois idiotes, répondit madame De Guise, avec dédain. Apportez-moi un Campari comme je l'ai commandé. Vous n'avez pas que je sache à savoir qui le boira. Et servez-le dans un verre opaque, s'il vous plaît.

Le directeur, gros homme rose et chauve, exécuta quelques pas de danse sur place, croisa les mains, fit une courbette et s'excusa:

— Pardon, madame, comment pourrais-je deviner l'âge de nos jeunes clients?

— Je vous en prie, l'interrompit-elle, donnez ordre qu'on nous serve.

Elle avait haussé la voix, vexée, contrariée et se cramponnait à une fourchette. Le gérant recula de deux pas, mais madame De Guise se leva soudain, le bousculant; elle venait d'apercevoir une connaissance au bras du chanoine vêtu d'un complet bleu nuit, portant cravate rayée en gris et blanc, une rose à la boutonnière. Je restai sidéré, n'en croyant pas mes yeux. La dame en blanc se jeta dans les bras de madame De Guise. Elles s'embrassèrent, se tapotant les épaules, et leurs voix échangèrent à l'unisson des «ma chérie», des «mon amour», des «ma tendre amie» tandis que, stoïque, le chanoine souriant, toujours aux anges, attendait que ces effusions cessent pour jouer le don Juan. Il baisa la main de madame De Guise, laissa échapper quelques compliments, puis tous trois regardèrent dans ma direction et vinrent vers moi en même temps que le garçon de table apportait le Campari. J'appuyai les mains sur les accoudoirs de mon fauteuil pour me lever, mais madame De Guise s'objecta:

— Non, non, Jacques, ne vous levez pas. Restez où vous êtes. Je vous présente une amie d'enfance, madame Fritzweiller, l'épouse de Hanz, un marchand d'armes qui ne se soucie guère de l'usage qu'on en fait mais qui ne tuerait pas une mouche.

La femme en blanc s'esclaffa, me tendant la main, et me présenta à Son Excellence, monsieur l'ambassadeur itinérant, Carl Von Youvanhoven. Il me serra la main avec désinvolture, précisant:

— Nous nous connaissons déjà, n'est-ce pas, Jacques? Madame Fritzweiller, Jacques Molay, mon protégé.

— Que c'est charmant! Quelle surprise! Je suis enchantée. Et vous êtes en tête-à-tête? Nous n'allons pas vous ennuyer plus longtemps, n'est-ce pas mon cher Carl? Allons à notre table. Nous boirons le café ensemble. N'est-ce pas, mon chéri?

— Et un digestif, si le goût leur en dit. À tout à l'heure. Bon appétit! Mangez bien tous les deux, dit-il, en prenant élégamment le bras de la dame en blanc et en la guidant vers une table en retrait dans un coin sombre.

Il lui avança un fauteuil dans lequel elle s'assit, non sans avoir étalé autour d'elle sa jupe plissée comme une tête de champignon renversé et déposé sur la table un sac à main en moire blanche orné d'un fermoir en or. Elle l'ouvrit et en retira un paquet de cigarettes et un fume-cigarette, tandis que Son Excellence cherchait avec empressement un briquet. Elle bâilla impoliment, sans se mettre la main devant la bouche, comme une chatte qui se réveille.

— Goûtez-moi ces olives noires marinées. Prenez ces moules farcies aux œufs de saumon. Quel délice!

Laissez-les fondre dans votre bouche, vous n'en apprécierez que mieux la sauce crème légèrement rehaussée de vin blanc et d'une brume de safran. Divin, n'est-ce pas? Les queues de langouste à l'ail, j'en raffole. Et vous, Jacques, qu'en dites-vous? N'hésitez pas, soyez à l'aise et ne laissez rien dans votre assiette. Un autre verre de muscadet? Garçon? Mais si, ces séances chez le psychanalyste m'épuisent et me creusent l'estomac. C'est ainsi, tous les mercredis. Je vais y mettre fin. C'est inutile, je crois que je suis guérie maintenant et, de plus, avec le docteur, j'ai l'impression d'aller à confesse. Dieu m'entende, je ne me suis plus confessée depuis la veille de mes noces.

Madame De Guise disait tout ce qui lui passait par la tête. Sans doute craignait-elle que je lui pose des questions sur cette belle femme aux cheveux noirs luisants comme des olives, aux yeux verts, aux lèvres rouges et charnues, au teint de cannelle; une fleur vivante avec une petit grain de beauté artificiel savamment dessiné sur une joue. Une beauté sans âge pour gens de tous âges amoureux de la beauté.

Je ravalais mes questions, bouchée après bouchée, taisant mes remarques et buvant une gorgée de vin, songeant à ce sacré chanoine qui n'avait de cesse de m'étonner.

— Et vous, Jacques, ce matin?

— Ce matin... Ah! oui, ce matin.

Comme un livre ouvert, je la laissai lire dans ma matinée, mais il y manquait la page du magasin de tabac, ce qui l'aurait fait se moquer de moi et de ma quête.

Pas de café ni de digestif avec madame Fritzweiller et le chanoine, car nous levant de table après que madame De Guise eut signé l'addition, il n'y avait plus personne à leur table.

— Quelle impolitesse! s'indigna madame De Guise sur un ton tel que je déduisis qu'elle en était plutôt ravie.

— Mais non, mais non, je ne suis pas déçu. Au contraire, je suis très heureux, madame, je ne me voyais pas assis à leur table. Imaginez, mon tuteur n'aurait pas su quoi dire et elle-même aurait sans doute récité une litanie d'âneries, répliquai-je en me levant péniblement pour prendre ma canne.

— Vous êtes perspicace, Jacques. Votre compagnie me plaît beaucoup. Reviendrez-vous? M'accompagnerez-vous encore?

— Vous disiez, il y a un instant, que vous ne consulteriez plus votre psychanalyste.

— Cela ne m'empêchera pas de venir dans la métropole faire des emplettes. Chez nous, il n'y a qu'à regarder les vitrines; tout au plus, on n'y étale que ce qui est accessible aux pauvres — ce qui est compréhensible — il y a mille pauvres pour un bourgeois.

— Monsieur De Guise...

— Je sais. Galessande rêve en couleurs; il croit au partage, à la justice. C'est un merveilleux utopiste, comme tous les De Guise, la tête dans les nuages. Tenez, par exemple, son Oméga, il vous en a parlé, je sais tout, eh bien! c'est un projet irréalisable.

— Je me passionnerais pour un tel projet.

— C'est de votre âge.

La voiture attendait à la porte du *Petit Crillon* et le chauffeur s'impatientait comme toujours. Je remarquai, garé à deux pas, le cabriolet du chanoine, comme neuf, sans trace d'accident, étincelant et ostentatoire. Je gardai mes réflexions pour moi-même.

Nu le chanoine, nu le colonel, nu l'ambassadeur... Mon tuteur était complètement nu, comme au Paradis dans les bras de la Fritzweiller. Chanoine, il allait s'absoudre; colonel, monter en grade et, ambassadeur, changer de maîtresse à la prochaine course de sa mystérieuse carrière.

Si seulement Amélie revenait ce soir, comme l'autre nuit, rêver debout, dans mes bras, au clair de lune.
— Je t'aime, Amélie. Me vois-tu trembler?
— Tu peux toujours trembler, mon beau. Qu'est-ce que tu crois? Je n'ai qu'à marcher dans la rue pour que tous les gens tremblent. Les maisons tremblent, même le ciel en est tout secoué.
— Je t'aime.
— Quelle illusion te pousse à croire que tu m'aimes et que je pourrais t'aimer? Je n'aime personne, personne, m'entends-tu?
— Amélie, je t'en prie, ne te prends pas pour le diable.
— Que le diable m'emporte, je lui dirai merci.

Le chauffeur arrêta la limousine. Nous étions arrivés. Engourdis par la richesse des mets et le vin bu, nous avions dormi durant le trajet.
Soirée charmante. Je jouai au piano après le dîner. Comme au concert: tout le monde au salon, recueillis, à l'écoute. Parfois, monsieur De Guise fredonnait un passage mélodieux qu'il connaissait par cœur. Puis chacun chez soi, bonne nuit, beaux rêves. J'étirai la soirée en compagnie de tante Gabrielle. C'est elle, enfin, qui m'apprit tout ce qu'il me tardait impatiemment d'entendre sur ma famille adoptive.

E lle était dentelle et velours. Être blotti dans ses bras donnait l'impression de fondre et de perdre son corps. Le mauve, le rose, le violet, le lilas habillaient les fenêtres de sa chambre, attenante à celle de feue Thérèse. Les mêmes couleurs pour le couvre-lit, les abat-jour, les fauteuils; ces teintes s'harmonisaient dans des matières unies ou à motifs, comme ce tapis persan déniché sans doute dans le grenier. Elle avait suspendu aux murs ses aquarelles encadrées de moulures blanches. Assis près d'elle sur le bord du lit, je la regardais tourner les pages de l'album de photos de famille, dont certaines, jaunies par le temps, permettaient à peine de distinguer de vieilles personnes endimanchées, côte à côte, dans des poses statiques, incrédules à l'idée qu'une petite boîte noire puisse fixer à jamais leur image sur une pellicule glacée.

— Ne croyez pas ce qu'ont pu dire mes frères Galessande et Godefroy qui prétendent que nous descendons du duc De Guise. Si oui, si peu, tant les faits sont douteux, quoique, évidemment, il y a ce bâtard. Pardonnez-moi, Jacques, dit-elle, en mettant la main devant sa bouche, l'album ouvert sur la reproduction du portrait du fils cadet du duc De Chartres, Jean, duc De Guise assis à la même table que la princesse Isabelle, sœur du duc d'Orléans, et entre eux, cet enfant...

J'entendais Godefroy:

— Regarde-le attentivement, c'est un De Guise, à n'en pas douter. Un neveu, un cousin, un bâtard?

Comment savoir? Peut-être est-ce lui notre véritable aïeul.

— Ne vous excusez pas, Godefroy m'a déjà montré ce portrait.

— Ah!

— Oui, lors de ma deuxième visite chez lui.

— En toute bonne foi, même si nous n'en possédons aucune preuve formelle et malgré que je sois sceptique de nature, ce jeune homme pourrait être notre ancêtre, qui sait? Il portait, lui aussi, le nom de Godefroy. Il se serait marié, semblerait-il, pour des raisons obscures à une certaine duchesse, Amélie.

— Amélie, comme la nôtre?

— Mais, oui! De là ce prénom auquel Galessande tenait tant. Ils eurent un garçon, Joseph-Gustave, mon grand-père qui épousa Solange De la Commande, une Bretonne, une forte femme, superbe. Tenez, regardez cette photo prise au début de la photographie, voyez comme elle était belle, un vrai camée.

En effet, la tête était parfaite, le profil dessiné d'un seul trait lisse, le cou cerclé d'un ruban serti d'une perle, les cheveux coiffés avec soin, quelques petites boucles frisées faussement rebelles. Oui, une tête à graver dans de l'ivoire.

— Ma grand-mère, Solange De la Commande, avait un frère, le seul que j'ai connu, Eberharat, perdu de par le monde. Aventurier, agent secret, commerçant, bohème et quoi encore: toutes les rumeurs couraient sur lui. Il se vantait d'avoir rencontré toutes les célébrités de ce bas monde et d'avoir couché avec les plus belles et les plus riches idiotes. Quoi qu'il en soit, il abandonna un fils, ici: Jean-Louis De la Commande.

— Mais je le connais, dis-je, c'était le domestique de Gontran, votre oncle récemment décédé.

— C'est exact. Un pauvre type, malade depuis son enfance, abandonné à lui-même et mis à l'écart

par ma grand-mère qui en avait honte tant elle le trouvait
laid et indigne de porter son nom; mais, en réalité, ce qui
lui répugnait était sa constante recherche de la
compagnie des jeunes garçons.

Tandis qu'elle parlait de Jean-Louis De la
Commande, je regardais la photo impressionnante de
son oncle maternel, Eberharat, prise en Inde, devant un
temple, appuyé sur le capot d'une voiture, un chien en
laisse à ses pieds, un serviteur debout en retrait.

Elle tourna la page:

— Mon oncle Gontran, qui se fichait des potins, prit
Jean-Louis en charge, tenta l'impossible pour en faire un
homme. Peine perdue, Jean-Louis se comportait en
faible, n'était content que de la tenue de maison,
s'affairant aux fourneaux, lavant, repassant, astiquant,
consacrant ses loisirs à la musique tout en se passionnant
pour les broderies au point de croix. Mon oncle
racontait, entre nous, qu'il l'avait déjà surpris travesti,
portant talons hauts, bas de soie, porte-jarretelles,
chemise de nuit, perruque et maquillage outrancier,
dansant et se dandinant devant la glace victorienne du
hall d'entrée, sur les chansons de Marlène Dietrich. Ce
disque était si usé, tant écouté, que l'aiguille sautait des
sillons. Jean-Louis répétait «*Liebdish, Liebdish*», sans
s'en rendre compte tellement il entrait en état second,
impuissant à prévoir une nouvelle crise d'épilepsie.
Quelle pitié, mon Dieu, se désola tante Gabrielle en
tournant une autre page de l'album, l'air de dire: Passons
à autre chose de plus intéressant.

— Voici la photo de mon père Gustave et de ses
frères Gontran et Guillaume.

— Comme ils se ressemblent!

— En apparence. Ils sont tous trois si différents.
Gontran a toujours été avare, mesquin, fourbe, arriviste,
opportuniste; il n'aimait que le pouvoir de l'argent.
Mon père, Gustave, ressemblait plutôt à Galessande, un

artiste dans l'âme, comme lui, contraint à assumer la
continuité du clan. Celui de gauche, c'est Guillaume, le
plus beau des De Guise. Il était pianiste de concert et
voyageait de capitale en capitale, d'une femme à une
autre, toujours déchiré d'amours passionnantes et futiles,
semant sur son passage quelques filles, quatre
exactement, quatre cousines, quatre folles à mon avis;
mon Dieu, quelles folles! Bref, continua-t-elle, tournant
la page, mon oncle Guillaume dépensait tout ce qu'il
gagnait et, quand il était dépourvu, il revenait vivre
parmi nous, le temps de convaincre mon père qu'il
avait du génie et de l'aider «à subsister jusqu'à la saison
nouvelle». Quel oncle adorable et charmant, quel style,
quelle allure! Il disait qu'il était «snoble» en riant de lui-
même. Je l'ai peu connu, pour cause, mais chaque fois
qu'il nous visitait c'était la fête. Je l'aimais bien. D'ailleurs
je n'aime que les De Guise, les autres hommes sont... ne
sont pas des hommes. Guillaume représentait pour nous
la liberté absolue, celle de l'art, ce qui n'est pas accessible
à tout le monde par les temps qui courent.

La captivante et volubile tante Gabrielle remplit
nos verres, me donna une bise sur la joue en posant sa
main sur la cuisse de ma jambe blessée, alluma ma
cigarette avant d'allumer la sienne, et me sourit en me
demandant:

— Je ne vous ennuie pas, j'espère, avec cet album?

— Au contraire. Je suis fasciné.

C'est alors qu'Amélie, que je croyais endormie,
surgit dans la chambre en implorant tante Gabrielle:

— Je vous en prie, il est tard. Vous avez une voix
qui porte, je vous entends; de grâce, laissez-le tranquille
avec ces radotages, ces vieilles photos et ces histoires de
familles.

Elle saisit mon verre de vin et le vida avant de me le
rendre.

— En quoi cela peut-il bien l'intéresser? je me le demande.

Elle bâilla, haussa les épaules et retourna se coucher sans attendre de réponse, comme somnambule. Belle Amélie moulée dans son pyjama froissé, frileuse endormie.

— Mon père a eu vingt-quatre enfants des deux sœurs Ogden, Élizabeth et Catherine, comme si l'ange n'était pas passé, poursuivit tante Gabrielle.

Une page tourna et je vis deux superbes femmes se tenant par la main. Elles ressemblaient au camée de leur mère Solange.

— Élizabeth était toujours souffrante. Elle a accouché quatre fois d'enfants si faibles qu'ils moururent très jeunes, si jeunes que je ne les ai pas connus: Guy, Gilbert, Ghislain et Guillaume. Puis Élizabeth, ma belle-mère, est morte à l'accouchement de Gracia qui n'a eu dans la vie que la grâce de porter ce nom inutile. Ah! quelle photo de nous tous, moins ceux qui sont morts, huit en tout. Il en reste donc douze. Ici, c'est moi, à huit ans.

Les douze visages se ressemblaient d'une façon frappante et je les regardais tous attentivement en essayant de trouver ce petit détail qui les différenciait.

— Galessande, dis-je, en mettant l'index sur un visage, et Godefroy, ici, je le reconnais.

— Godefroy, c'est le bébé, le petit dernier.

— Et je reconnais Gustave, le médecin. Il était au funérailles de Gontran. Celui-ci, c'est Gilles. Les autres, je ne les connais pas.

— Vous les rencontrerez tous sous peu, quand le notaire nous convoquera pour la lecture du testament du singe.

La photo de famille avait été prise à la campagne, lors d'un dîner champêtre; tous les enfants entouraient le patriarche dont l'énorme moustache atténuait l'ampleur du noble nez.

— Ici, dans le coin gauche, c'est Grégoire, le médecin des pauvres. Il reviendra bientôt des Indes. Vous verrez, c'est un mystique sceptique, sinon cynique. Il semble toujours être ailleurs. Il flotte au-dessus des mortels comme s'il avait déjà connu la mort Hélas! nous ne nous connaissons pas très bien, en effet, pas plus que je ne connais bien mes autres frères et sœurs, à l'exception de Galessande et de Godefroy. Dans notre famille, il y a des traits de caractère communs: chacun pour soi, égocentrisme, fierté, entêtement. Allez savoir pourquoi!

— Vous ne vous aimez pas?

— Comment donc! Mais à distance. Avant tout, nous sommes des De Guise, une famille. Celui-là, le plus petit en avant des autres, c'est Goethe. Il est avocat criminaliste, une sommité, dit-on, dans le milieu Il finira par être promu juge, c'est certain, mais il a un handicap terrible, le pauvre, il est mal marié. Il a éprouvé une passion foudroyante pour une simple d'esprit et il l'a vécue jusqu'à l'épouser. Depuis, le feu s'est éteint. Un matin, il a retrouvé sa lucidité, mais, comme c'est un homme de principes, il a choisi d'assumer son erreur et refuse le divorce. Le pauvre, il a des enfants qui ressemblent à leur mère.

Tante Gabrielle continua ainsi d'une tête à l'autre, s'arrêtant à chacune pour en dire un mot. C'est ainsi par l'album de photos que je connus Gérome, l'armateur; Gueneviève, la cantatrice; Gisèle, l'infirmière dans la marine de guerre; Gauvin, le fabricant de cercueils, et Gertrude, la perdue. Celle-là aurait dû être comédienne, ironisait tante Gabrielle. Elle est toujours en transe, affectée de douleurs imaginaires; certains jours, elle se prend pour sainte Thérèse d'Avila et cherche son plaisir en Dieu. Un autre jour elle se dit vierge et martyre, puis le lendemain elle prétend être la jardinière du pape, ou Ophélie, ou je ne sais plus quel autre illustre personnage.

— Mais elle est folle?

— Évidemment qu'elle l'est, mais il ne faut surtout pas le dire. Quelle honte pour la famille!

— Elle est toujours vivante?

— Oui. Galessande s'occupe d'elle. Il l'a mise en pension au couvent des Carmélites.

— En pension?

— Une façon de parler. Nous disons, officiellement, qu'elle s'est cloîtrée. Ne parlons pas d'elle, elle vit dans un autre univers. Parfois, je l'avoue, j'ai la faiblesse de l'envier, car elle est à l'abri des horreurs de ce monde. Elle a une béquille sur laquelle s'appuyer. Depuis qu'elle s'est cloîtrée, Galessande se charge de nourrir tout le couvent et jamais les sœurs n'ont eu à sonner la cloche, comme autrefois, pour appeler à l'aide. Ah! Galessande.

Tante Gabrielle me montra d'autres photos, mais j'étais fatigué, je n'avais plus la curiosité et des fourmis grugeaient mon genou. Puis, il faut dire, il y avait le vin, tout ce vin que j'avais bu. Donc, je pris congé après m'être abandonné dans la dentelle et le velours, assez lucide pour étouffer avec mes baisers les cris que nul de devait entendre.

— Bonne nuit, monsieur le comte. Merci de m'avoir tenu compagnie...

— Chut, fis-je, l'index sur les lèvres.

Je pris ma canne et me retirai, faisant un effort à chaque pas pour atteindre enfin ma chambre, me demandant pourquoi, comme le chanoine, elle m'avait appelé monsieur le comte. Maniaque, je comptai mes pas, mais je les comptai en songeant à cette étrange et nombreuse famille, me rappelant ce que tante Gabrielle m'avait raconté. Quatre enfants du premier lit, vingt du deuxième, huit de morts, douze de vivants. Quatre, les quatre fleuves du Paradis, les quatre vents d'Éole. Huit pas, huit enfants morts dont le premier se transforme en deux, le deux en quatre et le quatre en huit douze autres pas encore pour les douze autres vivants. «Il faudra que je consulte mon livre des nombres», me promis-je, car ce douze m'intriguait, j'y voyais le symbole des douze signes astrologiques, des douze dieux de l'Olympe, des douze mois de l'année, des douze apôtres, des douze plantes de Salomon.

Quoi qu'il en soit, après tant d'efforts, j'arrivai enfin à ma chambre dont j'ouvris la porte. La lampe de chevet était allumée et je vis, que le diable m'emporte, Amélie dormant à poings fermés, enroulée dans son pyjama de satin orné de rubans. Je me déshabillai sans faire de bruit, éteignis la lampe et me glissai dans les draps glacés en me couchant avec la lenteur d'un serpent dans la chaleur du corps d'Amélie qui ne bougea pas.

C omme je n'eus qu'un semblant d'enfance, j'eus un semblant d'adolescence; j'ai été catapulté dans l'âge adulte bien avant d'avoir atteint ma majorité.

Le vent, la pluie, la neige, d'année en année, suivaient le cours des saisons. Quand, enfin, le printemps revenait, je sortais de l'hiver où je m'étais enfermé, plus souvent qu'autrement, victime de tous les virus qui me frôlaient. Fièvres d'hiver, sueurs d'été, paisibles automnes de mes repos d'âme; fils de personne, j'allais au fil des jours, aimant Amélie, Amélie d'amour. J'allais les lundis, les mercredis et les vendredis chez Godefroy De Guise qui, suppléant au lycée, se chargea de ma formation, de mon éducation et de ma culture. Les mardis et les jeudis étaient consacrés à ma remise en santé à la piscine publique où j'essayais de redonner à ma jambe raide une souplesse peut-être à jamais perdue. Voilà comment s'écoulèrent ces années, mais en dehors de moi et de ma condition privilégiée, il y avait la vie des autres autour desquels je gravitais, surtout Godefroy pour lequel j'éprouvais de profonds sentiments d'amitié.

À l'instar de presque tous les De Guise, Godefroy avait étudié à Paris et n'en était jamais revenu, d'autant plus qu'à la faculté des lettres il s'était lié avec des amis qui brûlaient leur vie dans le cercle des surréalistes et des jeunes existentialistes.

Godefroy parlait du Quartier latin, de Montparnasse ou de Montmartre avec passion. Il citait des noms, brandissait des livres, exhibait des photos, récitait des poèmes. Les mêmes noms revenaient sans cesse, gens dont il parlait, ému, comme s'ils devaient tous arriver chez lui d'un moment à l'autre lui rendre une amicale visite.

Était-ce la peine? Ils étaient toujours présents, si présents. Godefroy jurait que le Nouveau Monde allait naître à partir d'eux.

— Écoute, écoute!

Il citait des noms, lisait des extraits, se mouchait, s'essuyait les yeux, s'excusait d'être émotif et, d'une voix grave pleine de nœuds acidulés, se désolait:

— Comment veux-tu, ici, que je donne libre cours aux feux qui me dévorent? Je suis entouré d'ignares, d'analphabètes, de fascistes déguisés, de franquistes, vomissait-il; je ne connais pas d'interlocuteurs valables, je souffre d'anémie culturelle, je perds mon discours, je meurs.

Un verre. Du scotch. Des glaçons. Hop!

— Qui chante? Des paysans qui battent du pied et frappent l'un contre l'autre le dos des cuillères à soupe, en sautillant comme des primates, soûls comme des marins, et comme des chiens hurlent après la pleine lune pour avoir des biscuits.

Il dansait, ridicule, claquant des mains, se frappant la poitrine à coups de poing et s'indignant:

— Comment vivre là où il n'y a aucune place pour le délire, la folie, la passion, les chansons de l'âme, quand l'espace et l'air que l'on respire sont vampirisés par les fantoches déguisés en hommes d'Église, les manipulateurs d'opinion, les manufacturiers de bêtises qui expirent un souffle mortel annihilant tout embryon d'idée, toute œuvre révolutionnaire, toute pensée illicite, toute intelligence menaçant leur confort et leurs pouvoirs?

— Pourquoi rester ici alors? Pourquoi ne pas repartir? Et puis, qu'avez-vous contre les paysans qui chantent en scandant la mélodie avec des cuillères? Un chant est un chant, peu importe son essence.

— Quelle essence?

— La source. La respiration incantatoire, la vie: je crie, je pleure, je chante.

Godefroy haussait les épaules, sans daigner répondre, sans avoir le courage d'argumenter davantage. Des années s'étaient écoulées, la guerre avait tout chamboulé, plusieurs de ses amis étaient morts et il ne restait plus d'eux que des œuvres posthumes. Triste Godefroy du temps passé, vivant parmi les fantômes, inapte à imaginer l'avenir, malheureux au présent, d'essence malheureuse, comme si, portant le poids du monde, il endossait à lui seul la culpabilité infamante des crimes historiques.

Quoi qu'il en soit, Godefroy m'apprit ce que je devais apprendre. Il me donna des maîtres: Marc-Aurèle, Montesquieu, Renan, Shakespeare, Kant, Rousseau, Voltaire, Gœthe, d'autres encore dont ce Charles-François Dupuis, l'un des grands savants du dix-huitième siècle dont l'œuvre confirmait mes propres pensées, que je n'avais pas encore la liberté d'exprimer.

Le souvenir de la lecture du testament de Gontran De Guise envahit ma mémoire.

Novembre. Quel désolant spectacle que ces arbres dénudés et leurs tristes branches vernies par la pluie lourde qui tombe sans cesse. La lueur des lumières jaunes et chétives oscille dans les fenêtres sous un ciel de charbon. On hiberne déjà. L'heure revenue à la normale, la nuit commence à faire son lit dès seize heures.

Tenant d'une main le parapluie dont le cercle d'ombre suivant mes pas s'étire ou se rétrécit sous les faux soleils des réverbères, de l'autre ma canne, je me rends à l'hôtel, sans y avoir été invité, n'étant pas de la vraie famille; j'y vais, poussé par une curiosité irrépressible, car le notaire a enfin convoqué la famille.

Un portier m'accueille, me débarrasse de mon parapluie qu'il referme et secoue en le frappant sur le marbre du hall d'entrée. Là aussi les lustres répandent une lumière jaunâtre mille fois réverbérée par les facettes du cristal. Au fond, à droite, un salon d'où parviennent des voix rauques et fortes, les voix des De Guise qui parlent en même temps. Des rangées de fauteuils pompeux, recouverts de velours rouge; tous guettent un signe du notaire pour y prendre place

J'aperçois monsieur De Guise palabrant jovialement avec Godefroy. Gilles, ivre à son habitude, se dandine et va de l'un à l'autre en flattant chacun avec une affection quémandeuse de pardon et d'amour. Amélie me voit, elle vient à ma rencontre, me donne une bise:

— Tu es venu à pied, tes souliers sont mouillés. Tu n'as pas froid?

— Non. Je me sens bien.

— Viens, je vais te présenter. Ta présence va les intriguer, me confia-t-elle à l'oreille. Fais comme si tu les connaissais tous depuis toujours. M'as-tu compris? Tu leur donnes la main comme s'il s'agissait de vieilles connaissances.

Elle me guide d'une main à une autre. Des mains molles, froides, humides, des mains blanches tachetées de rousseurs, de grandes et larges mains aux ongles courts. Que les mains de tante Gabrielle, de Galessande et de Godefroy sont sèches et fermes, chaleureuses!

— Vous jouez du piano, Jacques? me suggéra madame De Guise sortie de sa retraite pour la circonstance; il me semble que cela allégerait l'atmosphère. Il y a de la tension ici, ne le sentez-vous pas?

— Si vous le désirez, madame, je jouerai. Mais est-ce bien le moment?

— Ne sous-estimez pas le pouvoir de la musique. La musique Jacques, la musique!... Allez, ne vous faites pas prier, vous jouez si bien.

Je m'exécutai à contrecœur. Quelques notes. Le silence temporaire, presque religieux; puis au fur et à mesure que Liszt se servait de mes doigts, les conversations reprirent en *crescendo*. Les De Guise jacassaient si impertinemment que j'entendais distinctement le mitraillement de leurs propos d'où les mots *bâtard*, *chanoine*, *accident*, *adoption*, *Laurent*, *Filles de l'enfance* ricochaient sur mon cœur.

L'arrivée du notaire détourna l'attention qu'on me prêtait mais le cirque n'en cessa pas pour autant. Le ballet des poignées de main et des embrassades annonçait l'ouverture du spectacle prévu par «le singe», qui devait bien rigoler dans son cercueil.

Le notaire prit place solennellement derrière une grande table recouverte de feutre bleu, alluma une lampe de cuivre dont l'abat-jour opalescent illumina les feuilles blanches qu'il déposa nerveusement devant lui, secoué de tics, les mains agitées, les jambes osseuses s'entre-choquant comme des castagnettes.

L'homme était petit, tout petit, et c'est sans doute pourquoi, au lieu de s'asseoir comme tout le monde le faisait, il resta debout, déplaçant d'un geste brusque le fauteuil qui lui était réservé. Il avait revêtu un costume vert rayé de beige, une chemise à col de celluloïd avec lavallière verte à pois blancs, froissée et mal nouée. Les manches de sa chemise, trop longues, cachaient ses poignets jusqu'aux pouces, de sorte que ses doigts tricotaient sans cesse d'une manche à l'autre pour se libérer de ces inconfortables accessoires à boutons en faux diamant.

Il se racla la gorge, alluma une cigarette, la déposa aussitôt dans un cendrier et frappa théâtralement trois coups avec le plat de la main sur le dossier de son fauteuil. Quelques minutes s'écoulèrent, ponctuées par les bruits feutrés des fauteuils et des toussotements nerveux. Je restai où j'étais aussi, sur le banc du piano, en retrait, derrière le notaire et, de ma position, je pouvais observer mieux que lui l'expression des visages en attente et même entendre les pièces d'or sonner dans ces poitrines angoissées.

Le notaire, s'étant raclé la gorge une seconde fois, commença en ces termes:

— En ce 13 novembre, devant moi, Anatole Le Sieur, notaire, ont comparu à l'exception de Gertrude De Guise, cloîtrée donc absente, les membres de la famille De Guise et autres parents.

Il énuméra les noms, les adresses de chacun, ajoutant:

— Lesquels, préalablement à la quittance et à la délivrance de legs qui font l'objet des présentes, ont déclaré ce qui suit...

La fortune de Gontran De Guise s'élevait à plusieurs millions de dollars: usines, manufactures, entrepôts, flotte de camions, innombrables terres, manoirs et nombreux autres immeubles, biens meubles, solides liquidités, valeurs mobilières, sans oublier babioles, antiquités et lingots d'or.

Qui dans cette assistance se souvenait qu'autrefois, après la Révolution française, dans un château dévasté et pillé au nom de la justice, de l'égalité et de la fraternité, les ancêtres, seuls et ruinés attisaient le feu dans un âtre si grand que deux bancs de pierre s'y faisaient face, et que, pour l'alimenter, ils arrachaient, de-ci de-là, à coups de marteau ou de hache, les plinthes, les portes, les volets, les boiseries, enfin tout ce qui pouvait flamber. Dehors, le ciel était en larmes. Hiver de France. Quelle pluie! relataient les livres que Godefroy m'avait donnés à lire. Devant ces frères déchus, une table de chêne sur laquelle il n'y avait que du pain rassis Qui se souvenait parmi les descendants présents, ici même, en ce jour fatidique, de cette période sombre de l'histoire des ancêtres De Guise et de l'incendie qui détruisit le château familial et les symboles inhérents?

Soit, Gontran était mort riche après s'être approprié la fortune de ses deux frères, mais lui seul avait autant sué, besogné, persévéré, économisé, risqué et subi les humiliations, les mépris et les jalousies de tous ceux qui l'avaient surnommé «le singe».

Des héritiers potentiels, assis dans des fauteuils de velours rouge, attendent.

Quand le notaire eut terminé la lecture du testament, un brouhaha indescriptible s'éleva dans la salle. N'eût été la diplomatie de Galessande, frères et sœurs en seraient venus aux insultes, car cette colossale fortune que tous s'attendaient à voir partager à parts égales était léguée aux folles filles de Guillaume. Ne restaient aux autres De Guise que les dettes de la compagnie import-export G.

En résumé, le testament était incontestable et «le singe» avait voulu pour des raisons qu'il était le seul à connaître se moquer de ses héritiers directs en leur léguant un héritage empoisonné. Les héritières signèrent avec empressement le document notarié. Puis, après un bref conciliabule, Galessande fut désigné par sa famille comme unique répondant et il signa à son tour au nom de tous les siens en se portant garant des conséquences.

Au dîner, ce soir-là, chez Galessande, tous apprirent que la compagnie comme telle ne disposait pas de liquidités et qu'elle avait contracté des emprunts importants auprès des banques, emprunts garantis et endossés personnellement par «le singe», mais il était écrit dans le testament que cette garantie devenait caduque à sa mort et que ses biens personnels, donc sa fortune, étaient inaliénables. De plus, la compagnie faisait face à des difficultés financières provoquées par la baisse des cours et les conséquences d'une économie de guerre qui commençait à peine à se relever.

— La compagnie G possède une réputation solide, des fournisseurs qui seront prêts à faire crédit. Je m'engage à négocier des conditions d'étalement auprès des banques, à soutenir la compagnie en hypothéquant mes biens personnels, bref à redresser la situation au profit de nous tous. Si vous le voulez, nous relèverons le défi et nous éviterons la faillite dans l'honneur et la dignité.

Il s'ensuivit une conversation fort animée et l'accord n'étant pas unanime, presque tous, à l'exception de Godefroy, de Gérome et de Grégoire, cédèrent leurs pauvres actions à Galessande qui les rachèterait, promit-il, au moment opportun.

C'était, hélas! ignorer l'hostilité de ceux qui dans l'ombre n'allaient certes pas laisser les De Guise garder le haut du pavé.

Heureusement, vers la fin de ce dîner de famille, la femme de Gauvin, Nadia Kvalinsky, décida l'assemblée, se prétendant descendante de la grande famille du tsar Alexandre:

— Mais allez donc savoir, rétorqua monsieur De Guise. Ce tsar compte tellement de descendants dans le monde, qui sait si votre mère n'était pas une simple soubrette?

Nadia Kvalinsky De Guise parlait d'elle à la troisième personne. Elle était d'une beauté brûlante et ne portait aucun maquillage si ce n'est un soupçon de khôl pour accentuer son regard de chat persan, puis ce point noir à la mode, qu'elle dessinait, tantôt sur une joue, tantôt sur le front ou au bord d'une narine, selon ses humeurs du moment. Quand elle ouvrait les lèvres sur des cents de perle, rien ne sortait de sa bouche que des rires en cascade: «Comment allez-vous, Nadia Kvalinsky?» lui demandait-on.

Elle riait sans répondre, peu importe la question, elle se mettait la main devant la bouche comme si le fermoir du collier de ses dents allait se briser, toutes les perles roulant éparses sur le sol que des hommes, fous d'elle, rampant à quatre pattes, ramasseraient.

Gauvin assurait qu'elle était la femme la plus intelligente qu'il ait rencontrée et il soutenait que, dans la plus stricte intimité, elle parlait, raisonnait, philosophait à l'instar de ses compatriotes Dostoïevski, Tolstoï, Pouchkine, mais que, tellement timide en présence des gens, elle ne savait que répondre et se contentait de rire, quoique en beauté, il faut l'admettre.

Après avoir vainement tenté de changer le sujet de la conversation, Nadia se tut. Galessande revint au vif du sujet:

— Demain, je réunirai le conseil, je rencontrerai les banquiers, je ferai mon enquête et si jamais je découvre que quelqu'un a caché des faits, s'est fait complice du «singe», je n'aurai d'autre choix que de le congédier.

L'épreuve de la journée et l'alcool aidant, monsieur De Guise parlait avec nervosité et une fausse assurance:

— Je vous le jure, je n'hésiterai pas à hypothéquer tout ce que je possède et je m'engage sur l'honneur de la famille à redorer la lettre G qui nous distingue.

Comme les autres membres de la famille n'avaient rien à perdre, c'est-à-dire, à investir ou à hypothéquer, ils applaudirent chaleureusement le geste généreux de leur grand frère. La soirée se termina dans la jovialité et les moqueries. Que dire des propos entendus concernant les quatre cousines héritières! Ces folles se retrouvaient du jour au lendemain millionnaires.

— Qui sait, suggéra Gœthe, si l'une d'elles ne serait pas assez folle pour nous renflouer?

— Nous sommes en guerre avec elles depuis leur naissance, trancha monsieur De Guise. Ne perdons pas de temps en vaines négociations. Comptons sur nous. Comptez sur moi.

Tard cette nuit-là, assis dans l'ombre, sur une marche de l'escalier où trônait dans sa niche la statue de bronze d'une femme nue tenant une torche éteinte, j'assistai au départ des membres de la famille et à leurs effusions. Puis toutes portes fermées, monsieur De Guise alla ici et là, éteignant les lampes. Il se servit à boire un dernier verre et se rassit à la table encombrée des restes du repas. Alors monsieur De Guise se prit la tête entre les mains, se pressa fortement les tempes puis, relâchant l'étau, laissa tomber sa tête sur la table, la recouvrant de ses bras, et sanglota comme un enfant.

Madame De Guise avait depuis longtemps regagné ses quartiers, tante Gabrielle était montée à sa chambre. Où pouvait bien être Amélie? Je ne l'avais pas vue depuis un bon moment. Témoin indiscret d'un malheur inconsolable, impuissant, je me retirai discrètement sans bruit; sans me dévêtir, je m'étendis sur mon lit, soudain emporté par une immense et folle crise de jalousie. Amélie. Oh! Amélie était partie au bras de son cousin. Mon Amélie, ma rose. J'allai à sa chambre. Elle n'y était pas revenue. Je revins à la mienne, dérangé, frappé d'une brûlure indescriptible, mon corps en proie à une étreinte pire encore que toutes les fièvres, soudainement fou de jalousie, déboussolé, dérivant sur la mer agitée de mes émotions.

Au secours! Je me noie, au secours! J'appelle la petite main frêle qui se tendra vers moi. Oh! ma Mère supérieure, priez votre Dieu, faites quelque chose, mère, mon radeau dérive vers une chute, un précipice. Mère, regardez, là, le vide. Je vais tomber dans un lit d'épines et me blesser à jamais.

Je me réveillai au petit matin, étonné de sentir près de moi la présence paisible de celle qui la veille m'avait mis en si mauvais état. Je n'osai pas faire, malgré mon désir, ce que j'avais fait avec Aimérancienne et tante Gabrielle. L'heure n'était pas venue. J'avais peur que résonne le tocsin de mes sens.

Au lendemain de la lecture du testament de feu Gontran De Guise, chacun se remettant de ses émotions, nous nous délections chez Galessanie d'une journée paisible et remplie de doux instants, lorsque deux policiers vinrent troubler notre routine ouatée en nous annonçant que Jean-Louis De la Commande s'était enfui de l'hospice où monsieur De Guise l'avais confiné et que, armé d'une pelle et d'un fusil de chasse. il avait été surpris dans le cimetière, profanart la sépulture de Gontran de Guise.

— Il ne veut parler qu'à vous, monsieur De Guise, à personne d'autre. Il s'affole dès qu'on s'approche de lui. Un vrai dément, dit l'un des agents.

— Mais Bon Dieu, qu'est-ce qu'il fait là?

— Il dit qu'il veut déterrer «le vieux singe» pour lui casser la gueule. Il hurle, il crie: «Le maudit singe ne m'a rien laissé!» Il rage et frappe le sol à grands coups de pelle.

L'agent imitait les gestes du fou en répétant ses élucubrations: «Vieux singe, je t'ai lavé les pieds, léché les orteils. Tu n'es qu'un ingrat. Tu ne m'as rien laissé. Tout pour les autres. Toujours les autres. Bandit! Faussaire! Téteur de cigare! Radin! Fiente de chien! Je vais te casser la gueule, je vais te casser la gueule.»

La scène était d'un tel comique que nous dûmes prendre sur nous pour ne pas nous esclaffer, mais en vain.

— Ce n'est pas drôle, monsieur De Guise. trancha l'agent. Cet homme est fou. il vous réclame, je le répète, il ne veut parler qu'à vous. Rendez-vous compte, il est armé et tire sur tout ce qui bouge.

— Il n'y a pas de quoi rire, en effet, répondit monsieur De Guise, en nous lançant des regards de reproche. Attendez-moi un instant, je vous suis.

Les agents restèrent timidement plantés dans le hall, les yeux rivés à leurs chaussures, n'osant regarder plus haut ni autour d'eux, retenus par l'embarras.

Monsieur De Guise décrocha le récepteur du téléphone, dans le hall d'entrée, composa un numéro et s'adressa à un interlocuteur à qui il dit des paroles sibyllines:

— Oui, Charles. Non, Charles. Oui, il n'y a pas d'autres solutions. Si, si, nous arrangerons cela demain après-midi. Tu viens? Je serai là dans un instant, à plus tard.

Il raccrocha le récepteur et se retourna vers les agents:

— Messieurs, qu'il soit entendu qu'aucune plainte ne sera portée contre lui. Il est évident que cet homme n'a plus tous ses esprits. En route.

— J'y vais, moi aussi, s'imposa Amélie en suivant les hommes.

— Puis-je vous accompagner? demandai-je à monsieur De Guise.

— Allons-y, soupira-t-il.

Précédés de la voiture des agents, nous fonçâmes à toute allure dans le sillage des sirènes hurlantes. Nous nous amusions Amélie et moi, de l'ahurissement des badauds ébahis qui se retournaient au passage de ce drôle de cortège. Nous pénétrâmes dans le cimetière où se jouait ce vaudeville en soulevant un nuage de poussière.

Sur la tombe de feu Gontran De Guise, Jean-Louis De la Commande se livrait en spectacle devant le fossoyeur et les agents de police, pistolet à la main, cachés derrière les arbres, prêts à ouvrir le feu.

— Ne bougez pas, les enfants. Restez dans la voiture, nous ordonna monsieur De Guise. Il ne faut surtout pas courir de risques inutiles.

Monsieur De guise descendit du véhicule très calmement, fit signe aux agents de se tenir aux aguets et, d'un pas mesuré, la tête haute, s'avança lentement, avec assurance, vers De la Commande.

— De la Commande? appela-t-il de sa force voix. De la Commande? Me reconnais-tu? C'est moi, Galessande.

De la Commande, juché sur la pierre tombale, en un geste surprise, tel un bandit pris en flagrant délit, laissa tomber son arme et leva les bras, les paumes ouvertes, les doigts écartés. Il tremblait tellement que cela en était pitoyable.

— Ne bouge pas. Reste là où tu es, le rassura monsieur De Guise. Il ne t'arrivera rien, Jean-Louis, rien. Tu peux me faire confiance, crois-moi, dit-il en s'approchant de lui avec circonspection.

Nous assistions en silence à ce spectacle déroutant, Amélie et moi, les mains jointes, muets, sur le cui-vive.

Soudain, apercevant une ambulance se garer près de la limousine et voyant des hommes vêtus de blanc en descendre, Jean-Louis fit un bond et courut à toute allure dans le cimetière, enjambant les tombes avec l'agilité d'un désespéré. Des policiers partirent à ses trousses et eurent tôt fait de l'attraper et de le maîtriser. Jean-Louis tomba, comme atteint d'une balle, se recroquevilla par petits soubresauts, la bouche écumante, dans un état comateux.

Il n'y avait vraiment pas de quoi rire. Amélie, assise sur le siège avant de la voiture, observait le déroulement des événements avec incrédulité, les mains cramponnées au tableau de bord, tandis que je faisais comme elle, calé sur la banquette arrière où, depuis mon accident, je me sentais plus en sécurité.

— Ils l'ont attrapé.

— Je vois.

— Ils le couchent sur la civière. Ils l'attachent. Le voilà immobilisé.

— Ils n'ont plus rien à craindre.

— Craindre quoi?

— Le fou, répondit Amélie.

— Regarde, ils ramènent la civière. Viens, allons voir.

Nous nous approchâmes de la scène et vîmes les infirmiers hisser dans l'ambulance la civière sur laquelle reposait le malade entravé. Jean-Louis De la Commande semblait dormir, blanc comme neige. Ses yeux glauques fixaient le ciel immense où il eût peut-être mieux valu qu'il trouvât asile.

L'ambulance et les voitures de police démarrèrent, toutes sirènes hurlantes, troublant la paix et le silence du cimetière.

De loin, monsieur De Guise nous fit signe de venir vers lui près de la tombe de Gontran. La sépulture ne portait aucune trace de brisure malgré l'acharnement du fou. À peine quelques mottes de terre avaient-elles été remuées, dont l'une, grouillante d'insectes, reposait dans le creux de la pelle sans doute trop lourde pour les frêles bras de Jean-Louis De la Commande.

Monsieur De Guise ramassa la pelle et le fusil:

— Allons, dit-il, soulagé, rentrons. Le cirque est terminé.

Nous le suivîmes sans mot dire, en travers les allées qui quadrillaient symétriquement le cimetière, cependant que je me remémorais, par association de mots, l'atmosphère du cirque que Gilles exploitait et qu'il m'avait un jour fait visiter. Odeurs de fritures grasses, orgues de Barbarie et singes savants, fifres et tambours, harangueurs de foule, piétinement des badauds devent un kiosque rempli de babioles futiles, monstres, crosses, acrobates, animaux malades de pitrerie, grande roue, manèges de toutes sortes et l'étourdissement inoubliable, la nausée, le bain de foule, la promiscuité maudite. Non, plus jamais de cirque pour moi, tout au plus les échos lointains de la fête foraine et le cri déchirant de quelques notes d'harmonica qu'un pauvre ivrogne assoiffé tire de son instrument pour apitoyer ses semblables. Qui sait, le mangeur de feu allait-il retourner sa torche vers la foule, le lanceur de couteaux allait-il prendre un spectateur pour cible?

Le monstre génial, le fou illuminé, la laideur sublimée, l'horreur consacrée. Qui tardait à canoniser les rats et à leur ériger un monument? D'autres rats confondus.

Monsieur De Guise eut beau croire que le cirque était terminé, ce ne fut pas le cas, à son grand étonnement et au nôtre, à Amélie et à moi. À peine étions-nous remontés dans la limousine, suivant le chemin de terre qui traversait le cimetière vers l'une ou l'autre sortie, que nous aperçûmes le chanoine Carl Von Youvanhoven, accompagné de son collègue, le chanoine Duhamel, en compagnie d'hommes affairés à creuser la terre. Un fourgon de la morgue municipale était garé à deux pas de la Packard et les chanoines, revêtus de leurs plus beaux atours ecclésiastiques, semblaient à première vue assez hilares pour qu'on puisse en déduire qu'ils avaient déjeuné et bu copieusement.

Monsieur De Guise ralentit, mit le moteur au neutre, abaissa la vitre de la portière et s'adressa aux chanoines:

— Le premier novembre serait-il déjà arrivé, messeigneurs?

— Que non, pas encore, répondit le chanoine mon tuteur en venant vers nous, sa main droite le précédant à l'instar d'un politicien. Quel bon vent vous amène, monsieur De Guise, dans le champ des morts? Bonjour vous deux, enchaîna-t-il à notre adresse, vous faites une balade romantique?

Nous saluâmes de la tête tandis que l'autre chanoine s'approchait pour nous saluer à son tour.

— Romantique n'est pas un mot tout à fait approprié, répondit monsieur De Guise. La scène à laquelle nous venons d'assister était plutôt dramatique.

Et il narra la fugue de Jean-Louis De la Commande et ses péripéties.

— Et vous, messeigneurs, demanda-t-il, moqueur, quel bon vent vous amène dans le champ des morts?

— C'est un secret d'État, répondit le chanoine Duhamel. N'est-ce pas, Carl?

— Mais non! Mais non! rectifia mon tuteur. C'est un secret de polichinelle, un tour de passe-passe.

— Mais encore? insista monsieur De Guise.

Ils nous apprirent qu'ils déterraient la dépouille du frère du chanoine, Son Excellence Alphonse D. Duhamel, ambassadeur, afin de pouvoir incinérer sa dépouille selon ses dernières volontés.

— Mais c'est une aberration! lança monsieur De Guise.

— Allons, ne vous fâchez pas, temporisa mon tuteur. Il faut procéder de manière à ne pas heurter les traditions ecclésiastiques et lui donner une sépulture chrétienne. Il s'agit d'un ambassadeur, convenez-en, mon ami, et qui est le frère d'un grand chanoine. Les apparences lui ont procuré une sainte sépulture. Maintenant, nous ne faisons que notre devoir en respectant ses dernières volontés.

— Je n'en reviens pas! On croirait rêver!

Monsieur De Guise embraya et appuya à fond sur l'accélérateur, nous renversant sur nos sièges, Amélie et moi, sans prendre la peine de saluer ces faux fossoyeurs qui se mirent à courir pour rattraper la limousine, leurs explications se perdant dans le nuage de poussière qui s'élevait derrière nous.

— Non mais, merde! Quels effrontés ces chanoines! Déterrer un mort en cachette pour l'incinérer. J'aurai tout vu, s'indigna monsieur De Guise.

Ambiance et toile de fond dignes de la *commedia dell'arte*. Soudain un chien errant qui lève la patte et pisse sur une pierre tombale. Il n'en fallait pas plus pour qu'Amélie et moi nous esclaffions avec un tel laisser-aller que monsieur De Guise, décontenancé, se joignit à nous.

Heureusement, personne ne fut témoin du retour des trois hilares qui rentrèrent au manoir en se tenant les côtes.

Tante Gabrielle et le médecin de famille nous attendaient, la mine basse. En notre absence, madame De Guise avait fait une seconde chute en descendant l'escalier. Qui ne sait le poids des émotions? Jean qui pleure, Jean qui rit connaît bien la musique qu'il dirige de son imprévisible baguette. Étouffer un rire, partager un chagrin et courir au chevet de madame.

— Ça va bien maintenant, je me sens mieux, nous rassura-t-elle, de sa voix douce.

Monsieur De Guise de l'embrasser, nous d'en faire autant et de nous retirer sur la pointe des pieds pour les laisser seuls en tête-à-tête et surtout pour ne pas attirer l'attention de la mort qui avait donné des signes de sa présence.

Plus tard, chacun chez soi. Avant de me coucher, je relus plusieurs fois l'unique lettre que Laurent m'avait adressée d'Espagne et j'essayai d'y découvrir le sens caché de ses propos. Que voulait-il signifier quand il écrivait:

J'ai enfin découvert l'animal qui est en moi et je me suis mis en accord avec lui, de sorte que je ne suis plus et ne serai jamais plus le même. L'ami, le Laurent que tu as connu, est parfois un oiseau, parfois un dauphin envoûté par la pleine lune quand, certaines nuits, elle se lève sur la Méditerranée et qu'elle trace sur l'eau un chemin scintillant, le chemin de la lune. Aussi, depuis que je partage la vie monacale du señor Del Lagrada, je ne veux plus vivre avec personne d'autre. Je voyage beaucoup avec lui, d'une mer à une autre, mais mon port d'attache est ici, à Malaga, non, tout près, à Benalmadena. Ne m'écris plus, je t'en prie, c'est inutile et je ne vais plus te répondre. Je ne veux plus qu'on m'écrive. J'ai changé de nom. Un jour je partirai pour ne plus revenir. Je désire ce qui n'existe pas. Mon âme est une sardine. Mes adieux aux sédentaires, dont ma mère, mon père, ma sœur. Veille sur eux. Aime ton destin.

Je repliai la lettre en forme d'accordéon. Je la tins entre le pouce et l'index et la regardai intensément. Une chaleur jaillit de mes doigts et la lettre brûla lentement comme du papier d'Arménie, mais sans dégager de parfum.

Triste était mon âme. Je m'endormis en revivant mon accident dans la Packard du chanoine. Cette fois, c'était moi qui tenais le volant.

L es acacias géants qui entouraient le temple de Godefroy furent les derniers arbres à perdre leurs feuilles, alors que tous les autres n'étaient déjà plus que de tristes squelettes se balançant au vent, sans grâce ni sensualité.

Jamais, de mémoire, un automne ne fut ni si long ni si chaud. À la tombée du jour venait le froid, si brutalement qu'il fallait allumer des fagots dans l'immense âtre où les flammes jouaient, se reflétant sur tous les objets vernis qui meublaient la vaste pièce principale, dallée de carreaux de marbre blancs et noirs.

Au-dessus du foyer, Godefroy avait laissé en place les symboles maçonniques chers aux anciens propriétaires, c'est-à-dire le compas et la règle formant un triangle dans lequel était gravée la lettre G, semblable à celle qui symbolisait la compagnie import-export des De Guise. J'en fus intrigué, sans plus, et je portai mon attention sur les pendules, les horloges miniatures et les réveille-matin qui encombraient le manteau de la cheminée.

L'automne paressait si confortablement que Godefroy pouvait encore travailler dehors à la confection d'une clepsydre inspirée de celle qu'il avait déjà vue à Fez, au Maroc.

Courbé sur la citerne alimentée par le ruisseau qui coulait à deux pas du temple, à l'ombre des acacias, il voulait m'expliquer le mécanisme:

— L'eau s'égoutte de la citerne par ici et...

— Je n'y comprends rien, répliquai-je, m'excusant. C'est la première fois que j'entends parler d'une clepsydre.

— Ah! s'énerva-t-il, levant les bras vers le ciel. Il faut que je t'apprenne tout. Monstre d'ignorance! Suis-moi, ordonna-t-il, en se dirigeant vers le temple, une main affectueuse me prenant l'épaule.

Quand nous fûmes dans le temple, il chercha dans la bibliothèque et en retira un volume de l'*Encyclopedia Britannica* et, après en avoir feuilleté les pages et trouvé ce qu'il voulait, il me fit lire à voix haute:

La clepsydre Bou Inania, communément appelée horloge à eau, a été construite par des savants arabes en l'an 1357, durant les années de gloire de la ville de Fez, l'ancienne cité royale. La clepsydre a rythmé pendant cent ans, cinq fois par jour, les heures de prière des fidèles de l'Islam. Mais lorsque la dynastie des Mérinides succéda à la Saadienne et que la capitale fut déplacée de Fez à Marrakech, l'horloge s'arrêta et personne ne sut la remettre en marche. Conçue par les Grecs et les Romains, la clepsydre aurait été perfectionnée par les Arabes aux douzième et treizième siècles. Le mécanisme se composait d'une citerne pleine d'eau qui, en s'égouttant, actionnait une chaîne qui courait derrière, laquelle actionnait à son tour douze petites fenêtres, chacune munie d'un gong sonnant les heures. Donc, à mesure que l'eau s'égouttait de la citerne, le flotteur s'abaissait, activait la chaîne au moyen de poulie et ouvrait les fenêtres. Celles-ci libéraient une bille métallique qui allait frapper le gong de cuivre, qui émettait un son particulier permettant aux gens de savoir l'heure par le son ou, s'il n'avait pas été entendu, par le nombre de fenêtres ouvertes.

— N'est-ce pas extraordinaire? s'écria Godefroy, en refermant le livre qu'il remit dans la bibliothèque. Attends, je vais te montrer mes plans. Si je perce le mystère de ce mécanisme, j'aurai réinventé la clepsydre.

Le concert de cinq heures commença à résonner. Le son du vulgaire klaxon que le chauffeur de monsieur De Guise, toujours impatient, actionnait à tout rompre, interrompit la leçon de mon maître encyclopédiste qui leva la main droite et posa l'index sur ses lèvres:

— Chut! Laisse-le attendre, il est payé pour ça.

Quand le silence vivant de tic-tac et de tic-toc reprit ses droits, Godefroy me pria d'attendre encore un peu, le temps de retrouver les enveloppes blanches que Galessande lui avait confiées à la mort de Gontran et qu'il avait cachées il ne se souvenait plus dans quelle horloge.

— Celle-là, dis-je, désignant une horloge baroque dont le pendule d'or oscillait imperturbablement.

— Galessande m'a téléphoné ce matin et m'a prié de te les remettre, dit-il, me tendant les enveloppes retirées de leur cache.

Je les pris et les rangeai avec soin dans une vieille serviette de cuir usé que m'avait donnée monsieur De Guise. Elle avait appartenu à son père. Elle était donc à mes yeux symbolique. Mon père, mon père?

Je serrai la main de Godefroy:

— Formidable votre projet de construire une clepsydre. Je souhaite que vous réussissiez à réinventer ces fenêtres qui marquent le temps.

— Ce n'est pas tant de réussir qu'il s'agit, mais d'essayer. Réussir ou pas, que m'importe! Faire et laisser braire...

— À mercredi prochain, dis-je.

— Non, à vendredi; mercredi, je dois me rendre dans la métropole chercher un nouveau télescope et rencontrer mon éditeur.

— À vendredi alors, et faites bon voyage.

Puisque mercredi allait être pour moi jour de congé, monsieur De Guise m'invita à l'accompagner chez le premier ministre et chez le monseigneur pour leur remettre les enveloppes qui leur étaient destinées:

— En ta présence, il y a des choses, disons des remarques, que ces hommes s'abstiendront de proférer.

— Vous croyez?

— J'en suis sûr. Ces visites seront pour toi une expérience que tu rangeras dans tes petits tiroirs.

— Si vous le désirez...

— ... Comment donc, si je le désire. Mais libre à toi de ne pas m'accompagner.

— Je serai avec vous, mais que vais-je répondre s'ils m'interrogent?

— Tu répondras comme bon te semblera, sans plus, comme mon propre fils le ferait.

— Vous le savez, monsieur De Guise, je n'ai pas de père.

— Sois le tien, tu t'éviteras des déceptions, répliqua-t-il froidement.

Le chauffeur vint me prendre au début de l'après-midi. J'avais revêtu un complet bleu comme me l'avait suggéré monsieur De Guise, le bleu étant la couleur du parti du premier ministre et la couleur de la Vierge Marie que vénérait monseigneur. Il pleuvait des aiguilles glaciales que le vent semait en tous sens. Le chauffeur tenait le parapluie à deux mains au-dessus de ma tête, me protégeant tant bien que mal de l'averse. Pendant que je prenais place dans la voiture, le chauffeur se disputait avec le parapluie qui refusait de se refermer et c'est trempé comme une guenille qu'il parvint à s'installer derrière le volant, en jurant contre les éléments naturels et son bourgeois qui le faisait travailler par un temps de chien:

— Mieux crever que de servir, grogna-t-il.

Les essuie-glaces oscillaient. Je rétorquai:

— Mieux vaut servir que de crever, si vous apprenez à ne servir que vous-même.

— Je ne vous ai pas adressé la parole, dit-il, amer.

— Conduisez-moi où vous devez me conduire, lui ordonnai-je. Il est dommage que vous crachiez dans la main qui vous nourrit, vous et votre famille, peu importe le temps qu'il fait.

— Je me plaindrai.

— Plaignez-vous.

— Je me plaindrai.

— Libre à vous.

— Mais pour qui vous prenez-vous?

— Pour moi-même.

— Vous n'êtes pas mon maître.

— Je ne le prétends pas. Mais lui attend.

— Qu'il attende.

— Si j'étais lui et que vous me parliez sur ce ton, ce n'est pas dans ma main que vous mangeriez.

Je lui lançai un regard méprisant. Il embraya en maugréant.

Monsieur De Guise attendait impatiemment derrière la porte vitrée du bureau, son feutre à la main, un cigare aux lèvres. Le chauffeur s'arrêta, j'ouvris la portière. D'un bond, à peine atteint par la pluie, monsieur De Guise monta dans la limousine en rouspétant contre le chauffeur qu'il menaça de congédier s'il persistait à toujours être en retard:

— Merde! vous vous payez ma tête? Vous avez une mentalité de concierge. Vite, j'ai un rendez-vous important.

Le chauffeur exécuta les ordres, sans mot dire, se renfrognant. Monsieur De Guise s'installa à côté de moi sur la banquette arrière et me parla du premier ministre, qu'il avait connu au cours de ses études.

De l'eau, des flaques d'eau. Le chauffeur roulait à vive allure, indifférent aux vagues qu'il soulevait, éclaboussant les passants qui devant l'assaut couraient vers un refuge.

— Prenez garde aux piétons, cria monsieur De Guise à son chauffeur, vous ne trouvez pas qu'il pleut suffisamment sans devoir les arroser? Qu'est-ce que je disais? Oui. Toujours premier de classe, il ne fallait pas s'étonner qu'il devienne un jour premier ministre. À l'époque, c'était un garçon espiègle, moqueur, vicieux, malcommode, taquin, sarcastique et frondeur. Il l'est resté.

— Vous étiez amis?

— Jamais! Il me détestait beaucoup trop.

— Pourquoi?

— J'étais un De Guise. Il n'en était pas un. C'est aussi simple que cela. Mais dès l'enfance il essayait d'imiter le comportement des aristocrates. Hélas! il lui manquait l'essentiel pour être un grand homme.

— Quoi donc?

— La noblesse du cœur. Je crois qu'il n'a ni noblesse ni cœur. C'est un hypocrite. Dans le temps, il ne fréquentait jamais les gens d'Église. Depuis qu'il détient le pouvoir, il s'est découvert des dévotions. Étudiant, il lisait tout ce qui lui tombait sous la main, se passionnait de lettres, de philosophie. Aujourd'hui, il n'offre qu'un mépris poli à tous les artistes. Il est fourbe et cache son jeu pour s'allier le peuple. Les murs de sa maison sont couverts de tableaux de grands maîtres. Il possède un tourne-disque importé d'Angleterre, il ne s'en fait pas de plus perfectionné; sa collection de disques est tout simplement étonnante. Peu de gens savent ce que je vais te raconter. Un jour, lorsqu'il était candidat, il s'adressa à mon père, à mes oncles Gontran et Guillaume, et leur exposa ses projets, ses besoins et ses promesses de reconnaissance envers eux et leurs descendants, sans exception, garçons ou filles — mais il a toujours tenu les femmes pour des idiotes auxquelles il n'accorde que trois sorties officielles au cours de leur vie, soit le jour du baptême, du mariage et de l'enterrement. Il leur demandait de consentir à délier leur bourse et à financer le parti politique qu'il voulait fonder. Mes oncles Gontran et Guillaume dirent oui. Mon père refusa sa contribution en vertu du principe que les De Guise devaient se tenir à l'écart des partis et conserver une neutralité inaltérable. J'ai trop peu d'estime pour les hommes politiques et leurs manigances et j'ai toujours souscrit à ce principe, comme mon père, précisa monsieur De Guise avec orgueil, gonflant le torse, se raclant la gorge et rallumant son cigare à moitié consumé. De toute façon, si nous délions les cordons de notre bourse au profit d'un parti politique, avait soutenu mon père, il nous faudrait en toute logique verser autant d'argent aux œuvres de charité. «À l'Église, rectifia le futur premier ministre. Elle seule veille au salut des pauvres. Je ne vous cacherai pas que sans l'appui de l'épiscopat, j'ai bien peu de chances de remporter la victoire.»

Malgré les réticences de mon père, le marché fut conclu et la famille s'engagea verbalement à verser une contribution au parti politique. Comme j'étais l'aîné de la famille, il m'incomba une fois l'an d'aller remettre les enveloppes à qui de droit. Je n'ai jamais su quelle somme elles contenaient, quoique j'imagine, à leur poids, qu'elles renfermaient beaucoup d'argent. Monsieur De Guise soupesa l'une des enveloppes et me la tendit pour que j'en fasse autant, puis il demeura un moment silencieux et songeur.

Je faillis m'endormir, hypnotisé par le va-et-vient des essuie-glaces, le doux ronronnement du moteur et le tambourinement de la pluie sur le toit de la voiture.

— Un dictateur déguisé, oui, un dictateur! Fasciste! Raciste! Xénophobe! s'écria monsieur De Guise, sortant de sa torpeur et me faisant sursauter.

Il frappait son poing droit dans la paume de sa main gauche:

— Il est sans scrupule. Il me déteste!

— Et pourquoi donc? questionnai-je.

— Il s'est juré de tout mettre en œuvre pour qu'Oméga ne se réalise pas. Il me dénonce partout et dit que ce projet est communiste. Il me traite d'anarchiste, d'athée, de gangrène de la société. Sa secrétaire, mademoiselle Roussin, me téléphone chaque semaine pour se plaindre de lui.

Nous étions rendus. Il était temps. Je me sentais fatigué. Ma jambe élançait, engourdie, sillonnée de fourmis.

L e premier ministre louait en permanence une suite dans un hôtel de luxe de la capitale. Il était célibataire par conviction. L'âpreté de la vie politique ne s'accommode pas, argumentait-il, de la dépendance d'une épouse et des contraintes inhérentes au statut matrimonial.

Tableaux de maîtres accrochés aux murs, tentures de velours bleues, meubles de chêne, tapis fleuri, boîte de cigares en argent, carafe à cognac entourée de verres de cristal, sous-main en cuir noir et feutre bleu tacheté d'encre, pot à crayons en porcelaine, lampe en cuivre; poignées de main, éclats de rire sans raison du premier ministre, jovial comme lors de notre première rencontre au bord de la mer intérieure en compagnie de monseigneur.

Voilà ce que je retins de mon entrée dans la pièce où il nous reçut, monsieur De Guise et moi, après que nous y eussions été introduits par sa secrétaire, mademoiselle Roussin, qui faisait également office d'infirmière, d'attachée de presse et de servante. Elle ne me porta aucune attention, toute pâmée de la visite de monsieur De Guise qu'elle affectionnait tant.

Monsieur le premier ministre était vêtu d'un complet trois pièces, la cravate et le mouchoir de poche assortis à la couleur bleue de son parti. Il gesticulait avec aisance, rayonnant de pouvoir; le fauteuil dans lequel il se laissa choir semblait flotter sur un nuage. Quelques mots de politesse. L'enveloppe change de main. Il la soupèse et sourit de béatitude.

— Puis-je? s'enquit-il, plissant les yeux de convoitise.

Ses mains voltigent. Le coupe-papier éventre l'enveloppe.

Surprise! Elle en contient une autre, jaune celle-là. Il la regarde. Ah! elle est scellée de cire rouge dans laquelle est gravé le G des De Guise.

— Tiens, s'étonne-t-il, c'est la première fois qu'il me donne une enveloppe scellée.

Il la fend de sa lame, en retire une épaisse liasse emballée dans une feuille sur laquelle apparaît, écrite d'une main tremblante, la devise: *CHACUN SON TOUR*. Il déplie la feuille et découvre, savamment découpées dans du papier journal, de vulgaires feuilles sans valeur imitant la forme des billes de banque.

Les deux hommes se regardent, consternés, un moment muets, figés d'incrédulité. Le regard du premier ministre prend feu. Celui de monsieur De Guise se voile.

— Mais, c'est du papier journal, s'écria-t-il en colère, lançant à bout de bras les liasses qui s'éparpillèrent tout autour de lui. Est-ce une blague de mauvais goût? Ton oncle se serait-il moqué de moi?

— Je suis aussi surpris que toi, répliqua monsieur De Guise. Mon oncle m'a confié cette enveloppe comme il avait pris l'habitude de le faire par les années passées et il ne m'a rien dit d'autre que de te la remettre.

— Chacun son tour! Chacun son tour! Qu'est-ce qu'il s'est imaginé? Croyait-il que...

Le premier ministre resta bouche bée devant ces mots, troublé et indigné, puis retrouva la parole pour demander à monsieur De Guise:

— Que signifie ce *CHACUN SON TOUR*? Tu dois bien le savoir, Galessande?

— Évidemment.

— Qu'est-ce que ça veut dire, nom d'un chien? Que mon tour a passé?

— Tu devrais te remettre à l'étude de l'histoire de France, répliqua monsieur De Guise, sur un ton sarcastique.

— Je me fiche de l'histoire de France. Je fais la mienne et, De Guise ou pas, que le diable vous emporte tous, je vais demeurer au pouvoir et je te jure, Galessande, que je ne terminerai pas ma vie la tête sous un couperet ou obligé comme ceux de ta race maudite de prendre le chemin de l'exil. Un jour, j'aurai ma statue sur la place publique.

Monsieur De Guise fit la sourde oreille à cet éclat, resta calmement assis, comme au théâtre, un personnage sans droit de réplique, laissant le premier ministre monologuer. Puis sa dernière phrase vint sonner le glas du rendez-vous:

— Sache, Galessande, que très bientôt ce sera ton tour. Salut!

Nous nous levâmes, monsieur De Guise et moi. Le premier ministre se tourna, croisant les bras derrière le dos, et regarda par la fenêtre sans ajouter un seul mot.

— Je n'y suis pour rien. Mon oncle disposait de son argent comme il l'entendait, sans me consulter, tu le sais, se justifia monsieur De Guise, mal à l aise.

— Tu pourrais suivre son exemple.

— Comment veux-tu? Il ne nous a légué qu'une mer de dettes dans laquelle je surnage. Tu peux toujours t'adresser à tes amis banquiers, ils t'ont toujours épaulé, que je sache.

— Jamais autant que ta famille, sur laquelle je croyais pouvoir compter.

— Le vent a tourné.

— Attention à la tempête! s'écria le premier ministre, tout blême, en se retournant vers nous, nous foudroyant de son regard comme un sorcier prêt à nous jeter un mauvais sort. Attention à la foudre, surtout! Qui sait où et quand elle frappe?

— Je connais la tempête.

— Tu ne connais pas ma colère.

Ils s'injuriaient soudain, comme deux collégiens, et semblaient y trouver un plaisir malin.

— Tu n'es plus qu'un gros rat gras rôti dans la graisse.

— Mieux vaut un rat dans la graisse, répliqua le premier ministre, qu'une guenille imbibée d'alcool.

— Mais tu ne te vois donc pas! Ce n'est plus du sang qui coule dans tes veines, c'est du cognac.

— C'est mieux que du sang bleu.

— De la même couleur que ton parti, n'oublie pas.

Je m'éclipsai, là-dessus, gêné, embarrassé par le spectacle inattendu de ces deux hommes qui, déchaînant leur colère, en perdaient leur dignité.

Mademoiselle Roussin se tenait derrière la porte que je venais d'ouvrir. Elle la referma calmement:

— Laissons-les. J'ai l'habitude. Dans quelques minutes, ils retrouveront leur calme. Le malheur est qu'ils se ressemblent à plusieurs points de vue. L'idéal aurait été que monsieur De Guise soit premier ministre et que ce dernier...

Elle ne termina pas sa phrase, me regarda droit dans les yeux et me demanda:

— À qui ai-je l'honneur?

— Jacques Molay, mademoiselle.

— Monsieur De Guise m'a beaucoup parlé de vous.

— Et à moi de vous.

— Nous nous connaissons donc par personne interposée.

— C'est mal nous connaître, répliquai-je.

Elle me sourit gentiment. Sur ce sourire, je pris congé d'elle et allai me réfugier dans la voiture où monsieur De Guise vint me rejoindre quelques minutes plus tard. Il était survolté, aussi indifférent au chauffeur qu'à moi, absent à lui-même, comme accablé par un poids invisible qui lui courbait les épaules où il se rentra la tête comme une tortue dans sa carapace.

Le chemin du retour ne fut pas comme celui de l'aller. Il ne pleuvait plus. Le froid s'était imposé. Le verglas régnait en maître. La ville se couvrait de cristal. Les branches des arbres craquaient sinistrement. Godefroy devait apprécier ce concert en contemplant le paysage au sud-ouest des tours habillées de givre. L'hiver précoce venait d'entrer par la porte du nord, sans prévenir.

Sachant ce qu'il savait, monsieur De Guise s'évita une querelle avec le monseigneur et, comme ce genre de colis devait être livré de main à main, il me chargea de la tâche, que j'acceptai sans me faire tirer l'oreille, plutôt curieux de voir quelles seraient les réactions de monseigneur lorsqu'il ouvrirait l'enveloppe et quelles questions il ne manquerait pas de me poser du haut de sa grandeur épiscopale.

Hélas! Amélie refusa de m'accompagner:

— Qu'est-ce que tu crois? Chaque fois que je le rencontre, il me pince la joue si fort que j'en garde la marque des jours et des jours.

— Mais tu seras avec moi, il n'osera pas.

— Même si tu es là, il ne se gênera pas. Je le connais, c'est un sadique.

— Puisque je te le dis, en ma présence, il gardera ses distances dès que je l'aurai fixé dans le blanc des yeux.

— Je ne prends pas le risque.

C'est ainsi que j'allai seul, par un frileux après-midi de novembre, lentement, à pieds puisque le chauffeur était occupé, vers l'archevêché sis à quelques pas de la cathédrale, face au parc où il n'y avait plus de vie, les oiseaux s'étant envolés vers des contrées plus chaudes.

Les rares personnes que je rencontrai couraient plus qu'elles ne marchaient, se protégeant d'un froid qui mordait.

Une religieuse vint m'ouvrir. Je me présentai. Monseigneur avait été prévenu de ma visite par monsieur De Guise et m'attendait. Je la suivis, instantanément envahi par des odeurs identiques à celles du Pensionnat des Filles de l'enfance, celles qu'exhalent les vêtements mal aérés, les planchers astiqués de cire camphrée et d'encens incrusté dans les moindres recoins d'un long couloir dont les murs étaient tapissés de portraits d'évêques, de chanoines et de saintes figures. Posées sur des colonnes, à intervalles réguliers, des fougères montaient la garde comme des sentinelles.

Un roulement de tambour? Non, une illusion. Quelque chose se passait en moi. J'avais l'impression de vivre une fois encore dans la peau d'un autre. Quand la religieuse ouvrit les portes du salon où se trouvait monseigneur assis devant la cheminée, j'eus l'impression de me trouver dans un autre temps, devant un pape tenant à la main une bourse de cuir bourrée de pièces d'or plutôt qu'une enveloppe.

— Jacques Molay? s'enquit une voix nasillarde. Je vous attendais.

Monseigneur quitta son fauteuil et vint solennellement vers moi; tandis que les portes se refermaient derrière nous, il me tendit son anneau serti d'un énorme rubis que, selon la coutume, je devais baiser en m'agenouillant. Je n'en fis rien. Regardant l'homme dans le fond des yeux, je le saluai en levant le bras, la paume de la main ouverte.

— Donnez-vous la peine de vous asseoir, vous semblez engourdi de froid. Peut-être apprécieriez-vous une tasse de thé? m'offrit-il, décontenancé, ne sachant où mettre ses mains.

— Je vous remercie. Je ne bois jamais de thé.

— Une tisane, alors? Vous n'avez qu'à demander.
— Merci.
— Assoyez-vous, près de la cheminée.
Je m'empressai de lui tendre l'enveloppe:
— Monsieur De Guise m'a chargé de vous la remettre de main à main.

L'enveloppe tomba dans sa main comme par enchantement. Il la soupesa, la caressa du bout des doigts, lent à l'ouvrir, contrairement au premier ministre, prenant l'air de qui est détaché des biens de ce monde.

— J'ai appris, monsieur Molay, par votre tuteur, le chanoine Von Youvanhoven, que vous aviez été exempté par lui-même de poursuivre vos études dans une de nos institutions de haut savoir, à l'encontre des jeunes gens de votre âge, et que vous avez comme protecteur Godefroy De Guise.

— En effet.

— Sachez que je n'ai jamais donné mon assentiment...

«Ne lui réponds pas», me souffla une voix intérieure. «Laisse-le parler.»

— Je ne crois pas que cela soit dans l'intérêt de votre formation générale. De plus, vous vous privez de l'entourage bénéfique de maîtres aux connaissances multiples, tandis qu'avec monsieur Godefroy vous vous marginalisez vous-même. Et je ne parle pas de l'appauvrissement certain qui résultera de l'absence de fréquentation d'autres élèves, d'amis peut-être. Je vous fais sourire? Vous ne devriez pas. Ce que je vous dis est très grave. Vous en conviendrez un jour.

Ce qu'il parla, en tapotant l'enveloppe qu'il ne se décidait pas à ouvrir. J'entendais d'autres voix que la sienne. L'une disait:

Celui qui sait où est l'or, le véritable alchimiste, le vrai sorcier, c'est le Lombard. À mes yeux je tiens entre mes mains l'enveloppe d'un Shylock et non celle de Jacob.

Voilà, j'y étais, je redevenais l'autre Molay. Qui me parlait? Philippe, le roi? Boniface, le pape? Qui encore? Une voix insinuait: «Godefroy De Guise est franc-maçon.» Une autre répliquait: «Bien après la ruine des templiers, la tradition du Temple subsistera dans les enseignements d'une foule de sociétés secrètes.»

Monseigneur allait-il enfin se décider à décacheter l'enveloppe afin que je puisse constater si son contenu était identique à celle du premier ministre? Vite que je prenne congé de lui et de ces voix qui me harcelaient.

Enfin, il l'ouvre à l'aide d'une dague en or sertie de pierres précieuses. La lame s'insinue dans le coin, tranche à vif. Oui, il y a une seconde enveloppe, jaune. Le sceau Ġ y est. Elle ne contient que du papier journal et la devise inscrite en lettres rouges.

— *CHACUN SON TOUR*, lut-il, les lèvres tremblantes, avalant les mots un à un, manipulant la liasse de papiers sans valeur. Est-ce bien l'enveloppe que vous a remis monsieur De Guise? Vous ne l'auriez pas substituée à une autre?

— Vous m'insultez, monseigneur, répondis-je. J'étais témoin quand Gontran a remis cette enveloppe à Galessande. C'est celle que je viens de vous remettre. Permettez que je m'en aille. Je ne suis qu'un messager.

Je pris ma canne et sortis sans me retourner, indifférent aux remarques désobligeantes que j'entendais, mais je prononçai violemment des mots qui sortaient involontairement de ma bouche:

— *CHACUN SON TOUR!* Oui, monseigneur, l'Église tuera l'Église. La Colombe se percera le cœur d'un coup de bec. *CHACUN SON TOUR!* Monseigneur.

Je ressentais sur mes épaules le poids d'un énorme manteau blanc, ma canne s'était changée en épée et, derrière moi, il y avait des inquisiteurs et cette voix nasillarde de monseigneur qui vociférait:

— Aucune institution, aucune société, aucune secte, aucune religion fût-elle une, sainte, catholique et romaine ne peut subsister sans argent. Vous direz à monsieur De Guise que, du haut de toutes les chaires de toutes les églises...

Je crus entendre le mot *anathème* en ouvrant la porte de l'archevêché et je me précipitai aussi vite que je pus dans la rue. Un coup de froid me saisit et je redevins le fils de personne, bâtard claudicant, héritier d'un nom lourd de sens, maître d'un temple si petit qu'il ne faisait pas d'ombre en mon âme.

Je ne me souviens pas du chemin que je pris pour retourner au manoir. Je me rappelle m'être assis sur la voie ferrée croisée en cours de route et d'avoir attendu, ruisselant de larmes, qu'un train passe à toute allure et me tue.

La Lune se levait au loin dans le croisement des rails. Je la regardai attentivement, épousant le lent trajet de la Terre en mouvement, et je compris que l'espérance était inquiète. Je crus entendre, portés par le vent, les carillons endiablés des horloges de Godefroy. On m'attendait. On s'inquiétait peut-être.

D e grosses bûches se consumaient dans l'âtre. Assis sur une chaise droite, près de la grande table recouverte de feutre vert sur laquelle traînaient des livres, des revues, une vieille machine à écrire, des cendriers, des pots de crayons et des paquets de cigarettes ouverts dans lesquels il pigeait pour en allumer une nouvelle à même son mégot, Godefroy feuilletait, l'air contrarié, des journaux français achetés lors de sa visite dans la métropole.

— Ils ressassent tous les mêmes nouvelles, se plaignait-il.

Comme il était de mauvaise humeur, j'évitai de lui répondre, me contentant de le regarder tourner les pages en mâchant un *chewing-gum* inexistant. Quand il eut terminé sa lecture, il alla se laver les mains tachées d'encre et revint, tout joyeux, avec son nouveau télescope:

— Il est magnifique, d'une grande précision. Si tu veux, un soir, tu resteras à dîner et nous regarderons la Voie lactée ensemble. Tu pourras dormir sur le divan.

— J'aimerais.

— T'ai-je dit que mon éditeur refuse de publier mon dernier livre?

— Non. Et pourquoi?

— Il craint les foudres de l'Église et les réactions du Gouvernement.

— Mais qu'y a-t-il dans ce livre?

— C'est un essai que j'ai intitulé *Comme un chevalier sans cheval*.

— Ah! je croyais que vous étiez poète.

— Ce livre est autre chose, et qu'on refuse de le publier m'affecte beaucoup. Je me sens, non pas dans une tour d'ivoire, mais dans un vase clos dont le couvercle interdit l'écho de ma voix. Je crie comme j'écris, personne ne m'entendra. Ah! je sais, la iberté a perdu ses ailes. Il n'y en a, de nos jours, que pour le progrès économique, la construction, le béton, l'asphalte, la consommation et le boom de l'après-guerre pour préparer les autres guerres. Oh! Gœthe, mon ami Gœthe, sois témoin qu'il n'y a guère ici de place pour la pensée, la culture. Quelle pensée? Quelle culture? Nous sommes repliés sur nous-mêmes à en être malades. Une tribu, voilà ce que nous sommes, parmi tant d'autres, excluant la valeur intrinsèque des autres et tous les avantages que nous pourrions en retirer. Voilà! ce sont quelques-uns des thèmes de mon livre. Oui, ajouta-t-il, en prenant le manuscrit déposé sur la table et en l'envoyant rebondir près de la cheminée, nous dormons dans le giron de l'Église visible, mais aussi de l'invisible, celle-là qui se camoufle sous des dehors de laïcité pour bâillonner tout espoir de renaissance. Nous ramenons tout à nous en nous réduisant nous-mêmes, trop pauvres pour nous instruire, trop pauvres d'histoire, engourdis dans l'ignorance, la suffisance et l'oubli. Tais-toi, Godefroy De Guise, voilà ce que je dois constamment me redire, conscient que nous glissons collectivement dans l'ignorance infuse et sûre d'elle. Nous célébrerons bientôt le culte de la médiocrité, la pyramide sera renversée, nous élèverons des statues et des monuments à la gloire de ceux-là mêmes qui auront tout réduit au plus petit dénominateur commun. Il vaut mieux que je me taise. J'ai presque honte de mon pessimisme. Pardonne-moi, Jacques. C'est ainsi.

Il disparut dans la cuisine. Je l'entendis se verser à boire et se battre avec les glaçons qui ne voulaient pas quitter leur casier. Il revint, portant deux verres en les agitant, et me regarda tristement:

— Je crois que je n'ai plus rien à t'apprendre. Je t'ai donné le nécessaire. Le surplus viendra de toi ou des autres. Je t'ai donné le nécessaire. Bon! il faut que je te dise ce que je pense quand je pense à toi. Tu vas demander à mon frère, Galessande, et à ton tuteur, le chanoine, qu'ils te laissent partir. Il importe que tu partes. Il faut que tu ailles ailleurs apprendre autre chose, la vie, n'importe quoi. Ici, tu risques de devenir, en peu de temps, aussi cinglé que moi, à collectionner des babioles, à t'attacher à de vieilles clés, à des bougeoirs ou que sais-je encore, et tu deviendras la copie conforme du maître que j'ai essayé d'être. Ce n'est pas bon pour toi.

— Mais...

— Il n'y a pas de mais. Je sais de quoi je parle. Tu es jeune, profite de ta jeunesse. Quand tu auras tout appris, tout vu, tout connu, tout lu et essayé de tout vivre, tu pourras te permettre d'être sage et vieux. Regarde-moi. Je suis un vieillard prématuré.

— Vous exagérez.

— Pas du tout. Je suis lucide. Il y a en moi usure, fatigue, lassitude et renoncement. Regarde-moi. Ce que tu vois, ce ne sont que des rides apparentes, les autres sont invisibles, intérieures, dans mon âme, si âme j'ai.

— Je parlerai à monsieur De Guise et au chanoine, répondis-je, bouleversé.

— Je leur glisserai un mot, moi aussi. Je saurai les convaincre.

Il s'efforça de sourire. Quel diamant perdu dans le désert! Je vis dans ses yeux la langueur, la mélancolie, mais, plus triste encore, la petite mèche de sa bougie intérieure éteinte et noire.

Le chauffeur klaxonna, précédant cette fois les carillons de cinq heures. Godefroy posa sa main sur mon épaule:

— Si tu atteins le sommet de tes espérances, n'en redescends jamais. L'horreur est en bas dans les mains des barbares. La médiocrité n'escalade pas les montagnes, elle rampe parmi ceux qui s'y complaisent et imposent leur dictature par leur nombre toujours croissant. Le monde bascule dans le silence des intellectuels apeurés. Dans mon temps, au collège, dans la salle de gymnastique, il y avait une affiche sur laquelle quelqu'un avait écrit: «Un intellectuel assis ne vaut pas une brute debout.» Salut, Jacques.

Ding! Dong! Coucou! chantèrent les horloges en guise d'adieu.

A mélie interpréta l'*Étude numéro 1* (op. 10) de Chopin. À mon tour de jouer (op. 25): monsieur De Guise se fit prier pour se joindre à nous, mais il préféra Liszt. Quelques fausses notes n'ombragèrent pas notre joie. Madame De Guise écoutait en compagnie de tante Gabrielle, chacune assise dans son fauteuil à oreilles, face à la cheminée étincelante. Le bien-être avait un sens. Les bûches deviendraient cendres.

La nuit venue, sagement assis sur le bord du lit d'Amélie, je lui répétai ce que m'avait dit Godefroy et ce que j'en pensais, mais je me gardai de lui confier qu'il y avait un empêchement majeur.

Elle l'avait deviné:

— Si tu pars, je te suis où que tu ailles. Si ce que Godefroy dit est bon pour toi, c'est bon aussi pour moi. Nous irons ailleurs apprendre autre chose, découvrir le monde. Nous voyagerons en avion, en bateau, en train, peu importe, à pieds s'il le faut.

— Tu sais bien, dis-je, que c'est impossible. Tes parents ne te laisseront jamais partir. Ils n'ont plus que toi.

— Tu pars, je pars. C'est une tradition chez nous, presque toutes mes tantes et tous mes oncles, un matin, ont bouclé leurs valises.

— Ils étaient plus âgés.

— Que tu penses! Godefroy n'avait pas dix-huit ans. Il n'y a pas d'âge pour voyager, il n'y en a pas pour quoi que ce soit dès qu'on atteint l'âge de raison.

— Mon tuteur me laissera partir, mais jamais s'il apprend que tu m'accompagnes.

— Tu n'as pas à le lui dire. Ça ne le concerne pas. Moi, je n'ai aucune permission à lui demander.

Il fut convenu, parole d'honneur, que nous partirions ensemble. Et à preuve, nous partîmes sur-le-champ, cartes étalées sur le lit, brûlants de rêves.

— Si nous reprenions le chemin des croisades? suggérai-je, lui expliquant mes motivations, lui racontant tout ce que je savais de l'Ordre et de l'histoire des templiers.

— Nous irons là où est ton Molay.

— En Franche-Comté.

— C'est ici, là, sur la carte. Nous irons si tu crois y trouver ton compte. Mais nous descendrons dans le sud après. Je veux voir Marseille, Toulouse, la Côte d'Azur. Je veux tout voir, là où il fait presque toujours beau.

— Nous visiterons les châteaux de la Loire.

— Les musées.

— Les monuments.

— Nous verrons tout ce qu'il faut voir.

— Et nous ne reviendrons plus, dit-elle, extasiée par les promesses de ce voyage.

— Qui sait!

Nous étions prisonniers d'un projet. Ne restait plus qu'à planifier notre évasion et à scier, un à un, les barreaux qui nous séparaient d'une nouvelle liberté, car celle que nous avions s'était singulièrement rétrécie devant les cartes géographiques.

Ma folle passion pour Amélie! Mais une voix me répétait inlassablement à l'oreille:

N'oublie pas la règle, *Fieri del Templio*, le péril et l'abstinence. Quoi que tu fasses, sois seul témoin et seul juge de ta cause. Sans famille tu es, sans famille tu resteras, sans génération charnelle. Donne à la chair les plaisirs qu'elle réclame, mais ne touche pas à celle qui te donnera une joie dont elle tissera son emprise et ta souffrance.

Et je m'arrachai à ma passion, par peur, pour ne pas mourir en elle et perdre à jamais l'amour, le pur amour de mon Amélie.

L e lundi venu, comme d'habitude, le chauffeur me laissa devant la porte du temple de Godefroy. Malgré qu'il ait prétendu ne plus rien avoir à m'apprendre, je ne connaissais pas encore les limites de son savoir et je n'avais pas découvert tous les trésors de sa bibliothèque. Je frappai quelques coups de heurtoir sur la porte. Comme on ne me répondait pas, je regardai à l'intérieur par une des fenêtres à carreaux. Personne en vue. Je revins sur mes pas et j'abaissai la clenche de la porte qui n'était pas verrouillée, car elle s'ouvrit sans effort. J'entrai. Il faisait aussi froid dedans que dehors. Un silence inhabituel. Toutes les horloges étaient muettes, leurs aiguilles immobilisées après le grand concert nocturne, si cher à Godefroy. J'éprouvai un profond malaise, les battements de mon cœur s'affolaient. J'appelai, en vain, déduisant, pour apaiser mes appréhensions, que Godefroy devait s'être absenté un instant. Sa vieille voiture étant garée au même endroit, près de la corde de bois, il était donc en train de se promener dans les parages comme il le faisait tous les jours, beau temps mauvais temps, en toute saison, ramassant les feuilles mortes, les insectes, les cailloux, les fleurs sauvages ou les fagots.

Je pris soin de fermer les fenêtres qui étaient restées ouvertes, j'allumai un feu dans la cheminée et un autre dans le poêle de la cuisine dont la porte battait au vent. Je la fermai, ne comprenant pas que Godefroy eût pu quitter les lieux avec une telle insouciance, par un froid pareil. Quand la chaleur fit sentir enfin ses bienfaits, je montai à l'étage et inspectai l'immense grenier qui lui servait de chambre, l'appelant faiblement au cas où il se serait endormi épuisé par un long week-end de recherches, de travaux ou d'ivresse. Le désordre en imposait au silence. Le lit était défait. Une lampe de chevet veillait encore. Sur la table de nuit, un cendrier débordant de mégots, de paquets de cigarettes ouverts, de verres et de bouteilles vides. Autour du lit, des livres, des journaux et des vêtements traînaient épars. Je redescendis péniblement, à reculons, l'escalier sans rampe, m'appuyant aux pierres froides du mur. Je retournai à la cuisine vérifier l'état du poêle, j'inventoriai la pièce bordélique et déduisis que la demoiselle qui avait un visage de lune ne lui avait pas rendu visite au cours de la fin de semaine, car elle se chargeait ordinairement de tout ranger et de remettre de l'ordre dans le temple chaque fois qu'elle venait.

Une forte impression me frappa. Je fermai les yeux, me concentrai, et je vis Godefroy, mon ami, mon maître, tel que j'allais le revoir quelques instants plus tard, couché sur le sol glacial, enroulé dans un épaisse couverture de laine blanche, recroquevillé sur lui-même, comme un fœtus, au pied d'un des acacias qui ne projetaient plus que l'ombre de leurs branches dénudées.

Je sortis, le cœur serré, vérifier l'exactitude de cette vision en faisant précautionneusement le tour des acacias, espérant m'être trompé. Hélas! il était là, comme je l'avais pressenti. Ses lunettes avaient roulé par terre, inutiles. Son visage était blanc comme drap, si paisible, presque souriant. On aurait dit un enfant émerveillé de dormir dans les bras chaleureux du silence éternel.

Le chagrin était de retour, à rendre malade, mais il ne faisait pas que passer, il s'était installé, en intrus, à demeure, à la table même des De Guise.

Godefroy n'avait pas seulement fait un saut dans la métropole pour rapporter un télescope, un manuscrit refusé, mais aussi le constat médical d'un spécialiste ami qui avait jugé bon de lui dire la vérité. Godefroy avait laissé un mot. À l'époque on qualifiait certaines maladies de honteuses. Ceux qui en étaient atteints souffraient le martyre en perdant toute dignité humaine. Ce sort n'allait pas être celui de Godefroy De Guise. Mieux valait en finir en douceur et en beauté, à charge de personne, à charge de mort. Et mort, les notables allaient pouvoir s'en prévaloir et se vanter d'avoir abrité un grand poète et lui conférer un talent génial. Chacun son Rimbaud! Les élèves de toutes les écoles allaient désormais, au cours de deux générations, apprendre par cœur:

C'était une rétine embourbée dans l'or noir, qui pour illuminer son austère entonnoir, déglutinait le jus d'un serpent factotum, en fumant le bambou d'une angoisse néon...

Puis ils passeraient à d'autres apprentissages, l'histoire et les humanités cédant la place à des spécialités plus urgentes et combien plus rentables, certains de réussir là où d'autres avaient échoué, c est-à-dire achever la construction de la tour de Babel. Les fous prétendent que la folie n'existe pas et excluent de leur clan ceux qui revendiquent le droit à la différence. Heureux Godefroy! il n'entendit jamais plus leurs hurlements cacophoniques.

Pauvre Galessande! Quelle tristesse à partager avec nous, madame, tante Gabrielle, Amélie et moi, chacun à sa façon, dans le même silence. La mort n'est-elle pas le summum du non-dit?

M on tuteur me reçut chez lui, un dimanche midi, après la célébration de la messe à laquelle il ne m'obligea pas à assister.

Si, de la demeure de Godefroy nous disions qu'elle était le temple, il aurait été plus approprié de comparer la demeure du chanoine à un musée: vases précieux, tableaux, tapis, bibelots, livres reliés, tapisseries, souvenirs de voyages, icônes, statues de marbre, chandeliers sur pied, velours, soie, fourrures; les trésors accumulés et disposés en une harmonie parfaite... Là tout n'est qu'ordre et beauté, luxe, calme et volupté.

J'attendis dans le salon, écoutant la belle voix de mon tuteur accompagner celle d'un haute-contre qui chantait angéliquement: «*Vergnügte Ruh' bilibte Seelenlust*».

Il apparut descendant l'escalier, battant la mesure de sa main droite, vêtu d'une chemise blanche tout à fait romantique et d'un pantalon de velours blanc, les pieds chaussés de mules de même couleur sur lesquelles apparaissaient, brodée de fils d'or, la croix de l'Ordre. Il tenait dans la main gauche la partition de l'œuvre.

Il descendit théâtralement, les cheveux blancs, le teint rose, chemise ouverte d'où surgissaient quelques poils vieillissants. Rien d'un chanoine, rien d'autre que lui-même. Mais qui est-il? Il posa la main sur la rampe ouvragée, me vit, me sourit en chantant, me salua d'un signe de tête:

— N'est-ce pas divin, monsieur le comte, ce que vous venez d'entendre? Je vous souhaite la bienvenue. Il était temps, ne croyez-vous pas, que nous déjeunions en tête-à-tête?

Je m'étais levé, m'appuyant sur ma canne, et m'étais avancé vers lui pour lui tendre la main, mais il posa la sienne sur mon épaule en m'invitant à me rasseoir, ce que je fis en grimaçant, la douleur s'étant mise à mordre dans mon ancienne plaie.

— Je crois que votre jambe vous fait souffrir, n'est-ce pas?

— Ce n'est que passager.

— Tant mieux, j'ai horreur de la souffrance. Je ne la tolère pas. Demandez à votre médecin qu'il vous prescrive de la codéine. C'est un médicament très efficace. Puis-je vous offrir un rosaire? demanda-t-il en riant.

— Un rosaire? m'étonnai-je.

— Oui, c'est délicieux, vous verrez. Une concoction divine. Une larme de cassis, deux ou trois d'alcool de framboise, et du champagne rosé. Nous serons aux anges.

Il appela de sa voix forte, enterrant celle du haute-contre qui continuait de chanter la cantate de Bach et un jeune Asiatique apparut portant un plateau d'argent chargé de verres et de bouteilles qu'il déposa sur une table en marbre blanc dont la surface portait les traces des lettres *HIRAM*, usées par le temps.

— Allez chercher votre frère et votre mère, ordonna-t-il au jeune homme qui salua en se courbant, s'empressant de répondre au désir du chanoine. Je vais vous présenter, me dit-il, paternaliste, le personnel de la maison, tout en composant lui-même la mixture du rosaire dans des flûtes en cristal.

— Je les ai adoptés au cours d'un voyage, dans des circonstances troubles. Madame Jingdi est une veuve avec charge de deux fils...

Il ne continua pas sa phrase, car la petite famille venait de faire son entrée dans la pièce. La bouteille de champagne à la main, il annonça solennellement, me faisant signe de rester assis:

— Je vous présente mon protégé, monsieur Jacques Molay.

Puis se tournant vers moi, il ajouta:

— Madame Jingdi et ses deux fils, à droite Mong et à gauche Souen. Je crois que vous aurez l'occasion de vous revoir au cours des années à venir. Bien entendu, je vous demande de manifester envers Jacques le même attachement, la même loyauté et la même fidélité que vous avez envers moi.

Madame Jingdi, imitée par ses fils, vint embrasser la main du chanoine et ils voulurent répéter le manège avec moi, mais je m'étais levé et je leur tendis la main, souriant, embarrassé par tant de déférence:

— Je suis ravi, dis-je, de faire votre connaissance, répétant les mots d'une formule dépourvue de sens, *ravi* n'étant pas le mot approprié.

Étonné, aurais-je dû dire, en me courbant pour les saluer à leur manière.

Les courbettes gracieuses étant faites, la famille se retira sans bruit et nous entrechoquâmes nos flûtes:

— Des amours! Comme ma famille! *Tchin-tchin!* À la bonne vôtre, monsieur le comte.

— À l'avenir, monsieur, répondis-je, tandis qu'il vidait la moitié de son verre. Mais pourquoi donc me donnez-vous du «monsieur le comte»? osai-je enfin lui demander.

— Pour mon plaisir, s'esclaffa-t-il. Je vous dirais d'ailleurs les autres raisons que vous n'y comprendriez rien. Disons, si cela peut satisfaire votre curiosité, disons... Vous êtes-vous déjà regardé attentivement dans une glace?

— Évidemment!

— Vous n'avez rien remarqué?

— Si. Il y a longtemps, mais il m'a semblé que l'image que le miroir me renvoyait ne correspondait pas à celle que j'avais de moi.

— À la bonne heure! C'est exactement ce qui m'arrive, je ne peux me voir en chanoine, en colonel ou en ambassadeur... Me regarder, quoi qu'on en pense, m'intimide, car je ne vois en moi-même sans prétention, qu'un caméléon. Mais vous regardant, vous, depuis toujours, je vois le fantôme d'un comte, l'ombre d'un autre.

Il vida son verre d'un trait, le remplit de nouveau, et nous passâmes dans la salle à manger luxueuse, avec sa grande table, ses bahuts, ses fauteuils Henri de je ne sais plus quel numéro royal, ses tentures et tout ce bleu apaisant. Sur la table attendaient œufs farcis au caviar, langoustes au safran, gigot d'agneau à la menthe, gratin dauphinois, flageolets à l'ail, salade de clémentines et fromages. Et le vin coula dans des calices en argent martelé dont les coupes étaient incrustées d'or. L'ivresse vint. Quelle fête! Nous nous entendions à merveille en nous découvrant des affinités, mais quel ne fut pas mon étonnement lorsqu'il déclara:

— Molay, il faut que vous partiez ailleurs apprendre autre chose car ici, vous allez devenir en peu de temps aussi cinglé que moi, à collectionner des babioles. Comme vous voyez, la maison en déborde.

— Mais...

— Il n'y a pas de mais. Je sais de quoi je parle. Vous êtes jeune, profitez-en. Partez.

— Mais, répétai-je, c'est exactement la raison pour laquelle je vous ai demandé ce rendez-vous.

— Je le savais déjà. Qu'est-ce que vous croyez?

— Qui vous l'a dit?

— Quelle importance? De gré ou de force, vous embarquerez sur le prochain bateau en partance, peu importe où vous conduira son capitaine.

Il était euphorique et bavard:

— Je vous mets en garde contre la dictature de la médiocrité qui ravale tout au plus petit dénominateur commun et se prévaut du nombre pour imposer ses règles et ses usages. Je vous supplie d'éviter, partout où vous irez, les opinions toutes faites. Je vous invite à sculpter votre propre existence. Vous n'avez qu'une vie à vivre, vivez-la en restant libre. Ne vous joignez jamais à un club, à une union, à un groupe, quel qu'il soit, encore moins à une université. Restez sceptique, cynique s'il le faut, voilà une arme défensive contre les systèmes. Je professe la religion de l'esthétisme avant toute autre. Je vous invite à suivre mon exemple même si on vous le reprochait et que la raison soit une passion qui transcende le désespoir inhérent à votre intelligence. Rappelez-vous, tous les jours, que vous êtes mortel et vous aurez mille raisons de bonifier chaque seconde de votre vie.

J'étais sidéré d'entendre mon tuteur tenir de tels propos. Je me serais cru en présence de Godefroy. Quoi? Deux hommes aussi différents tenaient le même langage! Et, comme Godefroy, il enchaîna:

— Si vous ne trouvez pas d'interlocuteurs valables, eh bien! parlez-vous à vous-même, peignez, écrivez, jouez du piano, appelez à votre secours les livres des grands maîtres, ils vous répondront par leur voix immortelle. Attendez-moi un instant, je reviens.

Il se leva, me laissant seul au salon devant une tasse de café vide et un ballon de cognac. Il gravit les marches de l'escalier avec une élégance féline et, soudain, j'éprouvai envers lui une affection filiale. Mon tuteur, Carl Von Youvanhoven, mon chanoine, mon colonel, mon ambassadeur, mon cabotin, mon caméléon se révélait homme de cœur et de raison. Il revint quelques instants plus tard, redescendit l'escalier avec la même grâce, en tenant des enveloppes dans la main. Il se rassit, déposa les enveloppes sur la table, reprit son verre de cognac qu'il agita d'un air songeur et grave:

— Voici trois enveloppes. L'une est pour vous. Elle contient votre passeport, des lettres de références et des billets de banque. Je vous demande d'être prudent, de ne pas étaler cet argent; des malfaiteurs pourraient avoir meilleure vue que vous. Dépensez intelligemment, je veux dire n'achetez rien d'inutile et d'encombrant. Vous avez de quoi vivre largement plus d'une année et si vos fonds venaient à manquer, vous m'enverrez un S.O.S. par télégramme. Voici la deuxième enveloppe. Vous la remettrez de main à main à monsieur Isaac Swartcheller, à la Golden Bank, la banque G, comme on le dit à Zurich. C'est un ami. La troisième enveloppe est destinée à maître Igor Fondherhund, un autre ami qui se mettra à votre service, quoi qu'il advienne. Monsieur le comte, ajouta-t-il en se levant, permettez-moi de vous embrasser avant votre départ, auquel je n'assisterai pas.

Il me prit dans ses bras avec une affection touchante et m'embrassa sur les deux joues et sur le front:

— Votre destin est tributaire du mien, comme le mien le fut de Don Humbert De...

Il était si ému qu'il balbutia en allemand quelques mots et, se ressaisissant, appela Soven pour qu'il me reconduise au manoir.

— Adieu, Molay, je ne vous accompagnerai pas. Je serai en mission à Rome où des doigts consacrés, mais pas nécessairement propres, jouent aux dés les intérêts de l'Église.

Il se mit à rire.

Était-ce le rosaire, le repas, le vin, les propos échangés, mon détraquement, j'ajoutai, en confiance:

— Amélie?

— Je suis au courant, répondit-il. J'ai longuement discuté avec monsieur De Guise. Nous avons convenu que vous voyageriez ensemble.

Je n'en croyais pas mes oreilles. Je me cramponnais au pommeau de ma canne, debout, près de la porte, m'apprêtant à partir, et je l'entendis me dire, d'une voix d'outre-tombe, exactement comme j'avais déjà entendu cette voix, celle de l'autre qui me parlait parfois:

N'oublie pas la règle, *Frieri del Templio*, quoi que tu fasses, sois seul témoin et seul juge de ta cause. Sans famille tu es, sans famille tu resteras, sans génération charnelle. Donne à la chair les plaisirs qu'elle réclame, mais ne touche pas à celle qui te donnera une joie dont elle tirera son emprise et ta souffrance.

Il me tourna le dos et s'en alla en tenant la rampe de l'escalier. Je sortis. Souen m'attendait assis au volant de la Packard dans laquelle je montai avec méfiance, l'accident en mémoire.

Ce soir-là, j'écrivis une autre lettre à ma Mère supérieure.

L es voyages aux voyages ressemblent. Dès que l'on quitte un lieu, on s'en absente; ne suivent que les souvenirs, les impressions, l'intangible. Les hôtels eux aussi trop souvent se ressemblent, peu importe le prix qu'on y met, mais ils n'auront jamais la sécurisante intimité de sa propre chambre habitée par des objets qu'on aime et qui nous rassurent. Il y a un monde entre l'ici et l'ailleurs, mais qui dira ce qui les distancie? Les jours, les semaines, les mois passent en bateau, en train, en voiture, à cheval ou à pied, et toujours à dos d'âme, peu importe l'intensité de la curiosité, la richesse des découvertes, l'étonnement du jamais vu, ce qu'il y a au bout de la fourchette. Seuls dans l'illusion du partage aux autres, dans la communion humaine qui ne communie plus que par les billets de banque, nous étions des pigeons, Amélie et moi, qui «s'aimaient d'amour tendre».

De l'eau, que de l'eau, des jours et des jours. Puis un port, un hôtel, un train. Paris, un hôtel. Zurich, un autre hôtel:

— Bonjour, monsieur Isaac Swartcheller. Bonjour, maître Igor Fondherhund. Je vous apporte une enveloppe de la part de votre ami Carl Von Youvanhoven.

Dîner, cocktails, excursions, concerts, musées, monuments, rencontres, baignades, piques-niques en montagne, à la mer, tel fut le lot, en Suisse, en Grèce, en Turquie, en Italie, et en Espagne où Amélie et moi allâmes finalement à la recherche de Laurent, chez le señor Del Lagrada, à Los Boliches, au bord de la

Méditerranée. Mais nulle part je n'ai rencontré, malgré mes fébriles recherches, un autre Molay que moi, et je disais à Amélie que cela ne devrait pas tarder, quand nous serions en Franche-Comté.

— Peut-être, me consolait-elle, mais suppose que tu trouves enfin ce que tu cherches et que tu sois profondément déçu?

— Je ne me fais pas d'illusion, Amélie, alors comment serais-je déçu?

— Viens, suis-moi, c'est ici, dans cette petite crique perdue, regarde cette terre rocailleuse et tous ces galets. J'aime.

Quelques maisons de pêcheurs semblaient construites à même la falaise qui surplombait la mer et s'y seraient confondues si elles n'avaient été peintes à la chaux. Que ces maisons étaient jolies, couvertes de bougainvillées roses et violettes. Nous gravîmes les escaliers en zigzag taillés dans la falaise dans laquelle s'agrippaient des géraniums phosphorescents.

Le chien du señor Del Lagrada jappa en courant vers nous, la queue frétillante. L'homme apparut sur le seuil de sa porte ouverte, torse nu, en short, les pieds dans des sandales usées. Il était svelte, très beau, les cheveux blancs crépus, le teint basané. Quand il eut appris qui nous étions et quel était le motif de notre visite, il prit un air contrarié, énigmatique, et se confondit en excuses, en mille excuses, gesticulant, désignant la mer, le bras tendu, le doigt pointant au loin la ligne d'horizon. C'était à n'y rien comprendre, car il parlait trop vite, mais il se calma soudain à nous voir tous les deux aussi éberlués. Il nous invita finalement à nous asseoir et nous offrit du vin. Puis nous apprîmes qu'il avait mis fin à ses affaires, vendu ses bateaux, renoncé aux voyages et s'était définitivement retiré ici pour finir ses jours.

— Et mon frère Laurent, insista Amélie, où est Laurent?

— Parti à la nage, une nuit de pleine lune, et il n'est jamais revenu.

— À la nage? Mais où, vers quoi? Un bateau, une île?

— Pas de bateau, pas d'île. Je vais vous expliquer plus tard, attendez-moi un instant.

Il entra dans sa chaumière et en revint avec un calendrier qui captivait son attention:

— Demain soir, à la nuit tombée, revenez. Il y aura la pleine lune. Vous comprendrez.

Nous prîmes congé en lui promettant que nous serions fidèles au rendez-vous, le lendemain, après le dîner qu'il refusa de partager avec nous, et nous retournâmes à la voiture pour rentrer à notre hôtel, à Marbella.

Amélie était d'humeur maussade, comme cela lui arrivait de plus en plus souvent:

— Je n'ai pas confiance en cet homme. Il a l'air louche. Allons donc! Laurent, partir à la nage. Ça n'a pas de sens. C'est un maître-nageur. Il serait revenu. Tu ne dis rien?

— Je pense.

— À quoi?

— À tout cela.

— Tu penses pour rien. Il n'y a rien à penser, *nada de nada*.

— Attention! tu roules trop vite.

Elle le fit exprès et accéléra au-delà de la vitesse permise sur une route sinueuse et combien dangereuse.

— Ce que tu peux être peureux!

— Un accident me suffit.

— Je sais, je sais, tu répètes toujours la même chanson.

— Je t'en prie, conduis moins vite si tu veux te rendre à demain.

— Demain, c'est encore loin. Moi, cette histoire me tracasse et m'énerve. Cet homme est fou, crois-moi, car il le faut pour prétendre que mon frère est parti à la nage sans jamais revenir. Si c'était vrai, aujourd'hui, j'en ferais autant.

— Amélie...

— Ne me parle plus, tu vois bien que tu me distrais.

Je me retins de dire ce à quoi je pensais. Je revoyais Thérèse et Hélène noyées. J'étais effrayé par l'eau. J'appréhendais le pire, le drame. Je me disais que ces De Guise avaient quelque chose en commun, de peu commun; ils buvaient tous démesurément, à la limite de l'euphorie, au bord de l'entonnoir de l'ivresse dans lequel, une fois tombés... Oui, je revoyais Amélie, en Grèce, soûle et dansant la *sirtaki* avec un inconnu qui aurait pu être son père. Puis je l'avais perdue durant deux jours et deux nuits. Elle était finalement revenue à l'hôtel, comme si de rien n'était, sans excuse:

— Bonjour! Ça va? Comme tu sembles en pleine forme!

— Et toi? Où étais-tu? Je t'ai cherchée partout.

— Ne pose pas de question. Si je n'étais pas ici, c'est que je devais être ailleurs.

Elle n'était pas toujours de commerce facile, constamment ballottée entre le charme et l'entêtement; un caprice, une saute d'humeur, une euphorie, une générosité sans fin, puis une mesquinerie lamentable, la crise de larmes voisine de la colère, la gentillesse spontanée, la passion éclatée ou le «ne me touche pas!» Aussi, parfois, elle se mettait à raisonner avec une intelligence supérieure, une logique implacable, résumait en une phrase concise ce que d'autres essayaient de formuler en se gargarisant de mots. Je l'aimais plus que tout et bien qu'elle méprisât mes aveux en me répétant qu'elle n'aimait personne. J'étais prisonnier de sa beauté et de son intelligence, fasciné par sa personnalité singulière et troublante.

Le lendemain, tel que convenu, passé minuit, nous étions de nouveau tous les trois assis face à la mer et nous buvions le cognac Funtador que nous avions apporté. Amélie était agitée et riait pour un rien, demandant à tout moment:

— Alors, où est-elle cette pleine lune? Je ne la vois pas encore!

— Un instant, un instant, señora, dans peu de temps, justement, voilà. Regardez, là.

Une petite flamme vive apparut à l'horizon, puis petit à petit la Lune se dégagea de la mer en se gonflant comme un gros ballon rouge et les réverbérations commencèrent d'affleurer la surface de l'eau agitée de vaguelettes traçant un chemin vers la grève, un chemin étroit s'élargissant de plus en plus au fur et à mesure que la Lune remplissait le ciel.

— *El camino de la luna.* Voici le chemin de la Lune, dit señor Del Lagrada, d'une voix grave. Voilà où Laurent s'est engagé malgré mes objections et mes mises en garde. Je le revois, comme fou, criant: «J'y vais, j'y vais, voilà mon chemin, celui que je cherche depuis toujours!» Sans se dévêtir, il est entré dans la mer, a marché lentement jusqu'à ce que l'eau lui arrive au cou, et il a plongé comme un dauphin. Je le vis nager, nager impeccablement jusqu'à ce qu'il devienne un minuscule point que je perdis de vue, au loin, dans le cercle de la Lune aux trois quarts levée.

Le silence nous oppressait. Le spectacle nous subjuguait, comme si nous étions hypnotisés par tant de beauté, et le réalisme du chemin était si invitant qu'Amélie soudain se leva, déposant son verre et, se mettant à courir vers la plage, comme folle, cria:

— J'y vais, moi aussi. C'est le chemin que je cherchais.

— Amélie! Amélie! reviens.

Elle courait, sourde à mon appel.

— Rattrapez-la, señor. Je ne peux pas courir.

L'homme encore alerte courut plus vite qu'elle et la rattrapa, se battit avec elle qui hurlait, frappait, mordait, et il dut l'assommer d'une gifle retentissante. Elle perdit pied et alla s'effondrer, molle et inerte, dans le sable tiède. Il la prit dans ses bras et la ramena, non sans efforts. À deux, nous la couchâmes en attendant qu'elle retrouve ses esprits.

— Un suffit, se contenta de murmurer le señor Del Lagrada, en sueur et à bout de souffle. Deux c'est trop. Excusez-moi.

— J'aurais agi de la même manière, ne vous excusez pas.

Au fur et à mesure que la Lune se détachait dans le ciel noir, elle perdait ses flammes et blanchissait. Le chemin s'effaçait et ne menait plus qu'à la ligne d'horizon.

Quand Amélie retrouva ses esprits, elle crut qu'elle avait rêvé:

— Je bois beaucoup trop, constata-t-elle. Je crois que nous devrions remercier le señor Del Lagrada et rentrer. J'ai très mal à la tête.

— Le Funtador est un alcool dangereux pour qui n'a pas l'habitude, répliqua notre hôte.

Nous lui fîmes nos adieux et prîmes la route du retour. Amélie conduisit prudemment. Elle décida:

— J'écrirai à mes parents pour leur annoncer la triste nouvelle.

— Ta mère ne te croira pas.

— Mon père me croira.

— Ni l'un ni l'autre, crois-moi. Il vaut mieux ne pas écrire. Il est préférable qu'ils pensent que Laurent voyage d'une mer à une autre.

— C'est ce qu'il fait. Aucun doute.

La suite du parcours se fit en silence. À l'hôtel, où le bar était encore ouvert, Amélie insista pour boire une bière froide. Elle en but plusieurs et me fit part de son désir d'aller en Suède. Elle prétendait avoir pris rendez-vous avec le Soleil de minuit.

— Le Soleil de minuit, mais c'est en été. C'est l'hiver là-bas, m'objectai-je, ayant projeté de descendre plus au sud, à Séville, et de là de traverser en Afrique du Nord, toujours en quête de soleil.

— Tant pis, nous irons au rendez-vous de la Lune de midi, c'est pareil. J'ai besoin de nord, de neige, de froid, comme chez nous.

— Tu t'ennuies?

— Pas du tout, mais fais-moi plaisir, accompagne-moi, sinon je pars seule. Nous irons plus tard à Tanger.

— Nous verrons demain, à tête froide.

Elle dormit dans mes bras. Elle était glacée et sentait la bière, l'ail, l'huile, les sardines grillées, le safran, les algues. Elle n'avait même pas pris soin de faire sa toilette, n'avait pas regardé dans le miroir la marque bleuâtre que lui avait laissée sur la joue la main ferme du señor Del Lagrada. Elle n'avait pas compté les moutons que je sache, car l'instant de se blottir dans le creux de mon épaule, elle dormait déjà, la bouche ouverte, un morceau de persil coincé entre deux dents immaculées.

J'essayai de dormir à mon tour, non sans avoir passé en revue les événements de la journée, me préparant mentalement, toujours frileux à refaire les valises pour l'accompagner à son rendez-vous avec la Lune de midi, déboussolée, roulant sur une mer de neige balayée par les rafales du nord.

Je vis ce que je vis, me réfugiant dans l'hypnose du rêve. Les Filles de l'enfance dansaient autour de Mère supérieure. Il y avait fête et le chanoine était assis dans un grand fauteuil en bois sculpté recouvert de velours bleu, répétant constamment: «Je suis aux anges!» Godefroy surveillait la marche des étoiles les yeux rivés à son télescope, monsieur De Guise frappait dans ses mains en riant, dérivant sur son radeau ivre qui zigzaguait entre d'énormes paquebots tandis qu'Hélène, Thérèse et Laurent, nageaient en harmonie dans une mer agitée, disparaissaient au creux d'une vague, réapparaissaient sur la crête d'une autre. Madame De Guise, vêtue de voile transparent, assise sur les galets de la grève de la mer intérieure, berçait tendrement le petit Jean-Louis De la Commande qui suçait un os plus gros que sa main aux doigts couverts de bagues scintillantes. Une immense vague s'éleva soudain, haute de sept mètres au moins, une vague blanche, verte, brune et bleue qui nous enveloppa tous d'un seul coup, moi y compris, et dans laquelle je trouvai la paix du sommeil.

M alaga-Marseille en bateau avec une Amélie resplendissante. Marseille-Paris, en train. du pareil au même, les souvenirs derrière soi, l'avenir à venir, le présent à prendre. Stop! Paris. L'hôtel. Le lendemain, visite à l'ambassade où il fallait s'arrêter, car c'était là le point de repère. Comme disait Amélie, le nombril de nos voyages. Quelques politesses rendues et on nous remettait des lettres et des souhaits de bon voyage, nous recommandant de ne pas oublier de nous rapporter dans les ambassades des pays que nous visiterions.

Sifflet du train aux sons changeants selon les obstacles naturels du parcours et de la température de plus en plus froide qui variait d'heure en heure; le sifflet se faisait strident et la locomotive crachait une fumée plus dense et plus opaque. Nous lûmes les lettres. L'une de mère Saint-Jude, une autre de maître Hugues de Pairaud, procureur du chanoine et de monsieur De Guise.

Les lettres passaient d'une main à l'autre et nous nous regardions, incrédules, nous refusant à croire ce que les mots révélaient. Mère Saint-Jude n'apprenait que Mère supérieure était gravement malade, atteinte de cancer, et qu'elle comptait ses jours. La lettre de maître de Pairaud était plus longue et contenait l'annonce de grands malheurs qui se succédaient de paragraphe en paragraphe.

— Non! ce n'est pas vrai, disait Amélie en sanglotant, la tête sur mes genoux.

C'est vrai pourtant, madame De Guise avait été retrouvée sans vie dans sa baignoire, probablement terrassée par une embolie cérébrale. Tous les biens de monsieur De Guise avaient été saisis à la suite de la faillite de la maison:

> Monsieur De Guise a été hospitalisé dans une clinique de la métropole, écrivait le procureur. Il poursuit présentement sa convalescence dans le temple de feu Godefroy, le seul bien qu'il ait pu sauver des mains du syndic. Pour le moment, il est dans l'incapacité d'écrire et m'a chargé de la tâche pénible de vous communiquer ces nouvelles. Il me prie de vous demander de revenir près de lui, dès que possible, car le voilà pauvre et seul comme Job, délaissé, abandonné de tous les siens, même de sa soeur Gabrielle dont on ne sait plus rien. Je fais de mon mieux dans ces circonstances, car en mon âme et conscience je lui dois et lui devrai toujours d'être ce que je suis.

La dernière nouvelle m'atteignit droit au coeur. Je poussai un cri en lisant que mon tuteur avait été trouvé mort au volant de sa Packard. M'était donné l'ordre de «... retourner en Suisse et de revoir le plus vite possible maître Igor Fondherhund, légataire universel de Carl Von Youvanhoven, qui vous donnera les directives vous concernant».

Suivaient les mots de compassion, les condoléances et l'assurance de ses sentiments distingués.

Le train file. Amélie pleure. Va le malheur! J'ai mal au ventre. L'étau se resserre lentement sur moi. Les élancements agressent ma jambe. Je relis les lettres plusieurs fois, impuissant contre ces vagues de tristesse. Impossible, me dis-je. Le destin se rit de moi, me parle, me jure que le mot *impossible* n'existe pas, les lettres dans mes mains moites en sont la preuve.

— Ne pleure pas, Amélie ma rose, ne pleure pas. Nous n'y pouvons rien.

Elle pleurait quand même. Je lui caressais la tête et les épaules et, lentement, je sentis le sommeil l'envahir tandis que je revivais mon précédent rêve, essayant d'en dégager les signes.

De l'eau, que de l'eau! Cette immense vague. Mon tuteur «aux anges» assis dans un fauteuil... Ma Mère supérieure...

— Nous devrions faire demi-tour à la prochaine gare, dis-je, et rentrer.

Amélie, que je croyais endormie, répondit:

— C'est inutile. Nous ne réveillerons pas les morts.

— Ton père nous réclame.

— Il nous réclamera toujours. Même si nous étions près de lui. Je le connais. Il ne sera jamais plus le même sans ma mère.

— Il faut que j'aille en Suisse.

— Tu iras plus tard, nous avons le temps. La Suède d'abord, la Suisse après, et nous rentrerons.

— J'aurai loupé l'Afrique du Nord.

— Ce sera pour une autre fois.

De longues heures s'écoulèrent. Le paysage se métamorphosait progressivement. De temps à autre, la locomotive sifflait, rompant la monotonie du chant des roues sur les rails. Amélie dormait comme une enfant, la tête sur mes genoux ankylosés. Je consultai ma montre. Dix-huit heures. Je regrettai le concert des horloges de Godefroy, à jamais terminé, privé de son chef d'orchestre. J'imaginai monsieur De Guise perdu, tournant en rond, cuvant son immense chagrin, sa triste déconfiture, totalement humilié, sans ressort aucun, la main sur la bouteille, assez soûl pour se réfugier dans les illusions hallucinatoires d'une vengeance vaine; monsieur De Guise agrippé à l'épave de son Oméga et de ses rêves utopiques.

Amélie, ayant endormi son chagrin, se réveilla:

— J'ai faim et soif, quelle heure est-il? Ai-je dormi longtemps? Allons tout de suite au wagon-restaurant. Le temps de me refaire une beauté et je serai prête.

Imprévisible Amélie! Les événements l'atteignaient en profondeur mais dépourvue de complaisance, elle n'en laissait rien paraître, s'accrochant au plus vite à la bouée de l'instant qui, sait-on, allait lui procurer quelques sensations fortes et éphémères. Et moi, j'étais encore une éponge.

Au wagon-restaurant, nous fîmes la rencontre de Lysbeth et Erik Folkenberg, de jeunes architectes en fin de voyage de noces. Ils étaient adorables. Elle, rousse, les yeux bleus comme un ciel d'Espagne, petite, une porcelaine blanche tachetée de points de rousseur. Elle souriait, constamment émerveillée par tout ce qu'elle entendait. Lui, il était grand, maigre comme un céleri, un peu plus âgé qu'elle, et il me rappela Godefroy par certains aspects de son apparence et de ses propos. De quoi avions-nous parlé? Je n'en ai plus souvenance. Si, d'art, de musique, de politique, d'universalisme et de nos voyages. Amélie leur raconta avec détachement nos malheurs récents, comme s'ils avaient été ceux des autres. Je me souviens avoir posé la question la énième fois, comme partout où j'allais:

— Y a-t-il des Molay en Suède?

— Molay, dites-vous?

Il n'y avait pas de Molay en Suède, ni en Italie, ni en Espagne, ni en Grèce, ni en Suisse, encore moins dans toutes les villes et dans tous les villages parcourus dans notre tournée en Franche-Comté.

— Vous semblez contrarié, observa Lysbeth.

— Non, déçu.

Il fallut que je leur raconte brièvement mon histoire, et ils écoutèrent avec une attention vive et sympathique.

— C'est incroyable, vraiment incroyable, s'étonna Erik.

— Jacques est merveilleux, dit Amélie. Il devine tout, il sait ce que personne ne sait et il possède des pouvoirs fantastiques.

— Je t'en prie, Amélie, suppliai-je.

— C'est donc vrai? demande Lysbeth.

— Je n'ai pas de pouvoirs, tranchai-je, contrarié.

Nous bûmes beaucoup et il fut convenu, à la fin du repas qui s'éternisa, que nous logerions tant que cela nous plairait dans leur chalet au bord du lac d'Eskiltuna. Stockholm, quelques jours. Nous partirions ensemble pour le week-end. L'invitation nous plut. Nous acceptâmes. Amélie de dire:

— J'ai rendez-vous avec la Lune de midi, à Eskiltuna.

— Amélie a toujours des rendez-vous, précisai-je, mais plus souvent qu'autrement, elle a rendez-vous avec des caprices.

Et de parler des caprices, en riant, chacun ayant les siens, puis des caprices aux manies et des manies aux phobies, ainsi de suite. Nous nous quittâmes là-dessus pour la nuit, euphoriques, riches d'échanges d'idées, de faits, de souvenirs et complices comme de très très vieux amis.

Quoi qu'il en soit, j'avais l'esprit ailleurs et je ne me souviens plus très bien de Stockholm. Quand j'ai froid, je perds la mémoire. Toutes mes énergies sont concentrées à me défendre. Je ne vois rien que l'haleine blanche, le frimas sur les branches. L'hôtel où nous descendîmes était confortable; j'y passai des heures devant la cheminée à réfléchir aux événements écoulés. Amélie trottinait je ne sais où, revenait me raconter je ne sais quoi. Elle était agitée, fébrile, feignait d'être heureuse et évitait d'aborder les sujets sérieux. Il n'était pas question des malheurs vécus. Sa mère, son père, sa famille semblaient irréels. Les Folkenberg prirent de nos nouvelles tous les jours; ils insistèrent si bien que nous partîmes comme prévu à leur chalet. Je n'y allai pas de gaieté de cœur. Je désirais retourner en Suisse le plus tôt possible, intrigué et curieux de connaître les instructions que maître Fondherhund avait à me transmettre.

La beauté du chalet me réconcilia avec moi-même, le décor apaisa mes angoisses et mes inquiétudes et jeta un peu de baume sur mes chagrins. Les Folkenberg y vivaient, «aux anges», comme n'aurait pas manqué de dire feu mon tuteur. Quand ils partirent le dimanche, vers la fin de l'après-midi, nous confiant la responsabilité du chalet, je me sentis un peu diminué, car au cours des derniers jours, Lysbeth et Erik nous avaient apporté beaucoup: leur délicieuse présence discrète, leur jovialité, leur douceur et mille petites choses qui embellissent l'existence.

— Passerez-vous toute la semaine? Mais cui, nous reviendrons vendredi prochain. Vous savez où nous joindre, n'est-ce pas? N'oubliez pas, si vous partez, de fermer le gaz et de couper l'électricité. Le sous-sol contient de quoi survivre en cas de tempête. Soyez à l'aise. Faites comme chez vous. Au revoir!

Nous nous embrassâmes à plusieurs reprises.

Ma Mère supérieure est mourante, me dis-je, les regardant s'en aller. Il faut que j'aille en Suisse. Il faut que je retourne auprès de monsieur De Guise.

— Demain, nous irons skier.

— Amélie! Avec ma jambe!

— Mais si, tu devrais. Un bâton de ski ou une canne, c'est pareil. Tu n'auras qu'à être prudent.

— Nous verrons demain, s'il ne fait pas trop froid.

— Mais il ne fait pas froid, on dirait que le printemps est en avance. Tu n'as pas remarqué comme la neige fondait aujourd'hui?

— Oui, j'ai bien vu.

— Tu me jures que oui, tu m'accompagneras demain?

— Je jure.

Elle se jeta dans mes bras et je la retins contre moi un long moment, en silence. Je crois entendre encore les battements de son cœur. Voilà, elle éclatait, les écluses venaient de s'ouvrir encore et tout ce qu'elle refoulait en elle depuis ces derniers jours crevait comme un abcès douloureux.

Quel était ce diable d'ennemi qui m'empêchait constamment de découvrir avec elle ce que j'avais découvert avec Aimérancienne et tante Gabrielle? Pourquoi ne pas lui donner et lui prendre cette joie, dût-elle nous faire souffrir? Je l'aimais! Alors? Je l'aimais trop, l'intouchable, et je craignais en la portant dans mes bras et en l'amenant vers le lit qu'elle ne devienne comme Aimérancienne et tante Gabrielle, l'objet de mon désir. Je la couchai néanmoins avec une infinie tendresse, une affection aimante, lui caressant les cheveux, tandis qu'elle tenait fermement mon autre main et suçait mon pouce. Quand elle se fut assoupie, j'allai préparer le repas du soir, mais rien n'y fit, je me mis à pleurer. Je refusais de voir, je ne voulais plus être voyant de malheurs, Merlin désenchanté. Je désirais ne vivre que l'instant présent, renoncer à la recherche de ceux dont je tenais la vie. Il me fallait partir au plus vite, loin de ce froid qui paralysait ma mémoire et mes moyens.

— Coucou!

C'était elle, fraîche comme une rose, sans une goutte de rosée:

— Tu pleures!

— Les oignons suédois sont très forts.

— Pèle-les sous l'eau froide ou mets des allumettes dans ta bouche. Qu'est-ce qu'on mange? Je peux t'aider?

Elle mit la main à la pâte, cuisina en trichant des *fyllda stutar*, tandis que je terminais les roulades de veau, *färsrulader*, en suivant les recettes d'un beau livre illustré qui traînait sur le comptoir. Nous mangions avec appétit quand Amélie eut le malheur de déclarer:

— Nous sommes loin de l'Italie et de la France.

Ce fut assez pour que les souvenirs de nos repas gastronomiques remplacent ce que nous ne touchions plus que du bout des doigts. Les bons plats refroidirent sur la table. Le vin était délicieux. Les Folkenberg avaient hérité d'une bonne cave. Le repas terminé, la nuit étant tombée, nous sortîmes marcher un peu. Un vent extrêmement doux avait réchauffé la température de plusieurs degrés. Amélie avait raison, nous nous serions crus au printemps.

— Nous rentrons?

— Oui. Nous allons mettre une autre bûche...

— ... et boire un autre verre? demanda Amélie.

— Si tu veux, et écouter de la musique.

Nous écoutâmes, sagement assis l'un près de l'autre devant la cheminée, un disque de Sibelius en dégustant de l'aquavit. Le temps passa et je me rendis compte que j'étais seul à écouter, Amélie s'étant endormie, la tête sur mes genoux. C'est ainsi que les heures de la nuit s'écoulèrent au coin du feu. Je fumais, je buvais et j'essayais de garder le contrôle de mon cerveau assailli par une énorme tempête. Finalement, je m'endormis Quand je m'éveillai, couché sur le divan, Amélie n'était plus là. Cependant, elle avait pris soin de me couvrir d'une chaude couverture de laine et de ranimer le feu. Je consultai ma montre; il était dix heures dix. Je me levai, fis quelques exercices d'assouplissement, allai dans la salle de bains me rafraîchir à l'eau froide, puis me dirigeai vers la chambre d'amis en poussant délicatement la porte pour ne pas réveiller Amélie; je pressentais toutefois qu'elle n'y était pas et je m'inquiétai aussitôt, pris de vertige, effrayé. Dans la chambre de fartage des skis servant aussi de hall d'entrée et de remise, je trouvai une note signée de trois x qui m'apprenait qu'elle avait bien dormi, s'était réveillée très tôt, avait pris un petit déjeuner et était allée faire une randonnée. «Fais comme moi, déjeune, chausse des skis et suis mes traces.» Je me précipitai dehors, armé d'un bâton de ski en guise de canne, et cherchai ses traces. La neige était mouillée, fondante. Je marchais péniblement, enfonçant jusqu'aux genoux. Je revins sur mes pas enfiler un parka et chausser des raquettes avec lesquelles il me fallut me battre avant de les dompter. J'étais déjà en sueur, j'avais chaud, même sans tuque, sans foulard, les mains nues. Je suivis enfin les traces qui conduisaient vers le lac où je m'aventurai prudemment, car à peine avais-je laissé la rive que j'entendis un craquement terrifiant. Je restai sur place, à l'écoute, en scrutant au loin. Je vis ce que j'appréhendais de voir, un bâton planté dans la neige, un bonnet multicolore à côté, un mitaine rouge près d'une flaque d'eau qui rongeait la glace autour d'un trou noir. J'avançai encore avec crainte, le cœur battant la chamade, les tempes assaillies de coups, les oreilles pleines de bruits de crécelle.

La glace cède sous mon poids, des fissures se dessinent en forme d'éclairs et m'encerclent. Reculer comme un félin, centimètre par centimètre. Enfin ressentir le sol ferme. M'écrouler dans la neige. Perdre connaissance. Revenir à moi. Vérifier encore s'il ne s'agit pas d'un rêve. Constater la réalité cruelle.

Je repris mes esprits, retournai au chalet, me précipitai sur le téléphone et dus répéter mon message de détresse à Erik Folkenberg, abasourdi.

— Ne bougez pas. Ne faites rien. J'arrive dans une heure tout au plus. Le temps de prévenir la police et nous venons à votre secours.

Je raccrochai le récepteur. Je me mis à trembler, à frissonner, à pleurer comme un enfant, et je sentis le rouleau compresseur du chagrin écraser mon cœur. Des voix me sortirent de cet état second. Je sentis des bras me soulever de terre. Je reconnus Erik entouré d'inconnus qui me harcelaient de questions.

— Apportez une serviette froide. Versez-lui un cognac, ordonnait Erik. Allons, un petit effort, reprenez vos sens, me répétait-il calmement. Tout ça est ma faute. Je suis responsable. J'aurais dû vous prévenir que le lac allait dégeler. Assoyez-vous. Dites-nous à quel endroit exactement...

Ce furent les derniers mots intelligibles dont je me souvienne. Lysbeth me raconta quelques jours plus tard que j'avais perdu conscience et que j'étais tombé dans un état fiévreux tel qu'il avait fallu appeler un médecin. Des hélicoptères étaient venus tourner au-dessus du lac, des hommes-grenouilles avaient plongé, en vain. Il ne restait d'Amélie que ses valises désormais inutiles, le passé, les souvenirs et ma plaie ouverte par ce coup d'épée du destin contre lequel j'avais perdu la bataille.

Il y eut des formalités à accomplir à Stockholm. Elles furent pénibles et empreintes de tristesse. Je remerciai mes hôtes et pris congé d'eux après avoir vainement tenté d'apaiser leur viscéral et atavique complexe de culpabilité.

Maître Igor Fondherhund, prévenu par télégramme, m'attendait.

L e voyage s'effectua sans incident au-dessus des nuages, mais dans ma tête il en était tout autrement, il n'y avait que trous d'air, vibrations et secousses. Ce rendez-vous m'angoissait. Quel rôle jouait dans ce théâtre maître Hugues de Pairaud? Quelles étaient ces instructions et autres directives que devait me donner maître Fonderhund, légataire universel de feu mon tuteur? Au fait, qui était exactement ce chanoine-colonel-ambassadeur-etc.? Peu importe les questions qui me tourmentaient, je devais me résoudre à attendre le dénouement des événements et me contrôler quoi qu'il advienne. Puis, je fus hanté par les De Guise. Je comptai les morts: Gontran, Aimérancienne, Godefroy, Hélène, Thérèse, Laurent, Amélie ma rose, puis mon tuteur. Huit.

Je suis un qui se transforme en deux. Je suis deux qui se transforme en quatre. Je suis quatre qui se transforme en huit. Et je suis un qui s'en suit, je suis un après cela.

Voilà que me revenait en mémoire ce que j'avais déjà lu dans le *Le livre des nombres* de mère Saint-Jude. Je suis un après cela. Seul. Naissance, seul. Destination, seul. Finalité, seul. Je me débattis contre les tourments de la finalité, sans doute de façon apparente car une hôtesse s'approcha de moi, une serviette à la main, et m'invita à m'éponger:

— Êtes-vous malade, monsieur?

— Non, ça va.

— Mais vous êtes en nage.

— J'ai l'habitude. J'ai fréquemment des poussées de fièvre. Vous êtes gentille, lui dis-je, heureux de m'essuyer avec une serviette fraîchement trempée dans l'eau froide. Merci.

— C'est psychosomatique.

— Qu'en savez-vous?

— J'en ai longtemps souffert et un jour j'ai consulté un spécialiste.

— Et alors?

— Il m'a guérie.

— Et comment?

— Je ne peux pas vous le dire ici, c'est un secret d'alcôve.

Ce fut la première fois et non la dernière fois qu'une fille me flirtait aussi directement, en y mettant l'esprit et la forme. Nous descendîmes au même hôtel et prîmes rendez-vous pour le dîner. Elle me guiderait vers un petit restaurant où elle avait ses habitudes.

Ventre de joies, estomac d'oiseau, gorge de plaisir, menton de soie, bouche de fruit, nez retroussé, joue tachetée, joue fardée, petits yeux, grands yeux, fins orteils, sourcillon, sourcillette, oreillon, oreillette, ping pang pong... elle s'appelait Zoé. Spécialiste des secrets d'oreiller et thaumaturge, elle soutenait qu'il ne fallait jamais prendre la vie au sérieux et essayait de me convaincre que la vie était une fête perpétuelle. Je lui promis d'essayer. Elle s'endormit dans le creux de mes bras, comme une Amélie et, comme elle, au petit matin, elle s'était envolée me laissant un mot signé de trois x, m'invitant à suivre son exemple.

L'homme qui apparut dans le miroir était maintenant conforme à l'image qu'il avait de lui-même.

Il portait son corps. Sa jambe était légère, délivrée de ses douleurs lancinantes malgré la pluie qui tombait. Il se regarda sans complaisance, passa une main dans ses cheveux blonds, ajusta son nœud de cravate pourpre, prit sa canne et sortit d'un pas léger en fredonnant.

Quelques minutes plus tard, j'étais calé dans un fauteuil devant maître Fondherhund qui, l'air absorbé, classait des documents méticuleusement ordonnés sur une table près de son pupitre en bois de rose, remuant sans cesse les lèvres et les joues, la langue se promenant sur les dents à la recherche de je ne sais quel premier mot à prononcer. Le personnage ressemblait beaucoup à un buste de Voltaire vu dans un musée de Paris. Il avait des mains d'une finesse remarquable, asséchées par la manipulation des papiers parmi lesquels il passait manifestement son existence.

— Voilà! Je savais que je l'avais déposé sur cette pile, dit-il, en retirant un dossier blanc sur lequel je vis une croix imprimée en relief à l'encre rouge.

Tout en se parlant, il vint s'asseoir devant moi, droit comme un militaire, le dossier ouvert devant lui:

— Molay. Jacques. Enfant né de père et de mère inconnus. Pris légalement sous tutelle par Carl Von Youvanhoven.

Il poursuivit sa lecture silencieusement, relevant de temps en temps ses paupières de hibou et me regardant droit dans les yeux, mâchant sans cesse ses mots avant d'en prononcer un. Il se décida enfin et m'annonça:

— Vous êtes l'héritier d'une fortune immense, comprenant les biens meubles et immeubles et autres biens de votre tuteur. Cependant, ajouta-t-il en plissant les yeux et en surveillant mes réactions, pour y avoir droit vous devrez vous conformer à quelques règles strictes promulguées et dictées selon les ordres et coutumes des prédécesseurs de votre tuteur.

— Qui était mon tuteur?

— Votre tuteur, répondit-il, calmement, en feuilletant son dossier, est ici désigné sous le nom de Carl Von Youvanhoven, pris légalement sous tutelle par don Humbert Cruses et légalement adopté par un dénommé Xavier De Grugue, lui-même né de père et de mère inconnus.

— Je ne comprends pas.

— Inutile de chercher à comprendre. Nous avons le mandat d'administrer les biens d'une société anonyme et de n'en rien dévoiler qui puisse nuire à son bon fonctionnement. Si nous nous mettons d'accord et si vous signez, selon les règles édictées, les documents que je vais vous présenter après vous en avoir fait la lecture, je vous donnerai d'autres précisions et vous présenterai au procureur qui s'occupera de vous.

Il tira une feuille du dossier, m'expliquant que le document était conforme au texte original qu'il avait fallu retranscrire. Il me montra un vieux parchemin brûlé par le temps, précieusement scellé entre deux feuilles de celluloïd:

— C'est l'original. Comme vous pouvez le voir, il est devenu presque illisible. Nous possédons le même document en plusieurs autres langues, mais, là encore, le temps a fait son œuvre. Permettez-moi de vous lire ce qui suit, préparé expressément pour vous:

«Moi, Jacques de Molay...»

— Il n'y a pas de «de» à mon nom, l'interrompis-je.

— Mais si, mais si, vous êtes de Molay.

— De Molay?

— Évidemment! Vous ne connaissez pas ce village de Bourgogne? s'étonna-t-il, consterné.

— Non.

— Quoi qu'il en soit, votre nom s'écrit officiellement avec un «de» dont vous disposerez à votre gré. Puis-je continuer?

— Excusez-moi.

— «Moi, Jacques de Molay, engage ma parole d'honneur, sur la dignité inhérente aux grâces accordées et en respect envers l'Esprit qui assujettit la matière. Je jure, premièrement, de ne jamais prendre épouse; deuxièmement, de renoncer à toutes démarches, enquêtes, recherches ou autres tentatives aux fins de connaître ou de percer le secret qui entoure mes origines, ni celles de mon tuteur ou des prédécesseurs de ladite société anonyme; troisièmement, de ne jamais réclamer autres sommes que les intérêts substantiels qui me seront versés deux fois l'an, à la banque de mon choix, peu importe là où j'établirai domicile; quatrièmement, de verser dix pour cent des sommes reçues à des œuvres de charité, de bienfaisance ou autres fondations humanitaires, de recherche, de sciences ou de culture à la condition expresse qu'aucune ne soit rattachée, liée ou associée à une confession religieuse.»

— Mais, m'écriai-je, mon tuteur, le chanoine, il était catholique.

— Chanoine! C'est un titre qu'il a acheté à des fins que lui seul connaissait et qui n'entrent pas en contradiction avec le quatrième engagement. Plus, je crois qu'il a su retirer beaucoup d'avantages de sa charge, sans se compromettre ni nous compromettre.

Il me fit le sourire énigmatique de celui qui sait et ne veut pas parler, en reprenant la lecture de son parchemin:

— «Cinquièmement, je m'engage, dès après avoir apposé ma signature sur ce document, en présence du procureur de feu Carl Von Youvanhoven, maître Igor Fondherhund, et de mon procureur, maître Alphonse Kerwiller, à trouver, au cours des semaines à venir, un enfant né de mère et de père inconnus, que je prendrai sous ma tutelle pour en faire mon unique héritier et bénéficiaire de la société qui me fait grâces.»

Il me tendit la copie du parchemin original en m'invitant à la relire attentivement avant de la signer, ce que je fis. Comme j'aurais aimé, me dis-je, pouvoir suivre le conseil de Zoé et ne pas prendre la chose au sérieux.

Impossible. Rien n'est plus sérieux. Le sosie de Voltaire m'observe, les paupières plissées, un sourire énigmatique au coin des lèvres, ses mains posées à plat sur son pupitre, tremblotantes. Il se lève péniblement et va vers le buffet derrière lui, y prenant une boîte en argent ciselé et une carafe en cristal contenant une liqueur verte. Il ouvre la boîte cérémonieusement, en retire un morceau de sucre sur lequel il verse quelques gouttes de liqueur et le porte à sa bouche en se remettant à grimacer. Il déguste, paupières fermées, en état second, tandis que je relis le texte. Il ouvre enfin les yeux.

— C'est de la crème de menthe et du sucre. Je suis hypoglycémique. Alors, toutes les heures, je dois prendre mon médicament. Vraiment? Vous n'en voulez pas un?

— Merci.

Il referma la boîte et la rangea avec la carafe, là où il les avait prises.

— Et alors, vous signez?

— Qui êtes-vous?

— Je suis. Votre question est superflue.

Il se leva péniblement et se dirigea vers une porte qu'il ouvrit et invita à entrer maître Alphonse Kerwiller qui n'attendait qu'un signe. Je voulus me lever, par politesse, mais mon procureur m'invita à rester assis en se dirigeant vers moi; il me salua en s'inclinant avec respect, la main tendue, m'offrant un stylo.

— Pourquoi hésitez-vous?

— Je n'hésite pas, je pense à ce à quoi je m'engage.

— Vous n'avez pas le choix.

— Mais si.

— Lequel?

— De ne pas signer.

— Quelqu'un d'autre sera convoqué à votre place. La société a prévu le cas.

— Et quelle est cette autre personne?

— Je l'ignore jusqu'à nouvel ordre.

— Qui donne les ordres?

— Vous venez de manquer au deuxième engagement.

— Je n'ai pas encore signé.

— N'oubliez pas le «de», recommanda maître Kerwiller, me voyant soumis, la plume à la main.

Pour la première et la dernière fois de ma vie, je signai mon nom avec un «de» entre le Jacques et Molay.

Je pris congé d'eux, copie de mon engagement dans la poche, sans savoir si je devais dire merci.

J'ai souvenir de la main blanche du sosie de Voltaire se posant affectueusement sur mon épaule et du bruit des souliers de mon procureur qui me raccompagna jusqu'à la sortie après m'avoir salué plusieurs fois à la japonaise.

Juste devant la porte, je remarquai, gravées sur une dalle bleuâtre du plancher de marbre de l'immeuble, les lettres HIRAM usées par le temps.

L'avion se posa en retard à l'aéroport de la métropole. Personne ne m'y attendait. Qui aurait pu? J'aurais pourtant aimé être accueilli un jour ou deux pour me remettre du décalage horaire et tourner une autre page de vie. Je descendis donc au *Petit Crillon* en demandant, si possible, la chambre que monsieur Carl Von Youvanhoven avait l'habitude d'occuper. Le commis me regarda d'un air étonné:

— La suite, voulez-vous dire? la 609? Un moment, s'il vous plaît, je dois consulter le directeur.

Il revint au bout de quelques instants m'annoncer que la suite était déjà réservée par maître Hugues de Pairaud.

— Puis-je savoir au nom de qui?

— La discrétion, monsieur, m'interdit...

— Je suis Jacques Molay, monsieur. Je crois que la réservation a été faite à mon nom.

— En effet, répondit-il, regardant le fichier puis me dévisageant de la tête aux pieds. Excusez-moi. Je ne pouvais pas deviner.

— Je vous en prie.

— Nous vous attendions, monsieur.

Il me tendit une fiche sur laquelle il me demanda d'apposer ma signature, les autres renseignements ayant déjà été donnés.

Je demandai qu'on m'apporta un Campari soda et je suivis le chasseur qui se chargeait de mes valises. La suite était magnifiquement décorée en gris et en vieux rose ni masculin ni féminin. Un bouquet de roses jaunes sur la table à café, des fruits frais exotiques; des roses blanches dans la chambre ajoutaient au doux luxe des lieux. Une jeune fille frappa à la porte, entra, déposa le plateau contenant la boisson commandée et s'en alla discrètement. Je fis couler un bain chaud, sirotai quelques gorgées de Campari en défaisant mes valises et me glissai dans la baignoire dans laquelle je somnolai une heure en prenant, une à une, les décisions qui s'imposaient. Je téléphonai à madame Jingdi, lui demandai de m'envoyer un de ses fils me prendre dès le lendemain, à midi. Je téléphonai également à maître Hugues de Pairaud pour le remercier et nous prîmes rendez-vous à seize heures dans la maison du chanoine.

— La vôtre, s'empressa-t-il de me rappeler.

— Je ne crois pas, dis-je. J'ai d'autres projets. Nous en parlerons demain. Au revoir.

Je m'habillai, passai une rose blanche à ma boutonnière et descendis dîner, regrettant d'être seul, mais consolé à l'idée qu'il y aurait des inconnus, des voix et une petite musique de fond.

Apéro, bisque de homard, feuilleté d'escargots aux pleurotes, vin du Beaujolais, un soupçon de roquefort, voilà ce qui composa mon repas. Quand on m'apporta le café, on m'offrit un cognac de la part de la dame, assise là, en retrait. Je regardai dans la direction désignée, restai un instant à observer la dame, le temps de reconnaître celle que j'avais déjà vue en compagnie de mon tuteur ambassadeur. Je rougis. Je me levai et suivis le maître d'hôtel, le café et le cognac jusqu'à sa table.

— Madame Fritzweiller! Quel honneur!

Cette belle femme aux cheveux noirs luisants comme ses souliers vernis, aux yeux toujours verts, des raisins de Californie, aux lèvres roses et charnues, une fleur avec un petit grain de beauté artificiel peint sur une de ses joues saillantes, une beauté sans âge à laquelle je ne pus résister.

Nulle part il n'était écrit dans mon engagement que je devais la refuser, elle. Le lendemain matin, je sentais la poudre à canon. Quelle bombe que cette femme! Je la quittai ce midi-là, claudiquant toujours, comme un blessé de guerre, sans médaille. Je payai, va sans dire, car il y avait un prix pour cette joie qui ne me fit pas souffrir, mais je jurai sur mon honneur de ne plus m'y laisser prendre, car je n'avais pas l'âme au commerce de la chair.

L'un des fils Jingdi fut à l'heure à la porte de l'hôtel et le procureur Hugues de Pairaud se montra à seize heures précises.

Il accepta de boire un scotch et m'accompagna dans la visite de la maison dont je faisais l'inventaire.

— Il faudra trouver des antiquaires, des collectionneurs pour tous ces objets et ces œuvres d'art. Je tiens à ne garder que l'essentiel, les livres, quelques objets et la table en marbre blanc du salon.

En ouvrant le placard dans la chambre où mon tuteur rangeait ses vêtements, je fus surpris de voir à quel point il aimait les costumes et les déguisements.

— Faites don de ces vêtements à une compagnie de théâtre, suggérai-je, en riant.

— Je crois, répondit maître Hugues de Pairaud, que madame Jingdi saura disposer de tous ces vêtements.

— Aux pauvres, de préférence, ajoutai-je, en prenant les mules blanches brodées d'or. Je les garde en souvenir. Dites-moi en quelques mots ce qui s'est passé depuis ma longue absence.

— Le premier ministre est encore à son poste et le restera sans doute jusqu'à sa mort. Il vieillit et, plus il vieillit, plus il resserre sa poigne, plus il s'accroche au pouvoir. Le climat social est au pire. Il voit des communistes partout. Il s'en prend aux Juifs, aux syndicats, même à l'archevêque si longtemps son indéfectible allié. Les inégalités sociales sont de plus en plus évidentes et le mécontentement du peuple et des intellectuels aussi.

— Il y en a donc? l'interrompis-je.

— Surtout dans la métropole, et ils ne se gênent plus pour exprimer leur révolte.

— Tout homme politique qui a contre lui les intellectuels est voué à plus ou moins longue échéance à connaître l'échec fatal. Et l'archevêque?

— Monseigneur est toujours monseigneur. Après lui, il y en aura un autre. Eux n'ont pas besoin d'être élus.

— J'ai reçu, en Europe, une lettre de mère Saint-Jude des Filles de l'enfance m'annonçant la maladie de Mère supérieure.

— Dieu ait son âme.

— Quoi! Elle n'est plus?

— Qu'avez-vous?

— Un choc. Ce n'est rien.

Ce n'était pas rien. C'était la mort. C'étaient ses lèvres sur mon front, le soir, dans la chambre, près de l'infirmerie. C'était la mère de mon enfance. Ah! que j'aurais aimé être auprès d'elle, lui tenir la main, l'accompagner à la gare, l'aider à monter à bord du train de son dernier voyage. L'embrasser, lui demander: «Dites-moi, Mère supérieure, êtes-vous ma mère?»

Le procureur sentit ma peine et se fit discret en allant nous resservir à boire en demandant, pour me distraire:

— Allez-vous garder le tourne-disque et la collection du chanoine?

— Je verrai, répondis-je en mettant en marche le tourne-disque.

La voix du haute-contre envahit la pièce: «... *Verguüte Ruh', bilibte Seelenlust...*»

Plus tard, en route vers le temple de Godefroy où nous conduisait Souen au volant de la Packard, je fis part de mes projets. J'achèterais le temple et les terres avoisinantes pour ne pas avoir de voisins. Je ferais construire une villa pour la famille Jingdi que j'avais décidé de garder à mon service.

Je lui annonçai que j'avais l'intention de prendre un enfant sous ma tutelle et lui demandai de me fournir les adresses des principaux orphelinats.

— Vous êtes complètement fou, dit-il, riant de si bon cœur que je fus porté à rire aussi.

Un long silence s'ensuivit.

— Allons, maintenant, parlez-moi de monsieur De Guise.

— Vous ne le reconnaîtrez pas.

— Aurait-il tellement changé?

— Il n'existe plus. C'est une épave.

— Que s'est-il passé? Qu'est-il advenu?

— Il avait vu juste. Il y eut, du haut des chaires, des sermons maléfiques. Tous le monde parlait de la faillite de la compagnie. Les mensonges courent vite et rassurent la malfaisance. Il a tenté avec tous les arguments possibles d'obtenir de la banque les crédits nécessaires pour redresser la situation financière de la maison G. En vain. Quand la faillite a été officiellement annoncée, quoique prévue et fomentée, elle est tombée sur ses épaules au moment même où sa femme trouvait la mort tragiquement. Il s'est adressé à moi. J'ai fait l'impossible, je l'ai accompagné partout où il me le demandait. Il frappait à toutes les portes qui, jadis, lui étaient ouvertes. Même ses anciens débiteurs ne se souvenaient plus des jours fastes. Seuls, son vieil ami le Syrien et son vieux Chinois se montrèrent compatissants, mais impuissants. Galessande De Guise n'avait plus d'argent, donc plus de pouvoir. Il s'est réfugié au temple de Godefroy après avoir quitté le sanatorium. Vous ne le reconnaîtrez pas.

— Comment subvient-il à ses besoins?

— Il va, de temps en temps, dans la métropole et dans la capitale vendre, une à une, les horloges de Godefroy.

Le procureur De Pairaud me demanda ce que je comptais faire.

— Je vais m'occuper de lui, ne vous inquiétez pas.

— Il a été un père pour moi. Il a défrayé mes études. Il m'a pris sous sa protection quand j'étais sans moyens. Comprenez-vous, monsieur Molay?

— Je comprends très bien. Et maintenant, que devient-il?

— Il boit. Il boit du matin au soir. Il radote. Il fait sans cesse les cent pas autour de la table. Vous verrez. Il répète, que c'en est assommant: CHACUN SON TOUR.

Nous entrâmes dans le temple de Godefroy.

— Monsieur De Guise? appela le procureur. C'est moi! Je viens vous rendre visite. J'ai une surprise pour vous.

Un feu s'éteignait dans la cheminée devant laquelle le fauteuil de Godefroy était occupé. Une main rachitique encerclait un verre placé à côté d'une bouteille à moitié vide. Deux pieds reposaient sur un tabouret.

— Il semble mort, dis-je, effrayé.

Dix-huit heures. Pas de concert. Quelques horloges non vendues, un coucou muet, la neige tombant molle et mouillée. La boucle bouclée. Le Dieu de monsieur De Guise s'était couché sans qu'il s'en soit rendu compte. Allumer les lampes, ranimer le feu, le couvrir d'une couverture. Ah!

— Merci, maître De Pairaud, merci pour tout. Demain, je vous rappellerai.

Souen le reconduisit.

J'entendis une voix venant de très loin, une voix au timbre inconnu qui appela:

— Duc De Guise?

— Il n'y a plus de duc De Guise, répondit une autre voix qui, celle-là, ressemblait à celle de Galessande.

— Monsieur le comte?

C'était la voix de Carl Von Youvanhoven.

— Il n'y a pas de comte.

— Jacques, Jacques, m'entends-tu?

C'était la voix d'Amélie.

Le silence se fit lourd, mais fut aussitôt rompu par une autre voix:

— Jacques de Molay?

— CHACUN SON TOUR, répliqua la voix, et l'écho dans la pièce vide de répéter: «*TOUR, TOUR, TOUR...*»

J'allai à la fenêtre. Les branches des acacias croulaient sous le poids de la neige. Une grande cape blanche, sans croix, recouvrait le sol et la clepsydre de Godefroy se trouvait à jamais réduite au silence.

— Quelle est la couleur des larmes?

— Quel est le poids d'une âme?

J'ignore qui posa les questions.

Je n'avais pas encore connu cette joie qui devait tant me faire souffrir.

CET OUVRAGE
COMPOSÉ EN SOUVENIR 12 POINTS SUR 14
A ÉTÉ ACHEVÉ D'IMPRIMER
LE DIX-SEPT SEPTEMBRE MIL NEUF CENT QUATRE-VINGT-DOUZE
PAR LES TRAVAILLEURS ET TRAVAILLEUSES DES PRESSES
DE L'IMPRIMERIE GAGNÉ
À LOUISEVILLE
POUR LE COMPTE DE
VLB ÉDITEUR.

IMPRIMÉ AU QUÉBEC (CANADA)